陳映真全集

22

2004

2006

人間

目次

舊殖民地文學的研究・出版的話[1]

一九七五年，我從流放的外島獲釋回家不久，就與畏友唐文標先生認識。鄉土文學紛爭平息後不久，完全不諳日語的他，忽然送了我兩本日文舊書，一本是尾崎秀樹的《舊殖民地文學的研究》，另一本是台灣籍留日學者劉進慶的《台灣戰後經濟分析》。未曾料想到的是，這兩本書在日後都對於我起了深刻的教育和啟蒙的作用。劉進慶先生的書，為我開啟了從社會的、物質的推移，去科學地認識台灣，也從而有助於使我從台灣社會經濟的推移為參照系，比較科學性地認識台灣文學及其思潮的演變。

尾崎秀樹先生的《舊殖民地文學的研究》，可以用「振聾發聵」來形容它對我的影響。記得我真正開始正襟危坐地從書架上取下《舊殖民地文學的研究》通讀時，已是進入八〇年代的初葉。尾崎先生教育了我，日本的「現代化」，是明治維新以來，以犧牲亞洲為代價所達成，亦即以日本殖民地為犧牲的結果。這裡特別指的是「日清戰爭以降」日本以台灣之殖民地化為日本「現代化」過程中最初的犧牲者。而一九三〇年到一九四五年日本十五年侵略戰爭，是「明治以降」日本現代化的歸結。尾崎先生正是在這充滿深刻反省的歷史意識下，凝視台灣文學史，特別是其「戰時下」台灣文學。但具體下來，尾崎先生當然也把自日帝五十年對台殖民統治下，在上世紀二、三〇年代展開的台灣現代文學史也清楚地擺在他的視野，從而對於殖民地↓法西斯統治所造成的台灣文學和作家在心靈與精神上留下的傷痕，加以嚴肅、認真和誠摯的批判與反省。

當時台灣鄉土文學論爭方在極端反共法西斯恐怖中驚險平息不久。而反民族的「台獨」政治和文論也正方興未艾。雖然不惜以民族的分斷為代價、為大國利益服務、並且以「國家安全」為大義名分的國府極端反共戒嚴獨裁體制，與日占下上世紀四〇年代前半的殖民地／法西斯「戰時體制」，有歷史、政治上本質的不同，但同樣都在日帝下和國府反共戒嚴體制下的台灣文學留下了斑斑傷痕。五〇年代政治肅清，把一九二〇、三〇年代台灣反日民族・民主運動的左翼文學和文學家全部非法化，並徹底摧殘之。而緊接著政治肅清，權力中心直接指揮的「反共抗俄」文學登場，生產了成堆呼嘯著激狂空虛的反共口號的文學作品。一九七〇年到七四年，反省戰後反共文學與惡質西化的現代主義文藝雙生並蒂的現代主義詩批判，遭到權力的「親共」指控。一九七七年七月，官方輿論開始展開對鄉土文學的現實主義文學思潮的嚴厲批判，至八月十七日起連續三天在報紙副刊上刊出大篇點名的政治、思想檢舉文章達到了高潮。從尾崎先生為我們展開的視野去看，這固然與戰後冷戰體制下，東亞、東南亞、中．近東、中南美和非洲很多扈從於美國的「第三世界反共．國家安全體制．獨裁國家政權」對思想、文化、文學、社會科學的反共制壓有關，但是，對於戰後國府下的台灣，和軍事獨斷統治下的韓國的民主主義、現實主義文學的壓迫——作品出版被禁、作家遭到檢舉、逮捕、監禁甚至刑殺的歷史，和戰後迅速利用冷戰體制，長期扈從美國政治、軍事、外交政策，而爭取了天皇體制和未曾清算的舊戰爭集團以延命的、今日更見全面右傾化的日本，也有深層的關係。正是尾崎先生這樣富於批判和反省的文學研究的眼界，使我們痛感到：被冷戰體系歪扭，而無法對日本、台灣和韓國做徹底清理的「戰後」，對於當代還在起到複雜、陰暗、甚至危害性的影響。而對於殖民地，侵略戰爭和冷戰體制遺留下來的傷痕，正呼喚著東亞知識分子積極面對、反省、批判和清理……

而早在一九六一年，尾崎先生就看到了被收奪了民族母語、又被強迫接受以日語為「國語」的同化＝奴化教育的台灣人，最終喪失了祖國意識，產生了認同的「白痴化」。他回憶在台灣迎來日本敗戰當天，他的一位台灣籍同學囁嚅自語：既已不能成為日本人，又不願成為「文化水平低」的中國人，只好另求一條「台灣人的台灣」的路。雖然，尾崎先生也知道早在戰爭結束前，有台灣學生秘密地組織讀孫文《三民主義》日譯本的讀書小圈，但那一位因日本戰敗而反陷於苦惱的台灣同學，令青年的尾崎先生痛烈地感到「日本的殖民地統治所帶來的傷痕實在是太深了」。

戰後「台灣獨立」的反民族運動的發展，自然不能過於簡單地只歸結為日本統治的同化＝奴化政策。但未經反省、批判和清理的日本的「戰後」，竟而在二十一世紀前後，作祟於台灣的台灣新文學研究的領域。一小群日本學者，無所不用其極地美化戰時下的台灣（皇民）文學，而其總體的企圖，就是要根本推翻尾崎先生在四十多年前建立的，對於把台灣殖民地化過程中對台灣心靈和精神的損害，懷抱反省、批判的思想體系，而處心積慮要全面為日本的殖民地擴張和戰爭責任免罪化和美化。然而，凡有殖民主義／帝國主義批判，就同時有「後殖民主義批判」。不待薩依德「後殖民批判」的開展，四十多年前的尾崎先生就構建了關於嚴厲批判日本帝國主義在台灣、偽「滿洲」和朝鮮文學中留下的心靈和精神的傷痕的系統性論說，允為後殖民論（post-colonialism）的先驅性思想與研究。他以加害者（日本帝國主義）之民，經歷了自己國家的法西斯的被害（因其家兄尾崎秀實在戰爭末期涉入世界反法西斯的國際性民族・民主運動的情報工作遭日本當局問吊，全家背負了軍國主義日本下「非國民」的糾責），從而得以敏銳地凝視日本殖民主義↓法西斯主義下台灣、偽滿和朝鮮的深刻被害。

今天，日本軍隊在二戰中直接的暴行，大體上受到了世人的譴責。然而加害的日本人自己，和被害的廣泛東亞、南洋各國人民，對於戰時中日本法西斯在思想、精神、文化——包括文學——造成的深刻的損害加以究詰者，十分少見。而尾崎先生的這本書，對於日本在瘋狂地奔向法西斯的戰爭時，對於台灣和偽滿文學和文學家的一切言動和歷史，進行徹底的披露和清理，從而據以嚴厲究問和反省日本對其舊殖民地所應背負的責任。日本的現代化是日本明治維新以降，繼而以對外侵奪的「十五年戰爭」犧牲包括台灣在內的亞洲的結果——這就是尾崎先生在《舊殖民地文學的研究》這一劃時代的、無與倫比的巨著中所要建構的歷史意識。然而，不能忘記的是，雖然尾崎先生把反省和批判的焦點最終歸結於日本的殖民主義，但他也不憚於對在日帝威壓下荼毒自己民族的若干殖民地文學和作家提出嚴格的責問。這使我們想起與尾崎先生交誼頗深的台灣籍歷史學者戴國煇先生坦率的反省和自我批判：被殖民化的民族，不要習於理所當然地以潔白的被害人自居，而要深入歷史的暗部，反省為虎作倀、荼毒自己民族或投降變節者所形成的「共犯結構」！

承蒙尾崎秀樹夫人尾崎惠子女史的支持，在幾位令人尊敬的日本學者、大陸學者的十分艱苦的勞動、團結與合作下，人間出版社得以在尾崎先生所生於斯，並度過了他充滿苦惱的青年時代的開端的台灣，迎來了他這部早應漢譯出版的巨作，感到十分的激動與榮幸。我想起了一九九八年十二月在台大法學院舉行的「近代日本與台灣研討會」上，第一次見到了隨「日本社會文學會」來台與會的尾崎秀樹先生。他濃眉白髮，臉色略見蒼白。對於這仰望多年的人突然出現在同一個會場，心中激盪，無以言宣。我在一個距離內不斷地看著他。見他言語不多，但竟覺得他似乎有一絲寂寥之情。第二天的會場上，我覺得無論如何也不應失去向他致敬的難得的機會，在休會的時間，我走上前去，感謝他的《舊殖民地文學的研究》給予我的啟發。尾崎先生直視著我，無言卻和藹地笑著點頭，然後在開會的按鈴聲中各回座位。這短暫的會見成為至今深覺幸福的記憶，無如他那分沉靜和我所不能測知的寂寥，至今在我的心中縈繞不去。而這以後不久，就駭然傳來先生在東京謝世的消息。

在這本重要著作行將問世之際，容許我向尾崎惠子夫人俯允這本書在台灣漢譯出版深表謝忱。我衷心感謝所尊敬的在日本的台灣文學研究先驅者、也是長年來的朋友山田敬三教授為本書所寫的題解〈尾崎秀樹著《舊殖民地文學的研究》——中譯本評介〉，我也感謝在當前台灣文學研究領域上廣受敬重的河原功先生為本書仔細校訂並寫了大論〈由尾崎秀樹《決戰下的台灣文學》所想到的〉。我也感謝橫地剛先生自始至終對本書出版的深切關懷。尤其重要的是，由於尾崎秀樹先生在一九九一年版做了一定的訂正外，在原勁草書房編輯田邊貞夫先生、山田敬三先生、河原功先生的指示和教導下，使負責漢譯的陸平舟先生、間ふさ子小姐在漢譯作業中得以訂正計五項七十多處，進一步完善了尾崎先生的原著，增益其學術研究上的價值：

(一)依尾崎先生一九九一年版《近代文學之傷痕》中自己所做的修訂而修訂本書；

(二)找出原作者對若干事實之認識誤差而據實加以修訂；

（三）找出作者踏襲所引用原典中的錯誤，加以訂正；

（四）作者在寫書時期尚未能明知，而後來事實已臻明確之處，加以訂正；

（五）原書手民誤植者，悉予校訂。

這樣優秀、認真的勞動成果，尤其值得在此特筆感謝。

這一、兩年來的工作，使我們深切體會到，這不單是尾崎先生大著《舊殖民地文學的研究》的出版，更意味著面向真正的友誼、理解與和平的中國人民和日本人民攜手合作的事業的一端。

謹以喜悅和惶恐心情，迎來這本劃時代巨著的出版。

二〇〇四年九月十六日

初刊二〇〇四年十一月人間出版社《台灣新文學史論叢刊8・舊殖民地文學的研究》（尾崎秀樹著，陸平舟、間ふさ子譯）

1　本篇刪節版以〈深刻教育我的一本書〉為題，另載於二〇〇四年十一月十八日《聯合報・副刊》E7版。

不曾專意做過散文

二十出頭時開始做小說以來，就沒有寫過詩，也幾乎不曾有意地做過散文。

沒有寫過詩，是一個文學青年的一生的缺憾吧。究其原由，大概是當時的文壇，鋪天蓋地全是「現代派」的晦澀而又荒蕪的作品。其實，在那時，我已讀過父親書架上至今已不能記起的某日本學者的書《西洋文學十二講》，因而也稍知道所謂「世紀末」、象徵主義、現代主義的文學思潮，但也同時從禁書上膚淺地知道普列漢諾夫、盧那卡爾夫斯基的吉光片羽。但理解得膚淺的、吉光片羽的後者的論說，反倒強烈地吸引了我，馴至對於當時風風火火的現代派，抱了宗派的反感，卻因此而遮斷了理當多少寫幾行詩的詩青年的青春歲月。

不曾專意做過散文，若又究其原因，是一直到今天，我還弄不清楚作為文類的「散文」的定義。這實在是可恥的不學與無知。在我還上初中的年代，語文課本居然還在使用大陸正中書局版的教科書，從而讀到了巴金的〈繁星〉、朱自清的〈背影〉和魯迅的〈鴨子的喜劇〉，至今印象清晰，但也不知道那些正就是所謂「散文」的典範。及至五、六〇年代，偶爾也讀一、兩篇於當時據說是文壇上散文的名篇，感覺又與少時讀〈繁星〉、〈背影〉和〈鴨子的喜劇〉不同。不久，這些初中語文課裡讀過的，又已被列為危險思想的禁篇了。及至又偶爾讀了很有限的、時也頗被文壇揄揚的「散文」的佳篇，多半覺得詞藻華麗，境界高逸，但覺頗與在我初中母校隔壁青島東路上台灣警備總司令部軍人監獄門口崗哨邊、排隊等候為獄中「思想犯」親人送衣送飯的農婦的氛圍不協調，也就自然沒有想到去做詞藻華麗、境界高逸的文章的意興了。

而第一次寫了類似「散文」的文章，竟是從七年囹圄中釋放出來的一九七五年之翌年的事了。為出獄後第一本雜文集《知識人的偏執》寫了題為〈鞭子和提燈〉的小序，先公刊在高信疆兄主編的《人間》副刊上。今日思之，有沈登恩、高信疆那樣不懼憚於在荒耦的戒嚴時期出版和刊載一個政治刑餘之人的書和文章，於我是難於忘懷的朋友之義。

《父親》這本小書於是只能收集自一九七六年以迄於今日的，大約類似「散文」的東西，其中又以懷人憶事者為多。而由於我顛躓的個人歷史，所懷之人，所懷之事之中，又不免有幾篇寫運命顛躓的人，和發生在荒耦的時代中的事，因而怕又與華麗、清逸、高雅、旖旎的美文「散文」的規格不符，也真是沒有辦法的事。然而這或者也能得著知道有顛躓的人生、和荒耦的歷史的少數一些人的理解，也未可知。

初刊二〇〇四年九月十七日《聯合報・副刊》E7版

永恆的憂傷與苦痛[1]

蕭道應先生是在日據下教育，尤其是高等教育的民族歧視最苛酷的時代中，以一個台灣人鄉下孩子，受完當時「台北帝國大學」(今之台大)醫學部第一屆生教育，並以第一名壓倒群英畢業。像這樣的殖民地精英知識分子，大可在草創期台灣現代醫學界中以行醫、研究揚名，躋身於日帝下殖民地士紳，享受同化臣民光華，傲視貧疾「落後」的本族同胞。

然而青年的蕭道應先生卻選擇了另一條荊棘之路。他不會只顧沾沾自喜地凝視眼前得來非易的光華。他，殖民地苦難又優秀的兒子，一直把眼光投向了抗戰晚期的，充滿痛苦、悲慘和烽火硝煙的，祖國大陸上侵略與反侵略、革命與反革命的，擴及全民族的鬥爭。抗戰救亡的實踐強烈地呼喚著他和他的同儕青年，終於使他們潛離殖民地，奔向了抗日烽火中的祖國，加入了廣東抗日東江縱隊，展開了艱難、曲折的鬥爭。

抗日戰爭勝利，蕭道應先生回台，旋即潛入地下，把自己奉獻給了中國新民主主義革命。

一九五〇年上半年，台灣地下黨中央遭到嚴重破壞，從此大量的黨員被捕，報紙上天天都有組織破壞、同志被捕被殺的消息。就在這危急慌亂之秋，蕭道應先生和其他兩、三個同志，迅速成立了新的臨時中央，決定了鬥爭的新的方針政策，一面安頓從各地殘破的組織流散出來的同志。一九五二年頃，在一九五〇年韓戰爆發、全島組織失去戰鬥力情況下，形勢全面逆轉，國民黨一改濫殺為「招安」以徹底收拾殘局政策下，這地下黨的新中央亦終告瓦解。蕭道應先生在苗栗三義鴨母坪山洞中持槍抗爭拒捕，後失敗被捕。

後來經幾位常在蕭先生身邊的老同志們的引見，我有幸認識了蕭先生，也蒙受他真誠熱情的信賴和友情。我曾寫過報導文學作品(〈當紅星在七古林山區沉落〉)，寫的正是蕭先生的第二個中央覆滅過程中的一小節。在採訪中，我屢屢聽見當事人以敬愛之情提起蕭老。但我早已從認識蕭老、曾試圖採訪他的報導文學家藍博洲兄那兒知道，蕭老絕口不提當年白色肅清下流轉於苗栗山區的往事。因此雖然台灣地下黨的、蔡前之後新中央的歷史，強烈地吸引著我，幾次蒙邀在他家作客並惠食，我都始終一句也不敢問及他的激烈的青春往事。

那是因為我從資料上得悉，國府為了徹底有效地「肅諜」，在白色肅清的末期一九五二年，政策上從濫捕、嚴刑拷訊、濫殺，一改而為「招安」、「自新」。蕭老持槍奮力拒捕後失敗被捕，被迫「自新」而存活。

然而倖活下來的幾十年，對於蕭老和各別的其他一些人，卻因為自己對無人加以告責的，自己的「失節」與「苟活」，緊緊地自我究問，絲毫不肯寬諒。多次聽說，每值蕭老飲酒家，人就擔心他喝到半醉，必流淚甚至慟哭，以頭撞牆，痛不欲生。被迫「自新」、求死而不能的「恥辱」的餘生，終竟成了受自己堅不肯饒恕的追訴和審判的永無盡期的苦刑！

為自己的過往憂傷、悔恨、慟哭、自譴，毫不容情的自我審判和定罪，是人類文明中許多偉大的文學和宗教的十分重要的母題。蕭道應先生碩壯如莊稼漢的外表下，懷抱的那永恆的憂傷和死也不肯寬恕自己的痛苦的心，每每思之，既肅然而敬，又惻惻難忍。

在威暴的權力殘酷肅清「異端」、「異己」最黑暗的歷史中，我所能知道蕭道應先生的側面，已經教育了我絕不能簡單化地面對如此特殊而又複雜的歷史。

一九四一年，日帝在太平洋戰爭中勢如破竹，右派、自由派固不待言，大量的日本左派和共產黨人也宣告「轉向」，支持和歌頌日本軍國主義的侵略政策。殖民地朝鮮文人、黨員也有大量「親日轉向」的歷史，都至今沒有加以清理。這些人中的大多數，都趨附戰後扈從於美國的日本右翼權力和韓國軍方獨裁權力以延命，榮華和富貴。最近，有東京大學的一個教授，聲稱他年輕時「想當毛澤東的好兒子」、「做社會主義的好學生」，而今卻墮落到成為來台灣用「行政院文建會」的錢，為台獨派反民族台灣文學論撐旗助威，而猶自以為「光榮」！

與這些人相比，像蕭道應先生那樣，被理不盡的歷史所撥弄，卻在嚴厲的自我譴責之火中燒炙半生，苦苦不肯釋放自己的憂傷和痛苦，常常引起我的沉思。

二〇〇四年九月三十日再寫

初刊二〇〇四年十一月海峽學術出版社《祖國破了，要把它粘回去：蕭道應先生紀念文集》（蕭開平、藍博洲編）

1 本篇為《祖國破了，要把它粘回去：蕭道應先生紀念文集》第十一章。

二〇〇四年度五〇年代白色恐怖犧牲者秋季追悼大會・祭文[1]

二〇〇四年十月十七日，台灣地區政治受難人的老同志們，和犧牲於五〇年代初白色肅清的烈士遺屬，敬備鮮花素果，肅立在烈士英靈之前，表達無限的哀思與悼念。

一九九八年，台灣國民黨當局頒布《戒嚴時期不當叛亂暨匪諜審判案件補償條例》，付諸實施。但幾經交涉，「辦法」名稱仍以「匪諜」、「叛亂犯」的汙名，概括五〇年代初在中國新民主主義運動中遭受由政權發動的、有組織的人權蹂躪和摧殘民主主義之重大歷史事件的犧牲者。這鮮活地說明：戰後，尤其是一九五〇年以後以迄於今日，儘管政權有表面的更替，但是台灣當局一仍安居在美國在遠東以華為敵、遏制中國的戰略框架內。民進黨一仍舊慣，甚至變本加厲地把親美、反共反華的意識形態上綱上線，近數年來以政權之力量和資源，進一步煽動對大陸、大陸人的反目與憎惡，強化思想、教育、歷史領域上的「去中國化」和反民族風潮。

而近日以來，有台獨論客，竟妄圖扭曲五〇年代台灣新民主主義的歷史，謂當年諸先烈身處尚無台獨運動的時代，乃有「錯誤選擇」，意在欺誑天下之人。查先賢李友邦早在抗戰勝利前夕即為文警惕美國把台灣從中國分裂出去的陰謀。著名文學家楊逵在一九四八年就為文斥責台灣若有主張「獨立」、「託管」、「親美」、「親日」之文學，其文學不外為「奴才文學」。一九四七年二月事變後，台灣著名女革命家謝雪紅避港成立「台灣民主自治同盟」，迭次發表公開宣言，斥責和揭發美國夥同少數台灣反民族分子從事台灣分離陰謀。一九四九年春，楊逵發表《和平宣言》，開宗明義，鮮明反對「台獨」與「託管」活動。而二月事變後，有大量工農、青年、知識分子尋找並參加了地下黨，為締造新中國奉獻犧牲。這些明白的史實，都舉發了「台獨」少數論客的彌天大謊。

台獨反民族分子對分裂主義的推動，有強烈的急迫感，是因為整個亞洲正在發生巨大變化。二十年來，祖國大陸的經濟取得快速、廣泛、持續的發展，不但綜合國力蒸蒸日上，其發展的龐大需求，帶動了亞洲甚至全球經濟的躍動。新中國越來越成為絕不允許抹殺和輕忽的、上升中閃耀的巨星。而積極圖謀甘為外國霸權主義戰略利益馬前之卒的反民族的民族分裂主義者，其不能不最終破滅失敗的命運，已經越來越不可改變了。

尊敬的烈士們，您們當年不惜以年少青春的生命，奮力撲向舊中國的鋒鏑，為了締造富強、統一、和平、正義和幸福的新中國，而粉身碎骨、破身亡家的初志，今天終於在新中國的和平崛起中，看見了燦爛的曙色。英靈有知，應當壯士揮喜悅之淚，英雄含快意之笑！

際上金秋，敬悼英靈。東方將曙，祖國崛起。英靈有知，長佑中華！

嗚呼，哀哉尚饗！

台灣地區政治受難人互助會暨遺族代表

初刊二〇〇四年十月十七日「五〇年代白色恐怖犧牲者秋季追悼大會」活動手冊，署名台灣地區政治受難人互助會暨遺族代表

另載二〇〇四年十一月《遠望》第一九四期

1 本篇刊於《遠望》雜誌時，題為〈二〇〇四年五〇年代白色恐怖犧牲英烈秋祭慰靈大會祭文〉。

追悼蘇慶黎女士

曾任《夏潮》雜誌總編輯，工黨、勞動黨秘書長的蘇慶黎女士，於二〇〇四年十月十九日病逝於北京。本刊特請其生前的老戰友陳映真先生與汪立峽先生撰寫悼念文章。（編者）

雖然長久以來，朋友們都知道您為痼疾所苦，但是一次又一次，在祖國醫療體系和各界關懷下，您總是恢復了奇蹟般的健康，回到我們中間來，一刻不停地投身到忙碌的工作。因此，當日昨傳來您熄燈安息的消息，朋友們震駭相告，無任驚悼，久久無法相信您大去的事實。

認識您，是一九七五年我出獄不久的事。您和陳玉璽兄和我約見於一喫茶座，商談把當時已由您主編的《夏潮》月刊雜誌改版為政論性綜合雜誌的您的意向。您的想法，很快的得到當時的保釣愛國運動左翼朋友們的熱情反響。於是在您的編輯長才和十分辛勞的工作下，一個進步的、民主的、大眾的《夏潮》月刊，在當時貧瘠的政治文化中樹幟成旗，脫穎而出，集結了越來越多的青年知識分子讀者在您所主編的《夏潮》的周圍，逐漸的形成了一股自五〇年代被肅清以後沉寂多時的、民族・民主・愛國的文化思想潮流，影響了幾代年輕人的傾向。

一九七〇年代中後《夏潮》首先挖掘了被湮沒了二、三十年的日帝下台灣文學和文學家，使讀者認識了台灣新文學史中反帝、反封建和偉大現實主義傳統，而終於引發了批判當時崇尚外來現代主義、超現實主義的西洋文論和創作方法的思潮，而歸結為著名的鄉土文學運動，並以自己為陣地，力抗來自官方和西化派的政治壓力，而終於取得了「鄉土文學論爭」的勝利。《夏潮》也在長輩的協助下，把日帝統治歷史中台灣的反帝社會運動和運動家的英雄的腳蹤披瀝於讀者，揭發被湮沒的歷史，開擴了讀者的歷史視界。《夏潮》也是台灣戰後第一個雜誌，以新帝國主義批判的角度，引導讀者認識強權支配下的第三世界……

《夏潮》的編輯執行勞動都集中在您的身上，您的好友唐文標、王曉波、陳鼓應和我只是從旁應命供稿，有時協助您解決工作和經濟上的困難。《夏潮》也得到老一代出獄政治犯熱情關懷和支持。而您總是不辭辛勞地為編務的執行終日奔忙。

一九七〇年代末，台灣「黨外運動」迎來了另一個高潮。您和我們幾個朋友堅持力圖在參與運動中起到影響。一九七九年末，高雄「美麗島事件」爆發，您和一干人被捕，您不久後因病獲釋。

出獄後的您沉潛了一段時間，又投入社會運動。無如台灣政治社會形勢發生了質的變化，但我知道您仍一本不知疲倦和不輕易失望的性格，到處奔走。

您留下來最貴重的遺產和經驗，是在一個錯誤意識充斥的時代，建設了新的輿論，傳播了富於批判和揭發錯誤意識的、新的、進步的、牽動萬千人心藉以透視歷史和生活中存在的巨大矛盾核心的、變革與改造的思想，最終揭破統治一時代的謊言和暴論。

環顧今日反民族的反動輿論氾濫的台灣，重建科學的、進步的、變革與改造的新論述，仍然和上世紀七〇年代中期您和您的同志們的時代一樣，是重中之重的當務之急。在無限緬懷、哀思和不捨中恭送您熄燈安息時，讓我們沉思您留下來的工作和精神給予我們的教育和啟發，整理隊列，繼續前進。只有這樣，我們才能成為您和為中國的新生獻上了一切的您的全家屬最好的敬禮和慰藉。

遙望西天的祖國，曙色燦麗，英靈有知，含笑安息！

二〇〇四年十月二十四日，北京

初刊二〇〇四年十一月《批判與再造》第十三期

「爪痕與文學」題解

「爪痕」是利爪留下來的傷痕。台灣現當代文學中，因著曲折和被歪扭的歷史，留下了許多至今未曾清理、反省、批判從而療癒的深刻爪痕。

從時間來說，台灣新文學誕生於慘糲的日帝殖民地時代。殖民地體制除了政治的抑壓、經濟的剝奪，還帶來精神和心靈的深重損害。這些爪痕，都留在台灣現代文學漢語白話作家和日語作家的作品中，也留在「戰時下」強權的皇民文學風暴下的作品和作家的行動中。

著名的日本文學評論家尾崎秀樹（一九二八—一九九九）早在六〇年代初開始，就以深刻反思和批判的視域，檢點了日帝在其殖民地台灣、偽滿和朝鮮留下的深可見骨的爪痕，力言沒有徹底清算過的過去的爪痕不會自動癒好，而會不斷地為禍於今日。一九七一年，尾崎先生將這些論文彙集成書《舊殖民地文學的研究》出版。今天，人間出版社在大陸學者、幾位日本傑出學者的幫助下，不但得以全書漢譯，而且做了仔細的審校、訂正和加註的最完善版本，在尾崎先生生於斯、並度過苦澀的青年期初年之地——台灣出版，而且書中附有神戶大學名譽教授山田敬三先生的題解與在台灣文學研究上廣受尊敬的河原功先生的論文。

而沒有經過徹底批判的、日帝殖民台灣過程中留下的傷痕，終於滋生了以藤井省三為代表的日本右派台灣文學研究圈，肆無忌憚地美化日本奪人母語、強權灌輸日語為「國語」的暴虐，謂為台灣帶來了日語的現代「公共領域」，而終至「芽生」從中國離脫的「台灣民族主義」。藤井團伙之所為，無非企圖顛覆尾崎先生反省的殖民地文學史觀。但《舊殖民地文學的研究》之出版，絕不屑與藤井《台灣文學這一百年》（天下未有之奇的硬譯）相排比，但卻形象地表現了尾崎高聳入雲的參天巨木，與如蟲豸蜉蝣的藤井之間有如天壤瓜豆的落差。

本書的專題，於是以陳映真的〈避重就輕的遁辭〉回答七月間藤井對陳的批判。

戰後台灣當代文學的傷痕，來自民族內戰和國際冷戰交疊的構造下，形成為大國戰略服務竟不惜民族分裂，民族反目對峙，相仇相殺，在無限上綱的反共主義下，在台灣禁絕三〇年代以降的中國大陸與台灣的新文學，刑殺了呂赫若、簡國賢、朱點人、藍明谷等優秀作家，楊逵則投獄十二年，並在一九五〇年代以高亢的反共語言生產了鋪天蓋地的「反共文學」。一九七〇年代初的現代詩批判和七七年秋至七八年初「鄉土文學論戰」，受到密告和恫嚇的制壓，也成為至今不曾清理和反省的爪痕。

本書特集「余光中風波在大陸」輯合了今年五月大陸中國社科院研究員趙稀方發表〈視線之外的余光中〉，披露了詩人余光中在一九七七年台灣鄉土文學論戰中公開拋出〈狼來了！〉和寫「信」揭發陳映真思想左傾的有如密告信的往事。結果引發大陸文學、文化界的廣泛反響。八月，余光中和陳映真通了兩封信，九月十一日，余光中公開在大陸《羊城晚報》為當年事做說明與自清。其中涉及陳映真者，陳亦寫〈惋惜〉一文說明。「特集」中除余致陳之信在未徵得寄信人同意前不發表外，其餘皆依序編輯刊出，最終希望藉誠善之心機，化解懸案，爭取在台民族文壇的團結。

初刊二〇〇四年十月人間出版社《人間思想與創作叢刊7・爪痕與文學》（陳映真編），署名編輯部

一個破產、反動的「決議文」

評民進黨《族群多元·國家一體決議文》

今年九月二十四日，報上刊出了執政民進黨宣傳部發的《族群多元·國家一體決議文》，事後社會輿情和社會科學界似乎沒有什麼大的反應和討論，估計是因為這篇煌煌大論，在知識上貧困空疏、乏善可陳。但《決議文》的出台，似乎也表現了反民族當權派對於二〇〇四年大選合法性的破綻，以及台灣人民（不分省內、省外）對台灣和當前政治認同的嚴重撕裂對立帶來的統治危機感到深切的焦慮。然而這一篇思想紛亂、知性貧乏的《決議文》卻遠遠無法解開自己把自己的手腳牢牢綑住的、自己在過去一段長時間中發出的暴論的死結。

「族群」多元論的死結

Ethnic groups準確的中譯，應作「民族群體」，指的是在一個國家社會的總的人口中，因為

（一）共同的血緣（真實的或傳說、假設的）；（二）在社會意義上相關的體質（生理、體型、形貌、膚色等）和（三）共有一整套態度（attitudes、心態、心性等）而結合成的民族的群體。因此，在一個社會中對於其成員的民族群體一般地以種族、語言、原來的國籍、宗教皈屬、體型、體質、膚色作為區分的標誌。例如土耳其境內的亞美尼亞人、印度社會中的孟加拉人，和白人移民在大洋洲和南非所隔離的當地各土著民族。

台灣的反民族當權派把台灣島上幾百年共同生活的漢族系人民，依其使用的方言，硬生生地分成福佬人「族群」和客家人「族群」，卻將台灣九個不同的原住少數民族統稱為一個原住民「族群」。最近以來，把一九四九年前後來台的大陸人稱為「外省新住民」「族群」（按，既承認大陸來台人士為「外省」人，就沒有把自己自外於全中國二十幾個行省了），又把晚近從發展不平衡的東南亞引進的定居勞動者、家庭僱傭，和嫁作台灣貧困農民為妻的東南亞各族婦女為「新移民」「族群」。

反民族派把台灣的漢族毫無根據地分為「福佬」（閩南）、「客家」、「外省新住民」（「外省新住民」中又有閩南人和客家人，不知他們如何處理）。有極端派更熱心宣傳，台灣閩、客正和平埔族混血，成為叫作「台灣民族」的新民族。事實上，從社會經濟上看，社會主流民族和其他民族群體，不但有血緣之別，也有階級的交叉。受嚴苛歧視的民族群體，如日本殖民地台灣的漢族，總地居於被壓抑、歧視的劣勢地位。但各別的合作精英（cooperating elite）和統治的日本精英勾結，魚肉本族。在戰後新殖民地時代，新殖民地統治精英成為新宗主國統治精英的扈從，為新殖民主和自己的利益服務。

但台灣反民族派的「族群論」，目的在從理論上解構台灣主流民族是一個漢族的事實。反民族派把台灣漢族一分為三（閩、客、新住），而不名為中國人，以滯礙難行的「母語教育」和徒具形骸的「民族政策」，推動「族群多元」。但反民族派只顧在民族認同和語文統一上大唱反調，卻不知正在為自己妄想的「獨立民族」的形成挖掘墳墓。蓋民族國家的形成，莫不以國家強權消滅殊方異語，推動民族共同語。人造的「族群多元」，正為「獨立建國」準備抵抗的意志。

怎樣「反省」「迫害史」

《決議文》說要反省（「族群」）迫害史，才能「開創族群未來」。說「早年漢人移民對原住民族的宰制」，是對的。（但何以「福佬族群」和「客家族群」又忽而併稱為「漢族」了？）在移民史中，漢族的主佃封建生產關係，使他們對財富的主要形式——土地有強大貪欲，覬覦尚在原始共同體下「荒廢」的原住民土地，遂以搶、掠、騙、殺取人土地，罪案累累。但也要注意到低層漢族無地窮困農民與被壓迫原住民的團結，既要看到現實生活中原漢關係中的眾暴寡、強凌弱，也要看到清朝當局勒石立碑，明文法條中嚴禁民族劫掠，保護原住民的一面。

至於說「外來統治的壓迫」，指的當然是一九四九年來台的國府武裝流亡集團的「威權統治」。講國民黨「外來」、「威權」統治，反民族派有三大盲點：（一）國民黨內有階級、生活、社會地位高低之別。統治的黨、政、軍、特精英，只是其中少數。台灣人的附合精英不但與國民黨統治精英利害一致，互相團結，而且成為威權體制的「共犯」，在反共「國家安全體制」的龐大體系下效力。（二）在國民黨反共國安體系下，很多「外省新住民」也是悲慘的受害者，破身亡家的例子，在五〇年代白色恐怖下層出不窮。（三）在國民黨「威權統治」的一九四六－一九五二年間，不論二二八事變或白色恐怖，省內外被害者，有識之士互相聲援、庇護、團結的例子，最近出土史料頗多。反民族派的「族群論」說明不了歷史。外省人有慘烈的被害者，「台灣人」在威權時代絕不個個清白如雪！

「威權時代」的國民黨威暴，但沒有一個外省人只因其為外省人就可以不必考足分數升中學、大學，也沒有一個本省人因本地出身，資質優異而上不了學（社會、經濟原因除外），也沒有一個本省殷實商人因本地出身被權力禁止開公司經營企業。說國府威權時代是「殖民統治」，是沒有社會科學知識的胡說。

一般而言，「殖民主義」指工業革命前商業資本對外掠奪自然稀有金屬、商品農業、奴隸勞動和沉重貢納。「帝國主義」指工業革命後西方資本主義進入金融資本主義，向外奪取原料、市場和勞動的擴張和瓜分。國民黨武裝集團撤台行威權統治，一則其生產力落後，二則依恃美帝國而為其爪牙，不惜民族分裂，以反共國安體制為美帝遠東戰略服務，魚肉台灣的省內外人民。反民族派的「國民黨外來殖民統治論」是沒有知識的宣傳。

說到當下「母語(閩、客、原)教育」，則論數事以彰其愚蠢。(一)閩客方言的標音、表記，迄今而且恐怕永不能標準化。在這種狀態下匆匆上馬，無非是為了滿足反民族狂想。(二)閩客方言還沒有以統一的、標準化的標音、表記寫成的優美文學作品，說理論事通達的論說文，動人情意、傳誦不絕的詩歌散文，成為文學典範。(三)當前通過電視、報刊、教科書，國語字(辭)典、文學作品、學術論文——包括這一篇《族群多元．國家一體決議文》和日常說話、溝通皆無不用中國漢語白話流暢表達。在這漢語白話共通語高度普及情況下，推動未經標準化的方言和寫作、說話，而且又聲稱互相尊重各「族群」語言文化，各行其是的方言教育，倒行逆施，欲以多方言為民族語的措施，不論如何，其失敗和貽笑於後世是必然的結果！

不論國民黨、民進黨，其在台灣漢族的少數民族政策只能是一次又一次的欺騙。

在台灣經濟史的諸階段，台灣少數各民族總是居於被剝奪地位的民族與階級，受盡各種壓迫。隨著戰後台灣資本主義化，台灣原住民部落共同體社會在貨幣、市場經濟中崩解、分化，產生為政商利用的原住民精英階級，與漢族經濟、政治精英結合，共同掠奪原住各民族。而部族共同體瓦解，男性從事資本主義低層重勞動，女性的大部分淪落煙花，使民族母性受到傷害。此外民族傳統、文化的「流失」，來自「國家」和精英階級歧視性的民族政策和台灣戰後資本對山地的侵蝕——凡此，儘管有各種對原住民族的「保障」和「保護法」，在資本的貪欲下，莫不成為具文，台灣不例外。土地建商資本和漢人高利貸資本，還在一個接一個侵吞原住民族的土地、生活領域、文化和社會組織。進入資本主義階段的台灣漢族＝壓迫和掠奪者，而前資本主義階段的台灣原住民族＝被剝奪和抑壓民族的構造，決不因「藍」、「綠」表皮的變化而改變。原住民族命運的改變，必須經由漢族中被壓迫階級和大部分在漢族資本社會中被壓迫階級的同盟的協同鬥爭，建立一個人民的民主政權，真正宣示並實踐島內民族平等、民族團結、共同繁榮的綱領，實施民族區域自治，由政權和法律保護原住各民族語言、文化、習俗和宗教的權利，具體實施各級民族教育，甚至發展民族經濟，必要時以法規規定少數原住民具體的優惠特權。民進黨空言「重建原住民主體性」，只不過是漢族對原住民族另一樁騙局而已！

反民族當權派以佯為寬大的「反省族群迫害的歷史」時，心中仍然積存著「清白、無辜、屢遭被害」的「台灣人」各族群和「外來」、「威權殖民統治者」的加害者「族群」。儘管在修辭上已經把加害者縮小為一個加害「族群」的「少數特權集團」，並從而對「外省族群」之一般的寬赦——非「原罪」化，但這樣的論述恰好洩漏了反民族當權派對冷戰結構下「反共國家安全體制」的暴力之認識的膚淺。

我在不少的場合曾不憚揭發，一九五〇年達於高峰的冷戰體制，在美國主導下，在民主、反共、自由、人權的口號下，在廣泛的美國勢力範圍下，東亞、中近東、拉美、非洲和東南亞，樹立了各扈從國的反共國安體制，以戒嚴、軍事獨裁、各種反共法展開由政權主導策畫，有組織、有政策的慘絕的人權蹂躪、民主摧毀行動，殘殺和非法逮捕、拷問、審判、投獄數以百十萬人的工農、學生、教授、社會運動家和各種社會黨和共產黨人。而一個龐大、周密的反共國家安全體制，絕不是在社會層級上參差不平的「外省族群」一個「族群」的威暴所可推行，而需要廣泛吸收、布建其他各「族群」——包括自以為清白無瑕的「台灣人」的參與與合作。不幸的歷史告訴我們，是外省和本省人精英在美帝國主義戰略需要下，加害於本省和外省的被剝奪者階級。要反省，就要追究美帝國主義分裂別人民族，慫恿民族相仇對殺，追究包括我們自己在內的為虎作倀，長期宣傳極端化的反共意識形態，兄弟相仇，互相殘殺。當然反共國家安全體制的精英的犯罪固然要清理，但自以為清白無瑕，把沾血的雙手壓在身後，刻意為國家恐怖主義的美國開脫，卻宣稱赦免別人的「原罪」，這樣偽裝的惡棍祭師，如何能「反思」和彌合民族分裂傷口所造成的巨大的民族傷痕呢？

台灣國家的幻想

《決議文》的目的，一方面以沒有科學根據的所謂「族群」論，解構台灣絕大多數漢族認同，一方面拾西方自由派「公民民族主義」之唾餘，打造台灣「國家」認同與「公民」（國民）意識。但現代意義的民族國家、民族意識和民族主義，都是現代資本主義發展後，由於需要一個廣闊固定的市場、一個強有力的中央政府維持社會和市場的穩定，以利資本的累積和集聚，甚至以國力支持資本對外輸出的安全，以及強大新血資產階級的出台……的產物。然而馬克思主義對這國家、民族概念，也提出了少數「例外」。即少數歷史悠久、文化發達的民族如中國、希臘和羅馬，很早就有文化歷史的「我族」概念，如漢人（華夏）、羅馬人、希尼里人的意識。所以現當代資產階級提出的「公民民族主義」、「想像的共同體」論，並不能生搬硬套於東方中國。日本治台四十多年後，猶不能不慨嘆台灣人漢族的民族驕傲與強不可欺的民族意識。

而從歷史看，台灣社會史中的原始社會僅止於新石器時代後期，尚未進入有文字、銅器和國家形態的奴隸社會，建立奴隸社會基礎上的國家。嗣後漢人、繼而荷蘭、西班牙重商殖民主義的短暫殖民統治，阻斷了原住民族社會的發展進程。及至漢族先後在明鄭、有清向台灣移民，則是在漢族政制、文化、教化下，移入大陸成熟的封建制主佃社會形態。十九世紀中期後，隨祖國大陸之半殖民半封建化總過程，淪為列強半殖民地和中國半封建社會。及歷經馬關割台，台灣光復而復省，台灣是中國的地方社會，絕無疑議。今天反民族當權派幾十年來推出各種台灣分離論始終無法自圓其說，甚至到了取得台灣政權的今日，仍無法擺脫「中華民國」的「國名」，說明反民族分離論的捉襟見肘。《決議文》一方面強調分，強調「族群」語言、文化、甚至認同的「多元」，另一方面又企圖以失去合法性、金權苟合、社會失序的「民主工程」，號召以「公民民族主義」重建合一的「國家」台灣，矛盾紕漏百出，暴露了台灣反民族當權派知識和思想的破產與滅裂。

為新的反共國家安全體制埋下伏筆

《決議文》說：經由民主化建立國家主權後，台灣已無外來統治問題，只有如何抵抗外來併吞挑戰……，「對國家一體和國家安全的支持與維護，自應透過民主途徑加以規範」；「……台灣原住民、客家、河洛各族群並肩對抗共產極權奴役、追求民主自由……」。

台灣反民族資產階級當權派已經取得了江山，「已無外來統治問題」，沒有美國新殖民主義統治問題，沒有新的政、官、商體制下嚴重階級社會問題，不許造反，不許抗議批判，而當前主要「危機」來自「共產極權奴役」和併吞……台灣反民族當權派重拾五〇年代國民黨威權統治的冷戰話語，巧妙地為有朝一日美中嚴重決裂、重建台灣新的「反共國家安全體系」肆行親美反共法西斯統治埋下伏筆。司馬昭之心，值得人們警惕！

初刊二〇〇四年十一月《海峽評論》第一六七期

燔祭（代序）

台灣墾拓的歷史，從民族關係看，是一部移墾漢族對台灣原住民族掠奪、詐占、圍墾土地、榨取徭役的壓迫與反壓迫、掠奪與反掠奪的鬥爭中，因力量懸殊而終於被迫屈服和漢化的歷史。當然，漢人移墾愈盛，由於作為封建生產制的財富主要形式是土地，漢族與原住民族間的土地的掠占與反掠占的鬥爭益烈。清王朝雖也屢屢勒石刻碑，三令五申，在官書中嚴禁墾民、官紳、豪強、通譯和遊手越界圈地強耕，漢族對土地的飢餓卻往往視禁律若無睹。雍乾年間，大規模的原住民武裝保土抗爭，漢族官民武裝鎮壓、血腥屠殺事件史不絕書。

這酷烈的原漢鬥爭史，卻零散地見於遊宦台灣的較有良心的文人、士人的筆記、奏牘、甚至詩文中。特別在詩文中，不少作品記錄了通譯和判官苛酷荼毒原住民，虐待原住民，欺霸原住民的情景，對惡吏威暴原住民的非行之憤怒與憎惡，溢於言表。而每讀開拓史裡漢原關係中漢人的殘暴，心中常有負罪之痛。而偶讀遊宦詩人特筆忿然指控原住民受通事、紳豪、下吏威暴之苦，則良心稍慰。

而回看台灣新文學史中的重要作品，極少有描寫漢原關係的題材。不論如何，這說明原住民族的人、生活，他們和漢族的社會、歷史、民族和階級關係，在把焦點集中在日本殖民主義和漢族的矛盾的歷史條件中，從來沒有——或者很少進入到台灣知識分子和作家的思想和感情的射程之內。

在宜蘭、在台東、在通霄、花蓮、麻豆、新竹、桃園、大溪……以及更多的地方，處處都有漢原雜居的小社會和其中的民族生活與民族關係。而在漢人重要的新文學作品中極少漢原關係的題材這個事實的本身，不可辯駁地表現了在台漢人作家的民族沙文主義——對原住民兄弟民族的忽視、抹殺、視猶不見——總之，就是對我們原住民族兄弟的歧視與抹殺！

而在這樣的社會歷史下，詩人詹澈的這本新的詩集，就意義重大了，因為這是第一本台灣漢族詩人寫台灣少數民族的詩集，而且又專寫蘭嶼島上的達悟（雅美）民族。

主流的、優勢的、居支配地位的民族寫弱小族群，常常犯輕佻、偏見、歧視、主觀想像的異國情調的錯誤，以反襯自己的「文明開化」與「他者」的野蠻落後，猶英國人寫其殖民治下的印度人和阿拉伯人，而被薩依德指控西方人「東方主義」眼中扭曲的「東方」。但詹澈的蘭嶼和達悟族，卻表現了漢族人的反思，抨擊漢族人以欺騙將核電廢料埋進了蘭花之島，歌頌了達悟族人民和大自然無縫的合一，描繪了蘭嶼島上的花草樹木和蟲魚鳥獸……詹澈是以與達悟族人民等身高的視野看達悟族人民的生活、命運、力量，看漢族人對他們的欺罔與偏見；和達悟族人民一道忿怒批判漢族人將核電廢棄物以民族欺騙強加於人。這種對弱小民族的深切關懷，對自己民族的沙文主義威暴的批判和反省，和雍乾時代島上民族矛盾惡化時，一些來台遊旅遊宦的士人留下的、為台灣「番人」在民族掠奪和壓迫下悲鳴的文學作品，前後呼應，使漢族良心作家對不幸的民族歧視留下了反省的聲音。

在作品的審美方面，詹澈從來不是專事字雕句琢的詩人。有些時候，他的詞、句、詩行，甚至不免於「粗糙」。然而他的詩作的主要的審美力量，來自他今日別家詩人少有的豐實、廣闊、飽滿的生活。他的詩句，大多來自具體、豐富的生活，而不是費盡心機的雕琢推敲，但感情和認識空洞的語言，更不是向西方文論學舌的、不知所云、破碎而晦澀的詩行。因此他在達悟族獨木舟著名獨特的圖形紋藻看見了「眼」睛、日輪、日晷、年輪和羅盤的形象，臆想著億萬年前達悟人先祖第一艘獨木舟飛向穹蒼太虛後遺留下來的文明。他以「這小島上的一塊肌肉」去感受老達悟人手裡的泥偶。他描寫多神教的達悟人在砍下欖仁樹造舟時必先禱祝，取得樹的許可。他寫老達悟人孤單的晚餐時，細寫姑婆芋、水芋頭、飛魚乾、米酒、檳榔和香菸。他寫捕飛魚的暗夜，大海上萬盞蘆草火把，寫既能當誘引飛魚的火炬、又能吹出祖靈之歌的蘆笛。

他寫人口大量外移，學生大量減少，而終至關閉的小學「以一個孤兒的眼睛／望著平靜的海洋」。寂無鐘聲、空曠寥寞的廢置的小學，訴說了達悟民族未來的命運。〈測量〉寫前資本主義社會人民自有的度量衡方式，批判了「現代」度量衡彼此分別，失去原始共同體社會中自由、正義的人的關係。

詩人詹澈對於前現代社會共有共享的社會，懷抱著鄉愁。在〈命名〉中，詩人謳歌了族人對雲和雨的共有，共有水芋須密植連作的智慧，和以水芋和飛魚的買賣為禁忌的傳統和意義。這些對達悟族人民的生活、文明、生產、社會、習俗、紋飾和祈禱的描寫，恰恰來自最生動豐富的生活，而充滿了詩的鮮活的審美。

在詩人的作品中，有水芫花、欖仁舅樹、蘆葦、棋盤樹、象牙樹、文殊蘭、原生蝴蝶蘭、赤楠、椰子蟹、珠光鳳蝶、曲波紋小鳳蝶、紅梗水芋、角鴞、山羊、迷你豚、人面蜘蛛，而當然更有萬箭撲火似的飛魚……詩人將這些他所熟知的草木蟲魚鳥獸，寫在蘭嶼的大自然的背景中，時而寓寄深刻的天人哲思，發出強烈的審美情感，使詹澈的詩總體地具有了迥異於人的詩的審美和獨特的形象。

詩集的「輯三」，我取〈涼亭〉。達悟人傳統居家建築皆有「涼亭」，用來看海、唱情歌、做愛、懷孕。而後「飛魚祭前，涼亭坐滿懷孕的婦人……」讀來有生命的喜樂與感動。〈檳榔〉有俚謠民歌的色情，但詩人似應稍加遮蔽，不宜太露原味（一笑）。〈貝殼〉有這幾行詩句：「請張開嘴巴，使人想到唄字／使人聽見億萬年前劫難以後／還回響在海上的聲音」。讀此，想到如果詩人知道「唄」字在日語中意謂「歌唱」，一定會點亮詩人更美好的靈感想像。

〈語言〉寫到了「石月樹」、「父子草」、「女兒茶」這些很有詩情的草木之名。但重要的是詩人傳達了達悟人民對核電權力忿怒的吼聲——manlita——「騙子」。漢人把核電廢料以極不道德之詐欺——在蘭嶼蓋「罐頭廠」、增進就業，卻把百千桶核電廢料掩埋在這蘭花之島。

詩人寫了島上的作家夏曼．藍波安，和一個奔嫁到蘭嶼來的學運而社運的漢族女兒，表現了真摯親愛的友情……

特別是整本地看，《小蘭嶼和小藍鯨》是一本美麗、真摯、滿有深情的詩集。蘭嶼是小島，應該沒有遭受雍乾時代漢族大量移墾時對原住民土地貪欲殘暴的掠奪。但六〇年代後台灣戰後資本主義以侮蔑歧視的觀光、戰備跑道、有毒的核電廢棄物剝削達悟族人民。漢族詩人詹澈第一個為漢族的民族罪愆，把這本美好的詩集作為悔改反省的燔祭和禱詞，獻祭於民族平等和友愛的祭壇，為幾千萬漢族贖罪。為此，詩人哪，我們感謝你……

二〇〇四年十一月十一日

初刊二〇〇四年十二月九歌出版社《小蘭嶼和小藍鯨》（詹澈著）
收入二〇〇五年四月台海出版社（北京）《詹澈詩選》（詹澈著）

有關「宗教文學」1

尊敬的各位各宗教法師、長老、先進，各位第三屆「宗教文學獎」評審、得獎人，各位女士先生：

陳義芝兄力命我在這個頒獎禮上簡短致詞，固辭而不得，站在這裡覺得很惶恐，只能講幾句話了。

想起來，宗教經典和文學或文學的雛形敘述，早有十分密切的關係。偉大宗教的宣教，對象多半是貧困、文盲和社會受苦的大眾。因此，宣說教旨的聖者、教主常常使用生動的故事、寓言、比喻來說明深刻的信仰奧義。這就是，或者十分接近文學了。

基督教《聖經》中的《新約》，耶穌曾以浪子離家、老父倚門盼望浪蕩的兒子回家的故事，說明天父對失落信仰走入歧途的愛子的憂愁和失而復又得的喜樂，十分動人。同樣，耶穌也曾以一個牧羊百隻羊的牧人，因失去一隻羊，撇下剩下的九十九隻羊，遍尋失羊的故事，以喻天父對失落信仰的迷失羔羊的懸掛。同樣，《聖經》上《新約》四福音書，堪為傳證文學的濫觴，而

《舊約》中的〈約伯記〉，更富有心靈獨白，描寫虔信和懷疑掙扎、痛苦和勝利的，在文學上堪稱深刻優美的著作。至於《舊約》的〈雅歌〉和〈詩篇〉，更是希伯來民族男女情思和信仰的情歌和詩章。

我慚愧我不熟悉佛教和伊斯蘭宗教的經典。但也讀過一些別人引用自佛經、《可蘭經》的寓言、詩歌和頌詩。

而在人類的幼年時代——原始社會、多神拜物宗教中，也會有很多對物神的頌歌，對收穫的祈求和感謝的頌歌，對惡靈的詛咒，對祖靈的祭祀之詞，此皆莫不以禱詞、頌歌的形式表現。至於男女求悅的歌與舞，更不在話下了。

和東方尤其是中華民族的文學相比較之下，西方文學的宗教意識似乎強大、明顯許多。特別是歐洲的中世紀，是封建生產關係的宗法體系和基督宗教體系相結合，支配一切人與人的思想和感情的時代，對於中世紀的西方人而言，人的一生，是面對和承受各種黑暗、危險、犯罪的引誘和試煉的一生。勝過罪的引誘和試煉，可榮歸天堂，反之則沉淪煉獄。

這種源於基督教旨的信念，影響廣泛，根深蒂固。在英國文學史中，即使到了文藝復興衝擊中古精神，新教代興的十七世紀，虔信、嚴格地追求基督教基本價值的精神，仍然輝煌地歸結於米爾頓（J. Milton）和本揚（J. Bunyan）的文學巨著中。

米爾頓的《失樂園》(及其續部《復樂園》)是英國文學史上次於莎翁的棟梁之作，以宏偉的史詩體裁，描寫撒旦誘人犯罪，人被誘而食禁果，亞當與夏娃終於被逐出樂園。《復樂園》則寫基督百般克服和拒絕罪邪的誘惑，復得樂園。

另外可以舉的例子是本楊的《天路歷程》，以散文體寫一夢境，寫基督徒自皈依，受試煉、疑惑、勝過種種邪惡犯罪的誘惑和經歷死亡之艱苦歷程。

對於歐洲文學我所知極有限，但估計從中世紀到文藝復興期間，這種以基督教信仰為中心的重要文學作品，應不在少數。

文藝復興是中古而資本主義化現代的過渡。資本主義的現代，在生活、信仰、社會、思想各方面都有帶來深刻變化。基督教教旨支配一切的時代基本上過去，但仍然有個別作家出於對教旨的信念——而不止於泛泛的勸善警惡——以文學的體裁表現自己的宗教思想和信仰。

十九世紀偉大的現實主義小說家托爾斯泰，晚年主張解放農奴，崇尚樸質的生活方式，而在宗教上則強烈傾向於靈恩傾向的福音主義，從而自我全面否定被世人奉為最為傑作的《戰爭與和平》、《安娜．卡列妮娜》和《復活》等，批評它們都是誨淫敗德之作，從而熱心地開始寫一些寓集福音的教旨為中心的短篇故事，如〈傻子伊凡〉等。

在東方，日本有今天在座林水福教授所熟悉的天主教作家遠藤周作，討論深刻的神學問題。在六〇年代的韓國，有詩人金芝河，不畏朴正熙苛烈的軍事獨裁，屢屢發表直接、明白、銳利批判韓國社會與政治的詩篇，其義正詞嚴，很像《舊約》時代冒死犯上面諫君王之先知的態勢，從而幾度被捕入獄，幾次被判死刑，幸經世界文學、文化界名流寫信施壓營救，才得倖活。金芝河最後被釋放後，據說開始皈依天主教，離開了政治，寫有關天主教教旨的詩作。（金芝河原來就是天主教徒或後來改宗，改宗後寫的詩，筆者皆不甚了然。）

相形之下，我們中華文化中，似乎比較少有類如西方的宗教意識。所以中國的宗教文學，除了印度經典漢譯過來的原經典中的宗教性寓話、比喻和禪宗著名的公案，以及通俗的善書，似乎沒有可以獨樹一幟的「宗教文學」。

現在，靈鷲山心道禪師和《聯副》共同提倡「宗教文學」並設獎每年評比，自然是好事。但在我們自己的文學傳統中很缺少屬於我們的「宗教文學」典範性作品，對外國「宗教文學」的典律又理解得不夠（包括我自己在內），在評選時一定會產生「什麼是宗教文學？」的根本性提問，評審間有時各執一見，莫衷一是，頗成困擾。

而所謂「宗教文學」，以「宗教」為限定詞，就應是一般倫理道德、警惡獎善以上的，深刻、觸及靈魂並表現作者宗教性強烈深刻執信的信仰。例如遠藤周作寫為信仰而腳踩聖像，如米爾頓寫天魔交戰，人受誘惑而墮落的母題，再加上文學表現上非凡的成就，如米爾頓史詩般的敘事詩體，本楊允為英文學史上現代小說之濫觴的散文敘事，兩者完美的結合。庸俗化、世俗化的懲惡酬善、倫理道德的層次，怕產生不了嚴格意義上的「宗教文學」。

而這就得等候「典範性作品」。以台灣新文學史而論，上世紀二〇年代，淪為日本殖民地的台灣，以大陸五四運動的新文學理論與創造實踐為典範，產生了賴和、楊雲萍、楊逵，他們的典範性作品，造就了一代又一代台灣新文學作家，綿延至於今日。

因此「宗教文學獎」的任務是重大的，道路也不是平坦的。雖然「任重道遠」，偉大宗教講的是在亂世中千錘百鍊而不易的執信，希望「宗教文學」的發展，為當前萎弱混濁的文學注入涓涓不絕的清流。

二〇〇四年十一月十四日

本文依據手稿校訂

---

1 本篇為作者於第三屆宗教文學獎頒獎儀式上的發言，後改寫為〈宗教文學管窺〉（收入本卷），發表於二〇〇四年十二月五日《聯合報・副刊》E7版。

揭破「主權」謊言，當家做主人！1

美國國務卿鮑爾近日訪問中國大陸後，人還未回美國就對世界權威媒體CNN和著名華文媒體鳳凰衛視清楚明白地說，台灣沒有獨立的主權。台海兩岸問題解決是和平統一。消息傳來，民進黨慌成一團，國民黨也有點語無倫次了。

到底台灣是不是一個「主權獨立」的「國家」？

回答這個問題，就要講一點台灣的歷史了。

台灣自古就不曾「獨立建國」

在台灣居住最久的民族，眾所周知，不是漢人，而是台灣原住民各族人民。可是一直到十三、十四世紀，很少數漢族漁民為打漁作業，在南台灣搭草寮不定時居留，十七世紀荷蘭人和西班牙人的商業資本殖民主義曾短暫殖民台灣，就近招募我國東南閩粵貧困農民來台墾拓，徵收貢納。當時台灣原住民社會最發達的部族，還只在新石器時代晚期，尚未進入有文字、銅器、奴隸制生產和國家型態的階段。而從此之後，經鄭成功、清代長期的漢人拓墾，原住民社會失去了繼續自然發展的機會。

原住民沒有在台灣「建國」，明鄭、清代的漢族來台移民自然分別成為鄭成功政權和清王朝的臣民。而且根據最實證的史料，早在南宋時代，中國就在澎湖駐軍經營。

所以總的說，台灣自古就不曾「獨立建國」，而且自古就是大陸中國的地方轄區，更不必說在一八八五年清朝正式在台建省。

台灣在帝國主義時代淪落

十九世紀中期，世界進入帝國主義時代。西方資本主義列強為爭奪工業原料、商品傾銷市場和超廉價勞動力，四處瓜分世界，爭奪殖民地。從鴉片戰爭開始，西歐列強爭相來華挑釁，要求巨額賠款，分割勢力範圍，制取殖民地，占據租借地，奪取興築鐵路、內河航行等權利。古老的中國淪為半殖民地·半封建社會。台灣作為中國的一部分，也在這全中國淪落的總過程中，被迫開港通商，成為列強的半殖民地。一八九五年，日本帝國以《馬關不平等條約》強占台灣，此後台灣淪為日本的殖民地，經受五十年的殖民地統治，成為主權國家中國的失土。

台灣的割讓和光復，也說明台灣是中國的領土

恥辱的《馬關條約》，是日帝強迫下以外交文書向清政府議定割台的。一九四五年，台灣的光復，也依據美英蘇中的《開羅宣言》和《波茨坦宣言》規定戰後敗戰的日本必須將台、澎和東北地方「歸還」中國，而且在具體上，辛亥革命推翻滿清締造的中華民國完全繼承了滿清的中國主權，因此抗日勝利後，國府也當然繼承滿清對台主權，依國際條約的光復——收復了失土台灣、澎湖和東北，向世界宣告失土重光，台、澎、東北人民為中國之公民。

日本以清朝中國為對象依不平等條約割台，戰敗的日本也以國府中國為對象，歸還其所割占的台、澎和東北的歷史，說明台灣在法理上一直是中國國土的一部分。

一九五〇年到一九七〇年代的台灣「主權」

一九四六年，大陸上爆國共內戰。一九四九年末，國民黨的「中華民國」政府流亡台灣。一九五〇年六月，韓戰爆發，東西兩陣營的「冷戰」達於高峰。美國霸權主義為了它在遠東反共戰略利益，派遣第七艦隊封鎖台灣海峽，嚇阻於一九四九年宣布建政的中華人民共和國，並支持蔣政權在台灣建立反共「國家安全」體制，實施酷烈的戒嚴統治，凍結了國共內戰，使中國以海峽為界一分為二。

美國霸權主義先是在國際外交上承認與支持蔣家「中華民國」為「主權獨立的國家」，繼續在聯合國及國際社會「代表全中國」，而惡意抹殺大陸中國，不予外交承認。受其影響，承認新中國的國家就限於以蘇聯為首，包括東歐的「社會主義陣營」和不少第三世界「不結盟國家」。西方資本主義國家中，只有英國、法國等先後承認新中國。美國霸權主義千方百計影響聯合國排拒中共加入。

而國民黨正是靠美國霸權主義支撐的「國際外交合法性」——宣稱其為「主權國家」，而取得在台灣的統治「正當性」與「合法性」。一九五〇年到一九八七年「威權統治」的最有力的支柱和依靠，正是以「自由、民主、人權」自我標榜的美國。

一九七〇年代，世界局勢大變。不聽美國霸權的命令行事的第三世界國家在聯合國中的席位大增，超過美國所能控制。一九七二年，聯合國大會歡欣鼓舞地擊敗美國的阻擾，通過驅逐中華民國，迎接了新中國進入大會和常任理事會。及至一九七九年，美國也和台灣斷交，承認一個中國原則，否定台灣為一個主權國家，兩岸問題留待雙方和平解決的條件下，給予新中國正式的外交承認。

至此，國民黨所憑藉以統治台灣的國際外交「合法性」破產，與台斷交而與中共建交的國家與日俱增，其理由並不是民進黨和國民黨宣傳的「中共打壓」，而是還原了一個歷史事實：一九四九年建政的中共早已繼承了在大革命中沒落的中華民國的主權，成為中國唯一合法的代表。

過期失效的身分證

一九五〇年到一九七二年台灣被逐出聯合國這段期間，台灣在國際社會的身分證是美國非法加蓋了有效期章的身分證，一九七二年美國撤銷對台外交承認後，台灣就成了國際社會中沒有「主權國家」身分證的人。但是由於國民黨和民進黨相繼欺騙宣傳，有些人至今還在說「中華民國絕對是主權獨立的國家」，自欺欺人。渴想台獨的民進黨為什麼不能不死抱著「中華民國」不放手，那是因為一張過期的身分證比一張全新偽造的身分證「強」一些！

不當奴才，起來做自己的主人！

從一九五〇年蔣氏政權到今日民進黨政權，都只能當美國人的奴才，為美國戰略利益服務，都要看美國臉色辦事。兩蔣時代，台灣在經濟、軍事、政治、外交上唯美國馬首是瞻。民進黨的「民選總統」就職演說稿、「國慶講話稿」必須先送美國審查，還公開說「台灣能不抱美國大腿嗎？」。一九五〇年至今日的美台關係是美國當主子、台灣當奴才的歷史，箇中真相美國人最清楚，所以鮑爾說台灣不是一個主權獨立的國家，是再自然不過的事了。

前文說過，美國人唆使中國人隔海分裂對峙，並為美國戰略利益在台灣實施長期戒嚴威權統治，一方面又利用中國人的分裂，對台灣強迫出售高價重武器，煽動內戰，把用和平方法克服民族作對，重修民族團結與和平，共謀繁榮發展的路堵死了。

藍博洲因此在選舉中公開反對煽動民族內戰的台獨，呼籲民族團結與和平，反對昂貴的軍購，用這筆大錢充實和改善社會福利，扶助弱小。

我們反對美國長年來對台灣的支配與剝削，要求從美國霸權主義統治中爭自主，反對美國干涉下唆使我們走向民族自殘的悲劇道路！

我們反對地方資產階級、角頭、幫派自相授受，錢權交易的「民主」和選舉。我們要求勞動者、人民、地方知識分子真正參與的，確實能為人民大眾服務的真民主和真選舉！

親愛的苗栗鄉親們！藍博洲是苗栗勤勞人民的兒子。他和大家一樣，不相信幾十年來的政治謊言，要揭破藍綠政客們以權力和金錢互相勾結交易的「民主」騙局！

請您以神聖的一票支持一個不信邪，不怕鬼，真誠相信平常百姓，改造社會，為鄉親人民服務的新政治！

初刊二〇〇四年十一月二十二日「夏潮聯合會」網站

1 本篇為二〇〇四年第六屆立法委員選舉時，陳映真為苗栗縣候選人藍博洲所撰之助選稿。

紀念蘇慶黎

十月十九日傳來慶黎在北京謝世的消息，一個人在雜亂的書房不覺嗒然。

一九七五年夏天從綠島回來。次年春末，在一九六八年警總新店看守所先認識的、台灣傑出的發展社會學者陳玉璽帶著蘇慶黎約在許昌街ＹＭＣＡ見面，慶黎當時在編一個商業性雜誌，來找我，是商討把她手上的雜誌改頭換面，「編一個進步的、人文的、思想性、綜合性雜誌」。我和玉璽兄都表示支持。

我和玉璽兄雖然在看守所就彼此知道，但面對面說話，這也是第一次。六〇年代末，美國學園因民權運動、反越戰運動、言論自由運動等而左傾化。當時在夏威夷大學東西中心留學的玉璽兄，受到一位日裔美籍老師的薰陶，改學激進政治經濟學，參加了當地反越戰市民遊行，不料被台灣在夏島的線民密告。夏島台灣領事要吊銷他的護照，逼他回台受審。事態緊急，他的老師立刻安排他急渡日本，交給日本革新系政界和學界加以保護。

但冷戰時期日台間有反共的團結。玉璽兄據說被日警先打暈後，再由在日台灣特務挾持到台灣「領土」中華航空，押回台灣，秘密審判。

日本當局這一強擄政治犯交給台灣的事件，立刻引起日本革新派政界、文化界的廣泛、強烈的抗議，對當時的台灣外交造成了不小的衝擊。一九七〇年，陳玉璽列入極少數「特赦」政治犯名單中釋放，但工作和生活依然遭到嚴格監管。

新刊物以「中華浪潮」（China Tide）為《夏潮》的英文名。一開始，蘇慶黎就發揮了作為總編輯的長才。雜誌由她組稿、約稿、催稿，然後由一個克苦勤勞的助手，當時還是大學生的吳福成送廠排字、校對、定版樣、印刷……。

●

回想起來，那時還真有一個像小吳那樣滿懷熱情，物質生活窘迫，卻滿腔改造社會的意氣，讀了許多舊俄與中國三〇年代小說的青年。慶黎為組稿整天到處奔波，背著一個滿是稿紙和材料的大提包，踱著廉價的「中跟」女鞋「咚、咚」地爬上婚後的我的局促的租來的房子，喝一口茶，急著點上菸，她的菸癮真不小！就翻開她的提包拿出稿子和你討論編務。圍繞在她身邊，隨時應援她的編輯需要的，是已經過世的唐文標、陳鼓應、王曉波、我和其他的朋友，而其中以唐文標在精神上、物質上支持她最多。

在一九七六年的台灣出現的《夏潮》，在當時台灣竟逐漸動搖了一九五〇年以降支配著台灣的兩種時而互相矛盾對立、又時而互相協調統一的思潮。一是五〇年代政治肅清後，以極端反共意識形態和戒嚴體制為軸心的反共國家安全主義；另一個是主張美國式的「自由主義」反共的思潮。而這互相矛盾、又互相統一的思潮，自一九五〇年以後，儼然是當時台灣的「霸權論述」，莫之能攖。

但從《夏潮》裡，人們開始理解了五四運動，特別在文學上，與台灣新文學的理論與創作實踐上有千絲萬縷的關係；而自上世紀二〇年代中後成長起來的台灣新文學，特別是三〇年代的台灣作家和他們的作品，因為與中國和日本的左翼文學有密切關係而遭到長期封禁和湮滅。《夏潮》的讀者也開始明白，世界和民族，在當前的世界秩序下，分成強大國和弱小國的支配與被支配關係，而世界上有「第三世界」的民族、經濟和文學及其嚴苛的命運。《夏潮》點燃了「鄉土文學論爭」，提倡大眾的文學和民族的文學的論說，以與當時長期統治台灣文壇的歐西「現代主義」文論相抗拮。總之，《夏潮》發展了在台灣久經禁絕的新思想、新的人生和世界觀，提出了新的詞語。而為了抵禦西方大眾流行音樂對青年音樂審美的統治，發動了「唱自己的歌」運動……既挑戰了當時權力的霸權論說，更影響了整整一、兩代年輕知識分子的思想。

《夏潮》出刊後第三年的一九七九年，台灣的形勢發生了根本性變化。美國撤銷與台灣的外交關係，轉而承認大陸中國為代表中國的唯一合法政府。失去了因美國支持的台灣外交和國際合法性，國府頓時喪失了其對台灣統治的合法性。在美國干預和協助下，台灣反蔣資產階級民主運動鵲起。同年十二月爆發「美麗島事件」，國府全面鎮壓，《夏潮》和其他「黨外」刊物率皆被禁止發行。

慶黎在編雜誌期間，和廣泛的「黨外」各路雜誌和人脈自然有了各種人與工作的聯繫。「美麗島事件」後，慶黎一度被捕，據說因健康關係不久釋放。她因而在台灣喪失了繼續工作活動的餘地。在事件後沉悶的氛圍中彼此失卻了聯絡，終於聽說她到美國讀書。當時的形勢正呼喚著理論認識的沉澱，我為她的安排高興。

八〇年代初，被壓抑的「黨外」對頓時失去統治合法性的國府當局進行廣泛的反彈。資產階級的「民主化」運動迅速向民族分離運動發展，勢如破竹，終至瓦解了近四十年的戒嚴體制。而原先的民主·反蔣運動，很快地轉換軌道，成為民主·分離運動。而後者又迅速地取得了霸權論述的地位，尤其在李氏政權以強力的政權資源，由上而下地推動脫中國論說，一時文學界、政界、文化界紛紛向脫中國論傾斜。而《夏潮》系的左翼的、反帝的、反獨擁中的、激進的思潮不免日益「邊緣化」。而在現實上，隨著政治上脫中國論的漲潮，不能不說，當年圍繞在《夏潮》周圍的一些人也開始分解，轉變了方向，投奔了脫中國、反民族的營寨。

因此，在八〇年代中後自美回台的慶黎，自然也面對了這始料不及的變局。她雖然積極參加了工黨和勞動黨的組建，但終於因為我和朋友們所不十分了然的原因選擇在高雄從事社會運動。出於彼此依賴和尊重彼此的工作與生活，我和慶黎的聯繫驟減。而這時，當年和她共同戰鬥於反國民黨民主戰線的她的「黨外」友人，在綠營中封官晉爵者大有人在。昔日《夏潮》系轉向新朝而得意者，也所在多有。而慶黎在他（她）們之間遊走，卻又始終不易其「左翼統一派」的初志，表現了她擅於存異求同，不以政治立場害人與人真摯的友情的性格。這真是我怎麼也學不來的為人的長處。

十月二十三日，忽然想起慶黎就要在二十五日舉行遺體告別式於北京，和妻談起，都感到這永隔的不捨，就匆匆由妻用電話買定了機票。

二十五日的北京八寶山殯儀館頗冷。化過妝的慶黎形貌安詳。這很讓朋友感到安慰。環繞著她的是五十個大陸和台灣友人、大陸對台各民間團體等的鮮生花圈……我匆匆看了一下，看到了不少台灣政治上已經殊途的朋友的名字。和《夏潮》系相關的島內團體送的花圈有七個團體。大陸上從中央到地方的對台和台灣人團體更多……。

這使我想起慶黎的父親蘇新先生。這出身台南佳里的台灣著名革命者，從日帝時的少年時代，就投身於台灣民眾的民族民主鬥爭，並在日帝下被投獄長達十二年之久。一九四七年二月事變後，全家脫逃西渡。在慶黎一歲時，慶黎被抱在母親的懷中與父親蘇新先生「暫別」，卻不料從此父女一生隔著海峽切切思念卻終於不得一見。而環繞在慶黎遺體周圍的鮮花之海，應該是中國人民對蘇新一家為中國的變革、統一和愛國主義的事業付出重大犧牲與奉獻的禮敬與感謝之情的表現吧。

長期來知道慶黎有病，也知道她在大陸接受最好、最盡心的照護，加上她一貫熱情積極的生活態度，總覺得安心。卻不料就走了。現在我還記得她在悼念她的花影下，身著墨綠唐裝的、安逸祥和的遺體，感覺到她和她的父母都終於得以息勞安息了。

是的。混亂的時局是短暫的。但包括台灣人民在內的中國人民，將不會忘記出身台南佳里的蘇新、他的獨生女兒慶黎，和同樣為民族離散備嘗艱辛的，慶黎的母親……

初刊二〇〇四年十一月二十三日《中國時報・人間副刊》E7版

宗教文學管窺[1]

宗教似乎一開始就和文學有密切的關係。幾千年前的聖者、教主多在世道紛亂，文盲、貧困、受苦的人占大多數的社會中傳布教義，因此時常以寓意深刻、平白易懂的比喻、寓言、故事來對眾生說明天人生命的奧義。而這比喻、寓言、故事，很多是優美、感人的文學——或初生狀態的文學。

寓奧義於優美文學的篇章

《聖經》的《新約》上有一個著名的「浪子回家」的寓言故事。有幼子爭吵著分得他的一份財產離家，老父力勸不聽而終於從之。這以後，老父無日不倚門盼望浪子回家。閱數年，倚門的老父遠遠地就認出當年出門的兒子踽踽而來，老父奔迎蕩盡家財的浪子，擁入懷抱，頻頻親吻，接回家中，沐浴修容，不免引起長期持家侍父的長子的埋怨。老父說，這個回家的兒子是失而復得，理當為此喜悅。《聖經》以這個故事，說明上帝如慈父般關懷失喪走入歧路的人，終日盼望他悔悟回到上帝的懷抱。一旦浪子回家，上帝的喜悅當倍於凡塵父母。耶穌還講了一個比喻，謂有牧人牧羊百隻，一日發現失落了一隻，牧人即刻放下其餘的九十九隻，攀跋山崗，直到找著迷途失喪的羊為止。這寓言也在喻說上帝對離脫信仰偏離正路者的深情關懷。至於《舊約》中的〈雅歌〉，其實是希伯來民族歷代傳頌的男女悅求的情歌總滙，款款動人，感人也深。而大衛王的〈詩篇〉，更是有關信仰的讚美、祈求、猶疑、苦惱至信心得勝等的詩章，優美、深刻、解人靈魂。至於《舊約》的〈約伯記〉更是表現一個虔信者追求真信的猶疑、痛苦、堅持，時而軟弱、時而近於絕望，終至剛強了信仰的內心獨白，哲理深邃、情詞感人。

我對佛教、伊斯蘭教一無所知，十分慚愧，但推想其經典中亦有不少寓奧義於優美文學的篇章。

而在人類的幼年時代——原始共同體社會，物神、靈魂的信仰，也使他們以祭祀、禱頌之歌讚美豐收和獵獲，歌頌和祝禱祖靈，詛咒和驅逐惡鬼。此外，舉凡日常生活中迎賓、嫁娶，男女褒悅，莫不以歌、以頌表達祝願與情感，雖無文字記載，仍是文學的濫觴。

巨大文學心靈追索宗教的奧義和信仰

中世紀的西歐，是封建宗法體制和基督教教旨統治一切的時代。包括文學在內文化，都為傳統基督教修院和教皇權力所集中和壟斷。因此，從宗教禮拜的儀式中逐漸衍發出來的各種形式的宗教劇，對西方戲劇文學的繁榮和發展，起到了重要作用。

到了重商主義興起，新興商業城市和市民階級出台，傳統天主教信仰和文化受到挑戰，商業和新的地理發現迎來了文藝復興時代。但個人從傳統宗法和宗教教旨釋放，絕不意味著信仰的頹廢、世俗化與放縱。宗教改革和新教各派的興起，更加注重個人與上帝間更嚴格的教旨和信仰。就在這樣的十七世紀英國，產生了偉大的宗教敘事史詩巨匠米爾頓（John Milton），以他的《失樂園》和《復樂園》為英國文學樹立了幾乎僅次於莎翁的、文學的擎天大柱，以神魔交戰，人的始祖亞當與夏娃不慎受誘惑而犯天條，終被逐出樂園。《復樂園》寫耶穌身經百般誘惑與試煉，為萬民受苦而克勝，復歸樂園。

另外有班楊（John Banyan）以散文體寫《天路歷程》。他以南柯夢境，敘寫一個基督徒自受洗皈依，經歷信仰的猶疑、犯罪、迷途的試煉和福音之聲的指點，與諸種犯罪爭鋒拮抗，歷死亡之谷而終得勝的寓話。在英文學史上，有人將《天路歷程》評價為後來以散文書寫現代小說的濫觴。

商業資本主義時代被工廠制大規模機械化生產的現代工業資本主義取代後，人類在社會、經濟、思想、信仰和文化上起了巨大而根本性變化。基督宗教教旨全面支配人類物質與心靈生活的時代崩解，「宗教文學」式微。但個別地看，仍然有巨大文學心靈追索宗教的奧義和信仰，發抒而為文學作品。

比較著名的例子，是十九世紀最偉大的現實主義作家列・托爾斯泰（Leo Tolstoy）在他的晚年，農奴主的他主張解放農奴，出身貴族而宣揚簡樸守窮的生活。在宗教上，他逐漸傾向神秘的靈恩派的福音主義，完全自我否定了他被世界公認的巨著《戰爭與和平》、《安娜・卡列妮娜》、《復活》的文學價值，貶斥之為誨淫誨罪的文學。他並進一步以寫短篇福音寓言（例如〈傻子伊凡〉），宣講《聖經》的教旨。

在東方，我們會想起林水福教授最熟悉的日本著名天主教作家遠藤周作，寫教旨哲思深刻，藝術上優秀的作品。另外，我也想起韓國的詩人金芝河。在上世紀六、七〇年代，他像一個《舊約聖經》中的先知，冒死力諫獨裁君王，強烈、尖銳批判朴正熙時代政治、經濟、社會的黑暗，幾度被捕，判處幾次死刑，幸賴國際文壇和人權組織的營救而免一死。後來獲釋出獄，聽說他卻突然離開政治，皈依天主教，據說也開始寫宗教詩，因為沒有讀過，不敢妄斷。

要有典律和典範可以適從而創作

我們中華民族，相對於西方，似較少強烈的宗教信仰和宗教意識。當然隨著佛教經典漢譯東來，應該也有不少佛教經典中的寓話和故事。除此之外，比較為大眾熟知的是混合佛、道兩教的，警惡褒善的「善書」，宣傳善惡之報，世俗倫理道德的色彩高於教旨神學的層次。

在富於基督教宗教主旨的文學巨著的西方，似乎也沒有以「宗教文學」的專詞來概括這一類文學。例如以「中世戲劇」(medieval drama)來概括指謂基督教支配一切，由教會儀禮演化出來的，形式劇種繁多，又皆自基督教祭儀發展出來的「神秘劇」、「神蹟劇」、「聖徒劇」和「道德劇」等等。

然而不論如何，其宗教思想、感情、信仰濃厚的文學作品，都有受到定評的典範性作家和典律性作品傳世，作為創作、評說、理論化、學術化的圭臬。今天我們要提倡「宗教文學」，立意至為美善，令人佩服。但是為中國「宗教文學」尋找過去以來人所熟知或人所不知的典範和典律，加以研究、詮釋於先，取得一定的共識共感，否則虔信者沒有典律和典範可以適從而創作，評論者怕也莫衷一是。而久而久之，就擔心和「報導文學獎」一樣，先陷於混亂，終不幸停滯消散，至為可惜。

初刊二〇〇四年十二月五日《聯合報・副刊》E7版

1 本篇為作者於第三屆宗教文學獎頒獎儀式上發言之改寫版本。

台獨無望

出乎許多悲觀論者的意外，「藍營」在這次立委選舉中沒有進一步挫敗，倒是取得了「微弱多數」的席次。回想競選期間，陳水扁拋出限期「修憲」以終結《中國憲法》，促立法院審議《公投法》，限期要國民黨修改與「國徽」雷同的「黨徽」，決定將台灣駐外政治、經濟、文化機關去除「中華民國」表記而代以「台灣」，限時去除島內「國營」、「公營」機關的「中華民國」稱呼而改冠以「台灣」……，接二連三煽動台獨議題，企圖炒熱競選優勢。而在野的國民黨變得越來越被動，目瞪口呆，幾無反擊之力，憂心台獨猖獗的人們之間，自然瀰漫著一股焦慮的悲觀氣氛。

「民調」顯示「急獨」人口激增，顯示民進黨的勝選報導時有所聞的情況下，台獨運動的代表民進黨的敗選，事後回想，應該是出於此次美國國務院三番兩次公開以嚴厲不假辭色地對陳水扁「修憲」、「公投法再審」、更改台灣駐外非官方機構名稱、更改島內「國、公營」機關名稱表示反對，顯明反對任何改變海峽現況的企圖和舉措。這使一貫信仰美國一定支持「台獨」、「保衛」

台灣的陳水扁集團，突然大大失去了主動和氣焰，保持台海現狀、規避戰禍的意識回流，使民進黨選情急轉直下，終至轉勝為敗。

美國對華戰略下的對台方針

不少人把兩岸問題的核心擺在台北與北京雙方間的矛盾。這誇大了台灣的重要性。台灣問題的核心，歷史地看來是中國大陸與美國關係的狀態。一九四三年，遠在二戰結束之前，美國駐日本殖民地台灣的領事柯喬治就向美當局力言戰後處理台灣時不應將台灣歸還中國，設法通過聯合國託管、公民投票或「台灣獨立」，將台灣從中國分離出去，附合美國國益。戰後，美國介入國共內戰，一九四八年眼見國民黨大勢已去，四九年公開宣布放棄台灣，否認台灣在太平洋戰略上對美國的重要性，期待中共狄托化，分化中共與蘇聯關係。但中國宣布對蘇「一面倒」，又韓戰爆發，中美直接對抗，美國改變戰略，干涉中國內戰，支援蔣介石，在外交上繼續支持台灣保持聯合國常任理事席位，排拒新中國，並與台灣訂立《軍事協防條約》，迫使日本越過新中國，簽定《日台和約》。但在此條約中蔣介石被迫承認不得對大陸發動軍事行動(「反攻大陸」)。這時，美國對台方針是積極防止中共解放台灣，使台灣成為美國在東北亞遏制新中國的戰略基地前沿，造成民族分裂，並執行「台灣代表全中國」，抹殺新中國，又基本上避免台海戰爭的政策。此一時期美帝對華戰略可以「圍堵、不戰」來概括。然而自一九五四年台美「協防」至一九七九年美國依大陸所提「斷交、撤軍、廢約」建交條件與台灣斷絕各種官方關係前，蔣介石集團一直向島內廣大人民隱瞞美國約束台軍不得對大陸蠢動的內情，一逕宣傳「反攻大陸」的神話，為其統治台灣的正當性作幌子。

一九七〇年代開始，世界局勢發生變化，中國與前蘇聯交惡，美國開始形構「聯中抗蘇」的大戰略。經過季辛吉密訪北京，尼克森赴京訪問，台灣被逐出聯合國，美國與台灣斷交，改與大陸建交，自台撤軍，美中定三項《聯合公報》及《台灣關係法》等一系列震盪，美國根本性改變了對台方針。台灣失去了作為一個主權國家的地位，各國紛紛與台灣「斷交」，與大陸訂交，台灣當局失去了國際外交合法性與統治台灣的合法性。美國對台「不承認、防止大陸武力統一台灣、反對台灣獨立、海峽不戰」的方針形成，至近日因陳水扁在選戰中不顧美國利益而大膽挑動「台獨」議題時，美國國務院公開出面嚴詞斥責、否定後而益為明確。

從一九五〇年代至一九七〇年代初，台灣當局長期以「美國將支持台灣反攻大陸」的謊言維持其在台統治及國際外交合法性。一九七〇年代初，此一謊言逐漸破滅，台灣面臨了上述雙重合法性危機造成的合法性焦慮。及至李登輝政權末期，不得不拋出「兩國論」，企圖解決台灣地位合法性危機。二〇〇〇年國民黨喪失政權，「台獨」民進黨上台，台灣的島內外合法性焦慮益烈，於是陳水扁、李登輝聯手瘋狂推動「台獨」、「台獨公投」、「正名運動」均無所不用其極，終於迫使美國公開宣稱台灣非主權獨立國家，美國反對台獨，若台灣挑釁導致海峽戰爭，美國不會馳援。「台獨」派企圖要挾美國，在「台獨」進程上冒進的企圖不但遭到嚴重打擊而在這次立委選戰中敗北，更重要的是，「台獨」派迫使美國清楚公告其海峽不戰、反對台獨、否認台灣為「主權獨立國家」的政策底線。

至此，與過去國民黨「反攻大陸」的謊言終於破滅一樣，今日民進黨「台獨建國」、「正名建國」、「公投建國」的謊言遭到了粉碎。

台獨無望論

五〇年代中，由省內外開明的自由資產階級人士推動的「民主化運動」中，在其機關刊物《自由中國》中有人發表了文章〈反攻無望論〉，震動了戒嚴當時的台灣。蔣氏當局勃然大怒，抓人查辦，終致成為這戰後第一次反蔣民主運動被鎮壓的理由之一，因為「反攻無望論」挑戰了蔣介石的統治合法性。

近一、兩個月來，受到陳水扁冒進「台獨」挑釁的美國，迭次發表「一個中國」、反對「台獨」、新「棄台論」，否定台灣為「主權國家」之論，促使台灣居民在這次「立委」選舉中唾棄了「台獨」的民進黨。歷史的發展說明「台獨無望」。任何企圖要以「台獨」解決台灣原所沒有的「主權」及「外交」合法性的言論與行動，都與國民黨時代的「反攻大陸」論一樣是欺騙人民的彌天大謊。而現在，民進黨自己終於戳破了自己的謊言，留下不能解決的台灣狀態合法性闕如的焦慮。

五十多年來，國際霸權主義不斷挑戰「中國只有一個，海峽兩岸同屬一個中國，中國主權領土的完整不容挑釁」的事實與真理。但中國人民對這個事實堅持不放鬆，寸步不讓。到了今天，布希政府仍然有可能恢復對華遏制的鷹派面孔，以維護它在亞洲地區的帝國主義利益，從而不無可能重新以台灣作為牽制中國崛起的工具。但是，歷史畢竟是前進的。中國正在不能阻擋地崛起。世紀之交震動全球的「九一一」事件改變了美國的世界戰略。美國不能不依重中國面對朝鮮核武和伊朗軍事強化問題。美國瀕於衰疲的經濟也需要中國廣闊的市場和龐大廉價的勞動力。這一年來，中國在南美、在南亞外交、貿易、文化的巨大成功，都在說明中國不斷穩步成長的經濟已經自然地轉化為軍事、外交、政治的強大影響力。而在這次東南亞峰會宣言中，在許多大陸與世界各國的外交會談中，莫不將「中國只有一個，反對台獨」列入共同文書。自從一九五〇年中國遏制了美帝國主義在朝鮮半島覬覦中國的魔手以來，中國在軍事、外交、經濟、政治上有極為巨大的發展，今非昔比。

面對這新的形勢，美國不能不一時採取與中國維持穩定關係，從而明確一個中國，反對「台獨」的政策。對美國在「台獨」挑釁引起的戰爭中干涉台海存著僥倖期望，已越來越不現實了。而解決「台獨無望」的大局下，台灣國際外交合法性的唯一道路，只能是在一中原則下，經由兩岸自主談判，建立民族和平不戰的架構，在一國兩制形勢下完成祖國的和平與統一，捨此，已然沒有他途了。

二〇〇四年十二月十三日

初刊二〇〇五年一月七日「人間網」，署名石家駒

日本軍國主義蠢蠢欲動

戰後日本，由於在世界冷戰架構中，美國把戰敗的法西斯日本當作東亞反蘇、反共的戰略基地，沒有追究日本的戰爭責任，反而讓日本軍國主義的靈魂「天皇體制」和戰時右翼法西斯財、軍、政界得以免受批判清算，繼續延命於戰後，在政治、外交上緊緊扈從美國，在經濟上以美國侵略朝鮮和越南的後勤基地和掠奪東亞、東南亞廉價勞動而「致富」，並結成一股親美、保守、右翼的長期政權，為美國虎作倀，至於今日，這股右派財、政、官、學、軍各界更形壯大，到了不知忌憚的地步。

一般而論，日本的「右翼」意識形態，可以歸結為幾點：尊崇「天皇」體制和「皇國」史觀，對明治以降以發動侵略戰爭，以掠奪和殺戮完成資本主義「現代化」的歷史視而不問，並加以美化和正當化，堅決不承認、也不承擔二戰期間日本在中國、朝鮮、廣大東南亞洲所犯的滔天戰爭罪行之責任，不惜竄改歷史教科書，掩飾並美化侵略戰爭。他們堅決反對共產主義和社會主義計畫經濟，反對戰後對全世界人民誓約的《和平不戰憲法》，進一步擴大再武裝，爭取派遣軍隊到世界各地干涉和「參與」國際事務。大約十年前，有些右派人物開始以「支那」蔑視我中國，有強烈蔑華、反華思想，反對中國統一，越來越明目張膽地在政治外交、大眾文化（如小林善紀）和台灣史、台灣文學研究領域上支持台灣分裂主義。

最近以來，日本右派當權者小泉首相，抗拒中國領導人要他不再參拜「靖國神社」，端正歷史視野的要求，又造艦買長程軍機準備與中國爭奪東海的戰略資源。近日，日本不顧中國政府的反對，執意批准親日反中漢奸李登輝到日本「觀光」，無忌憚地表現其支持「台獨」勢力，而不惜與中國人民為敵的姿態。現在美國霸權主義公開反對中國擬議中的《反分裂國家法》，美國也正誘使日本在防止中國為遏制台獨而在海峽用兵時，與美國合作進行干預戰爭。在這兩件事上，日本雖未表態，但從戰後美日反共的、反華合作的歷史看來，日本走上反動反華的危險，不能輕估！

面對中國在上世紀九〇年代以來快速的崛起，美國霸權主義忠實的僕從日本，不無聯合美帝，再度馳騁大陸中國，覬覦台灣的野心！但日本忘了：二戰時同為法西斯軸心的德國以獨立化和民主化，絕不以美國馬首是瞻。在戰爭責任與戰爭犯罪問題上，德國歷來勇敢承擔責任，誠意道歉賠禮，贏得歐洲和世界人民的諒解與信賴。反觀日本，在美帝國主義的縱容下，戰後日本堅拒為其滔天的戰爭犯罪和責任表示承擔責任，賠禮道歉，在廣泛東亞和東南亞在二戰中飽受日本軍國主義蹂躪的各民族人民中，至今依然留下深刻的疑慮、仇恨和不信感。

而反觀中國的和平發展，在發展中力求與東亞、南亞、東南亞、乃至全世界表現善鄰互惠、互助團結的外交政策。世界經濟發展史正展開新頁：明治以後，出現了「脫亞入歐」、殘虐全亞洲而獨強的日本，而上世紀末，亞洲逐步成為「亞洲資本主義」的生長點，南亞的印度、東南亞各國快速發展，其中尤以大國中國的和平、快速發展引起全世界的矚目。

而日本如不能從自己的歷史汲取教訓，欲以美帝鷹犬重新壓抑亞洲，則勢必為包括中國人民在內的全亞洲人民所痛擊！今天的亞洲已不是明治後及日帝「十五年侵略戰爭」時的亞洲。日本膽敢再與亞洲挑釁，只有再次蒙受羞恥的「敗戰」的命運！

然而已故台灣史學家戴國煇先生告誡過我們，當我們抨擊日本新軍國主義時，不可忘記自我清算和批判類如李登輝、金美齡、許文龍之流的漢奸形成的「共犯結構」，我們才能在前進的歷史中成長，屹立於天下！

二〇〇四年十二月二十一日

初刊二〇〇五年一月七日「人間網」，署名石家駒

亞洲的新形勢

任何一個生活在台灣島的人展望二〇〇五年，都不能免於把視點落在兩岸問題的發展上。二〇〇四年底，全島有一半的人口，無奈地預備面對不惜冒進推動「台獨」的民進黨以微小優勢在立委選舉中勝出，從而連接一個猖狂反民族政權的長期執政。

投票率的降低說明了民眾的某種悲觀和無奈。但「泛藍」出乎意外的微小的「多數」「勝出」。而輿論很快指出，「泛藍」統計學上的多數，沒有根本性改變「藍」「綠」在「立法院」以勢均力敵相持的局面。但從結果上看，畢竟避免了民進黨勝出，而在立院占上多數的局面所必引發的兩岸關係急遽緊張，民族內戰如箭在弦，島內民眾對峙激化的危機，還是差可稱慶的。

民進黨的敗選，一部分的原因，在美國對陳水扁在選戰衝刺期接二連三拋出「台獨」冒進言論時，迭次由美國國務院毫不假辭色地斥責有很大關係。選民們看到了（為避免大陸因制「獨」攻台）公開明確「不接受」、「反對」「台獨」的政策。而美國對陳水扁措詞侮謾，不留情面，而陳水扁政權只能斜肩嬌笑，忍氣吞聲，暴露了民進黨反民族當權派和過去蔣氏政權一樣，自五〇年代以來，台灣一直是美國霸權主義的螟蛉政權，從來就不存在「台灣人的尊嚴」、「台灣自主性」和「主體性」的事實。

但如果有人因而以為美霸權主義已經放棄了對台獨反民族派的支持，放棄了以台灣島為遏制中國繼續「和平發展」，就會犯錯誤，危險地鬆弛了警惕。據報載，美國正在與設有美軍基地駐在的日本和韓國暗中商討進一步軍事同盟，應付台海變局。最近美國不惜嚴重破壞「三個公報」的原則，第一次派遣一位現職軍官赴台任「在台協會」武官之職。也有消息說美國已在日本基地組建和布署了「快速反應」部隊，準備在大陸征台戰爭中登陸台灣，對抗解放軍；美國也在暗中組織「北美—亞洲公約組織」（NAATO），瓦解由中俄主導的「上海合作組織」。

今年十二月廿五日，中共全國人大執委會啟動審議《反分裂國家法》，預定在〇五年三、四月交大會審決通過。自此，自一九五〇年以降，在外國勢力粗暴干涉下台海兩岸民族分裂的局面，從此往後，就置於以武力的威懾維持海峽「和平分斷」的美國《台灣關係法》體系，與即將出台的「不惜以『非和平手段』反對國家分裂，促進祖國統一」的《反分裂國家法》體系的雙重架構之下。一個以武力保障「和平（永久）分裂」的《台灣關係法》和一個必要時不惜以「非和平手段」保證「一國兩制、和平統一」的《反分裂國家法》的拮抗構造，來自近年巨大國家中國的令人驚詫的「和平發展」。

新中國的巨大體積發展，是世界經濟史中的詫奇。亞洲即將告別日本一國獨自現代化發展的時代，而不能不迎接一個巨大中國快速、穩健地現代化與發展的雙雄並立競逐的時代。舊殖民地—半殖民地的廣大亞洲的「亞洲資本主義文化」，正牽動著東南亞、南亞，當然包括最為突出的中國的發展。

而沒有中國的和平發展，就沒有《反分裂國家法》的登場。新中國在經濟上積蓄的力量，還自然而明智地轉化為政治、外交、經濟的力量。而在「亞洲資本主義」全動向中，抗拒民族統合的台灣正迅速地被邊緣化。

二〇〇五年正是上述這些變化的交會與發展的一年。迨在新世紀〇四年的歲暮，瞻望〇五年的形勢，忽然感覺兩岸三地的「知識分子」一仍沉浸在無從深刻分析本質的、似「新」實舊的方法論中做思維之遊戲，不禁嗒然。

二〇〇四年十二月廿七日

本文依據手稿校訂

實踐文藝的創作方法問題

鍾喬《潮喑》觀後[1]

嚮往變革和改造的文藝圈，在世界各地，有形形色色的實踐文學——當然包括實踐劇場。鍾喬和一些朋友，看來是台灣唯一從苦惱和鬥爭中的東亞的實踐劇場圈，引進志在啟蒙、改造、甚至是宣傳鼓動的實踐劇場的朋友。

「報告劇」在台灣的影響

上個世紀八〇年代中葉，王墨林輸入了日本石飛仁先生「不死鳥」劇團的「報告劇」：《怒吼吧，花岡！》，把一切舞台的要素——布景、燈光、表演、戲劇性台詞的發聲都減到最低，直截、深入、現實地「報告」了抗日戰爭末期日帝在我國華北強擄農民、百姓、戰俘到日本各廠礦從事最苛毒的死亡奴工勞動。隨著「劇」情發展，舞台背景上用幻燈打出發言控訴中犧牲者生前遺照和殘酷勞動現場、奴工暴動被捕受虐……等實際材料的歷史幻燈片。負責把劇本中譯，並糾合青年在台北演出的是當時的人間雜誌社。演出時發生的啟蒙、報知、宣傳和鼓動的劇場激動與熱力，至今記憶猶新。

「報告劇」在台灣是有影響的。著名民眾史報告作家藍博洲的第一篇台灣白色恐怖民眾史作品《幌馬車之歌》，就以「報告劇」的形式寫成，引起很大反響，幾次再版，最近又由時報出版公司再版經過作者增修訂的版本。另一個影響遺跡，應是一九九四年，由鍾喬兄導演，在台北「國立藝術館」以稍加「改良」的報告劇演出我寫的《春祭》，效果算是不錯的。

鍾喬是台灣很少數幾個非常注意第三世界實踐劇場的劇場人，與第三世界實踐劇場的交流較密，幾年來在理論、劇作和演出實踐的貢獻，在台北「小劇場」中有目共睹了。

其次就是鍾喬兄和日本實踐劇場運動家櫻井大造遇合後引進台灣的「帳篷劇場」。今年十月初，蒙鍾喬兄邀請，去看了他創作的《潮喑》。劇場的「帳篷」搭在台北福和橋頭的「寶藏巖」，給予我很獨特的「觀劇」經驗。

實踐文藝與現代主義

先說一下我對於實踐文學（包括實踐劇場）創作方法長期來的困擾。我越來越明白了一項頗令我驚訝的事實，即變革、改造的文學表現創作方法，在廣泛第三世界地區，都吸收、採納了「實驗主義的」或「現代主義的」方法。例如情節邏輯的裂變，統一鮮活的角色被代以模糊、紊亂的性格，語言的跳躍、內心獨白和潛意識的流動等。我的疑問是，如果實踐文學的任務是啟蒙，即揭破生活中支配意識的蔽障而直接呈示矛盾的核心，從而興起鬥爭以變革與改造的認識與實踐，則語言、敘事、情節、結構、嘲諷的直截——至少是明確而易於傳達，應是重中之重。大眾文學、民族文學的理論根源似源乎此。

然而，進步的實踐作家不謹守傳統的批判現實主義，更不願受制於傳統的大眾文學、民族文學的創作方法，有很多著例。聶魯達和今年諾貝爾文學獎得獎人——女作家耶利內克就是隨手可以拈來的黨人作家。但其作品的「先鋒性」、「實驗性」，無論如何與「工農大眾」的審美有不必說明討論的落差。

自己臆想的解答，在高度發達的當代資本主義早已被「工農大眾」在意識上中產階級化。空前發達的大眾消費主義支配了各階級，而消費主義對心靈的浸蝕無非是生活目標之喪失，官能欲望的解放，信念的破碎化，犬儒主義和商品拜物主義的遍布，而成為當代資本主義「甜美的支配」手段，消磨志氣……。

第三世界文藝「先鋒」手法的變革意涵

進步的、改造的「先鋒」主義創作方法，與一九五〇年代以降資產階級反動、腐朽、甚至反革命的現代派的分際，似乎就在以實驗主義的創作方法抨擊了、揭發了、批判了極度發達的資本主義下的人性淪落；或是歌頌了、合理化了、宣傳了高度發達資本主義下人的空虛、縱欲，全面的憎惡在作品中傳達意義和極度犬儒主義。前者宣傳了資本主義下現代人和生活的處境，自有批判和改造意識；而後者，則以人的敗德、無作為、空虛為生命的本質，憎惡和嘲笑任何反思、變革和批判。

不過，在第三世界，特別被新、老殖民主義具體統治了幾個世紀的拉丁美洲、非洲作家的革命批判文學，似乎因歷史、運動路線等原因分解成兩塊。一塊是以宗主國語言書寫，訴諸宗主國語言世界，傳達揭發和批判殖民主義，發揮抵抗的「國際」影響，取得西方進步文學、文化圈的同情——有時也往往因而獲得如諾貝爾文學獎之類的大獎。另外一塊，是更加徹底的「本土化」(nativism),是使用本民族母語寫作,訴諸本國當地的民眾。有時候,因文盲人口多,而長期殖民統治阻害了統一的民族共同語之形成,各地方方言殊語互不相通,實踐文學家則採取了「廣播文學」的戰術,在創作方法上自然是平白易懂,不取實驗主義或任何形式的「先鋒」主義,而完全無視「國際」的「評價」。

話說回來,以現代主義為創作目的的文字(劇場),本質上認為生活不存在意義,不可理解,而人生的本質是荒謬、孤獨的,而在藝術作品表達作者的觀念,陳述意義更是可笑的。文學藝術應求其絕對純粹,因此對於變革、改造和實踐往往嗤之以鼻。

這就區別了畢卡索的「格爾尼卡」(批判西班牙內戰的納粹勢力)、「一九五二」(批判韓戰中對平民的大屠殺)……等作品,與其他一九五〇年代後以美國為中心的腐朽「現代主義」;同樣也區別了聶魯達和耶利內克(奧地利右派視她為「國民公敵」)與其他資本主義繪畫市場上浮沉的現代主義諸美術。

實踐文藝呼喚改造的實踐

而鍾喬的《潮喑》,在這個意義上也使他與台灣眾多反意義的「實驗劇場」有了區別——即批判意義(meanings)和意識的存在。在《潮暗》中,人們感覺到他有話要說,而且有很多話要說。鍾喬訴說了一個因內戰的國家恐怖主義而經歷了坎坷,從而離群索居在繁華首善城市中一個孤獨的角落,死而成為骨灰的老兵的命運。他以資本主義商品化的文革裝,和台灣人原日本兵的裝束,以及觸動侵華領台歷史的驚悚記憶的日章旗、起火的星條旗等複雜的意象,嘲弄、哀憐和批判了二十世紀台灣對革命、殖民的幼兒化、白痴化的歷史認識,表達對於民族分裂的傷痛。

而正是鍾喬極欲訴說其作品中的意義的劇場敘述,吸引著觀眾集中了所有的注意力觀賞,從而感受到劇場奇妙的魅力和說服力。我自己則感覺到鍾喬充滿熱情地想要向觀眾發言,而且雖然不若傳統現實主義那樣直截地被傳達劇作者的思想和意義,但即使吉光片羽,經過作者富於實驗意識的重組的重要的思想意象,還是強烈地撩撥了我的思維,這是無庸置疑的。

於是實踐文藝的創作方法,又引起我們的關懷。批判現實主義固不待言,實踐文藝只要志在表現和揭發生活中陳舊的矛盾與非理的核心,從而呼喚改造的實踐,從現實中來的創作材料的選擇、剪裁、取捨、創造的邏輯恐怕還是十分重要的。總體的說,《潮暗》如有缺憾,是作者把他要訴說的生活,幾乎全部爭相推擠在時間和空間都受一定限制的劇場,不能不讓人有應接不暇的緊迫感。

櫻井大造先生說,他將結合台灣的進步劇場圈人,於明年在台演出「帳篷劇」。由於鍾喬兄的《潮喑》，引起了我對「帳篷劇場」的關心。東亞洲的實踐文藝的交流和團結，在台灣是個久懸不前的課題。變革、改造、實踐文學的方向和去路，在東亞進步文藝運動圈的交流、切磋和相互教育中，才能各自發展，相互影響。在這個方面，鍾喬是先驅者之一了。

初刊二〇〇四年十二月《批判與再造》第十四期
另載二〇〇五年一月《ＰＡＲ表演藝術》第一四五期

1 本篇另載《ＰＡＲ表演藝術》時，內文略作刪節並修改標題文字。

評藤井省三的假日本鬼子民族共同體想像

讀藤井省三《百年來的台灣文學》批判的筆記(二)[1]

一、松永正義對藤井省三的批評

二〇〇三年末，我在《人間思想與創作叢刊》開始刊出對藤井省三教授(以下禮稱略)的大著《百年來的台灣文學》之批判性閱讀筆記(一)〈警戒〉(簡稱)，不意引來藤井發表在東京的《東方》上的反批判文章(簡稱〈駁陳映真〉)，漢譯後廣泛地在台灣和香港刊出(二〇〇四年五、六月間)。同年十一月，日本研究台灣文學著名學者松永正義教授(以下禮稱略去)，也在《東方》發表〈對於台灣而言的日本之意義——對藤井省三氏的異議〉(Taiwan Ni Totte No Nippon No Imi: Fuji i Syou Zou Si E No Igi，以下簡稱〈異議〉)，對藤井的〈駁陳映真〉表示了批評意見。這篇論文的漢譯，似乎不曾在台灣找到發表的地方。為了使關心的讀者知道松永大論的梗概，這裡先做最簡要的介紹：

松永指出，藤井援用班．安德森《想像的共同體》之說，主張日本對台殖民統治，為台灣帶來現代的「國語」（＝日本語），從而藉以超越台灣本地社會血緣的和地緣的（殖民化前的）小共同體意識，形成了與「台灣等身大」的「台灣共同體意識」，是為「台灣民族主義的萌芽」，而這樣的主張，便是陳和藤井間爭論的「焦點」。

對於台灣日語＝國語共同體論，松永認為，十九世紀中葉，台灣由移民社會向定居社會轉形，因此，台灣也與大陸一樣在中國清代科舉制度基礎上形成知識人（士人）社會。而文言文雖不是現代意義的「國語」，但若謂現代國語制度帶來「皆我族類」意識，則自古漢字體系所承擔的中國的「皆我族類」意識的事實，豈可忽視。任何「現代」都不能移植在空無之上，而必須在既有（傳統）社會和文化的再編上形成。而東亞的處於「現代」之稍前的「擬現代」國家與社會的歷史和經驗，至關重要。「在此意義上，安德森的民族理論，在東亞未必適用。」

松永附帶指出，台灣的文言文古典教育，是以台灣（＝閩南）方言進行教學的。因此，「台灣當時文言文教育即台灣（＝閩南）語的教育」。

而「台灣政治上抗日運動，受到中國五四運動重大影響」。五四的漢語白話文，（在殖民地條件下）不能在學校中教授，而不能不成為限於一群知識分子中使用的語文，「但法國統治下的越南語文運動和荷蘭統治下的印尼語文運動，絕不能因其不是『國語』而加以忽視」。

松永說，「殖民地下的現代，必然帶有殖民地性。但被殖民者都或用自己的母語、或用殖民者奴隸的語文追索有異於殖民者的『現代』。不見及此，光是宣揚殖民者在殖民地的基礎建設，是有問題的。」而日據下台灣的「日語水面下，存在著遼闊的台灣話世界」，是研究殖民地台灣語言問題的學者所周知之事。

藤井說，到了「太平洋戰爭」時期，台灣形成了「在台日人和台灣人團結而成的文化的台灣民族主義」。對此，松永則指出把殖民地台灣的「日本人文學與台灣人文學擺在同一個地平線」，是不知台灣人文學圈與日本人文學圈之不同的臆說。台灣文學以中國白話文為敘述語言，肇始於上世紀二〇年代中葉，至三〇年代也出現了一些台灣人的日語文學，但到了一九三七年日本打響侵華戰爭，台灣人的白話文文學和日語文學皆受抑壓。而日本人在台灣的文壇約始於三〇年代初，因在台二世日本人的「本地化」(即在「台北高校」、「台北帝大」出身者)，形成第二代日本人知識人社會。藤井所說戰時下皇民化期間「日本人文壇與台灣人文壇的合流」，是在皇民運動的打壓下失去場域的台灣人和日本人的「合流」。而松永繼而指出，人們應當注意到在皇民化時期不願與日本人文壇合流的許多本地作家之「沉默的存在」。松永說，「閱讀存在著壓迫的社會的文學，應該也要讀到寫出來的作品之外的沉默。」對松永來說，皇民文學運動下「台灣人作家與日本人作家的團結」是無從想像的。

關於藤井一再宣講的「台灣民族主義」，松永認為，日本據台灣與「台灣民族主義」（應該指的是以日本為對立面的「台灣民族獨立論」（台共）、「先獨立後統一論」（李友邦等）以日本殖民統治為對立面的各種台灣自治、「獨立」論——筆者）確有重大影響，但松永認為藤井把問題簡單化了。因為日據下的「台灣民族主義」固然「有異於中國民族主義的獨特領域，但也存在著與中國民族主義相疊合」的構造，因而在終極上並不與中國民族主義相對立。而中國民族主義與「台灣民族主義」間「決定性對立」態勢，要等到戰後的冷戰構造中形成。所以把殖民地時代的戰前及殖民地瓦解後的戰後的「台灣民族主義」相提並論，甚不妥當。松永指出，藤井把各種問題全擺在「現代國家」形成論的框架，以「台灣民族主義」之萌生之論，企圖將日本對台殖民的歷史加以「淨化」和「免罪化」，與小林善紀的《台灣論》之類有異曲同工之處，而且帶有「濃厚的台灣獨立論」的意識形態。「在此意義上，陳映真（對藤井）的批判，就不能說是『誤讀和歪曲』，而是對藤井的『正解』了。」最後，松永說他和其他人一樣，期望藤井能對陳提出「正面的反批判論」。

以上是我對松永的藤井批判之拙劣的概括，有誤讀之處，概應由我個人負責，希望松永這篇重要文章的漢譯版本能很快在台灣發表。

迨二〇〇五年二月號的《東方》，刊出了藤井對松永的反批評〈容忍誹謗中傷威脅東亞的言論自由——松永正義氏的陳映真擁護論之錯誤〉（簡稱〈錯誤〉）（Hibo Chusho No Yonin Wa Higasi ASIA No Genron Jiyu O Obiyakasu: Matunaga Masayosi Si Ni Yoru Chen Ying Zhen Yougoron No Ayamari）。

藤井對松永的反批判，基本上沒有辦法正面提出有針對性的紮實反論。關於以漢字為基礎的中國文言文體制形成的「皆我族類」意識，關於日據下台灣的白話文文學書寫、發表和文學創作問題，關於台灣人使用白話漢語甚至日語探索有別於日本統治者的現代性問題，關於戰時下台灣人作家以沉默抵抗日語文壇的意味，關於日據下「台灣民族主義」與中國民族主義的疊合結構、及其與戰後冷戰體制下與中國民族主義相剋的「台灣民族主義」的不同，以及關於藤井在現實上企圖對日本殖民台灣的歷史「淨化」和「免罪」，帶著濃厚的台灣獨立論的意識形態等批評，藤井基本上沒有正面以理據回應，通篇只管吹噓他的〈駁陳映真〉如何獲得日本、台灣、香港和中國大陸（！）學界的肯定、讚美、同情，並且一再呶呶不休地指控我對藤井的「誹謗」與「中傷」（指他接受台灣行政院文建會對海外擁獨學者的津貼，冤枉他有意將台灣文學從中國文學分離出去。而關於此，我早在我的回應〈遁辭〉上嚴正答覆過了，讀者自可參照），自我膨脹地說我的藤井批判是對「東亞言論自由的威脅」！而又宣傳他的台灣文學研究如何獲得西方學界的表揚……並且沒頭沒腦地乘機對中國、中國共產黨做歇斯底里的反華反共惡罵（我們相信藤井的這篇奇論一定會很快在他的「東亞」學閥勢力圈內發表，姑且拭目待之）。

這就是二〇〇三年《人間思想與創作叢刊》冬季號《告別文學革命？》上我發表藤井批判〈警戒〉後引發的波紋。對於藤井的〈駁陳映真〉，我在二〇〇四年十月的《人間思想與創作叢刊・爪痕與文學》上發表了對藤井的反批判：〈避重就輕的遁辭〉（前文及以下簡稱〈遁辭〉），藤井至今未能回答。然而，為了制止日本某一小撮企圖在台支持台獨文論、復辟皇民文學之舊夢的團伙，善盡一個中國民族文學者的職責，我們的藤井批判的鬥爭，還是要進行下去的。

二、藤井對台灣近現代史認識的破綻

拙論〈警戒〉和〈遁辭〉所批評的對象，是藤井《百年》的序章〈台灣文學是什麼？〉。這裡，我們批評的是《百年》第一章的前兩小節「美麗島的五百年史」和「百年來的台灣文學」。於是先從「美麗島的五百年史」說起。

藤井說，十六世紀後，「台灣位居海洋交通的要衝，適合米、糖等商品作物的栽培，引來一批又一批移民而展開了殖民的歷史」。而終明、清兩代，從中國大陸的福建、廣東兩省來的漢族人，和荷蘭人、西班牙人也來台「殖民」。

漢族移民台灣的動力遠遠不同於地理大發現後歐洲重商主義商業資本所驅動下的對外擴張與殖民掠奪。依中國史書上所記，早在三國時代（三世紀）和隋代（七世紀）就有關於「夷州」、「流求」即台灣島的記載。荷蘭學者施樂格（G. Schlegel）的考證著作《流求國考證》中，也指證中國古籍中的「流求」就是台灣島。及十一、十二世紀的唐、宋，有漢人到今澎湖群島活動。到了元代（十三世紀），開始積極經營澎湖，於十三世紀末的一二九七年正式設立隸屬福建的行政單位「巡檢司」。當然，到了十七世紀明鄭自荷蘭東印度公司手中復台，肇基台灣，到清朝復台，並於一六八四年開放海禁後，大陸漢人移民台灣島者歷時而大增。一八八五年台灣建省後，人口從鄭氏末期的約十二萬人，增加到清代後期一八九三年的二百五十五萬四千多人。而這是中華民族漫長、自然的展拓發展過程，其社會和經濟的性質（地主封建經濟）和荷蘭據台的社會（重商主義的商業資本主義下殖民地社會）完全不同。

荷蘭殖民統治下的台灣，以其「東印度公司」的武裝軍隊，商業殖民官僚和牧師為最上層，進行漢、「番」分別的族群（ethnic groups）統治，分別以「中國人長老」和原住民長老支配著小商人、漁民、獵人、農奴和原住土著，剝奪一切土地、漁場、狩獵場，悉歸荷東印度公司所有，使其治下的漢人和原住民失去生產資料，而必須向「公司」當局繳交沉重租稅和人頭稅並服苛重徭役。而荷蘭人在酷烈的軍事性獨占統治下，對島上漢人與原住民掠奪所得糖、米、鹿皮、硫磺，在台灣、大陸、日本、歐洲間商貿，所得厚利，皆歸荷人獨占。

鴉片戰後的英國，雖然在政治上沒有直接統治台灣，但以不平等條約強迫開港「貿易」，以雄厚的現代金融資本控制和掠奪台灣，獨占台灣的糖、茶、樟腦、煤的出口，和鴉片與紡織品的進口，使台灣糖農、茶農、糖廍和樟腦作坊工人成為英國金融資本的高利貸奴隸。

而就自明鄭以至清代的台灣社會而言，明鄭是以軍事藩鎮封建體制，自己帶軍士移民來台屯田墾殖，以地租徭役形式剝削隨鄭軍來台的大陸下層軍民。清朝前期移民，則或圈地放租給大陸移民或自大陸招墾來台的貧困農民為佃丁，剝奪其地租，或自己開發當時的廣闊土地，終於歸結為與大陸一樣的封建、半封建的地主—佃農體制。社會矛盾的性質是同民族內部的階級矛盾。荷據下和開港後台灣社會的矛盾性質則同時有民族矛盾（荷蘭人（英國人）—漢人／原住民）和階級矛盾（荷蘭統治者和英國資本與漢族、原住民族「長老」及伏服其下的農漁奴工等）。

荷蘭人據台是十七世紀西歐商業資本對外擴張的資本邏輯所驅動。而鴉片戰後和日清戰後的英國人和日本人對台灣的控制、剝奪與統治，是十九世紀現代工業資本主義之獨占資本、即現代產業下的帝國主義邏輯所推動。清代對台灣的拓殖，是先期移民從大陸把成熟的地主封建土地關係，原封不動地移置到富饒、新而廣闊、等待開發的土地，建立了以移墾漢人為中心的封建（鴉片戰爭後轉變為「半封建」）的土地關係，逐漸鞏固了官紳、士大夫、小商人和廣大被壓迫來台佃農、蔗農、茶農、作坊工人形成的社會。

而遠比漢人更早居息台灣的各族原住民，在漢人、荷蘭人、西班牙人來台之前，還停留在新石器時代的原始共同體社會。他們和來台漢人都始終不曾「獨立建國」過（一八九五年的「台灣共和國」只是保台復清的抗日臨時性政權）。因此，除了原住民各族，歷史上不曾存在過獨立而有別於中國人，自盤古開天以來即自生息於台灣島的「台灣人」，從而在歷史上橫遭荷、西、明鄭、清朝和國民黨「外來政權」（即藤井和很多台獨論客所說的「諸外來政權」）的輪番統治。而「外來政權」統治史論的基礎和前提，恰恰是有別於中華民族的「台灣民族」的存在。即使依藤井之所說，「台灣民族主義」要晚至一九四一年才開始要形成，則「外來諸政權」之說豈非不攻而自折？

藤井對台灣近現代史的認識不足，主要源於他對台灣近現代社會經濟構成體（economic-social formations）歷史的生疏所致。因此當他談到戰後台灣經濟在七〇年代作為亞洲NIEs的工業化過程，也就不免淪於膚淺與一般論之謬了。

三、台灣在日本殖民地的戰爭體制下，早在一九三九年就擠入「工業化社會」？

藤井說，「日本以統治經濟為名義的計畫經濟，促成軍需相關產業的快速成長，在一九三九年，台灣的工業產值上揚，台灣衝進了工業化社會。」

宣傳台灣在日據末期取得的軍事工業化，是為「與大陸人走過不同的現世史．現代史的本省人中間，對外省人覺得格格不入（所謂『違和感』）」的民族分離論找根據，即一九四五年兩岸同胞遇合時，經過日治下（軍工）現代化的、文明的台灣人，總覺得與從前現代或未經「現代」洗禮的「外省人心有芥蒂，格格不入」（對此，我們也在〈遁辭〉中作了反論）。

面對一九二九年發端的世界資本主義經濟大危機，促使日本向國家獨占資本主義移行，以對內擴大財政，對外發動軍事侵略，推動戰爭軍事經濟的對外擴張政策來對應危機，於是有向中國東北進軍和對華全面侵略的行動。在數十年米糖經濟的走到了局限下，悍然以指向南洋和華南的戰爭催動「南進工業化」。但是這侵略的工業化的主體，是日本人的大獨占資本，台灣本地人小型資本當然被排除在外。本地人資本在米糖農業加工經濟中的份額，在戰時統制和計畫經濟中走向致命性萎縮。到戰爭末期，台灣人資本進一步沒落，而經濟剩餘則大量流向日本。

戰爭工業之所產，是大量昂貴而又與民生無關的戰爭消耗財，表現在日常生活，是戰時統制・計畫經濟下民窮財盡，物資極端缺乏，以致光復後，出現了「工業化」的台灣必須向「落後」的大陸輸出農產品，而自大陸輸入輕工業日常用品的局面。

日據下台灣的戰時工業化，徒然肥大了日本人軍火及相關產業獨占資本。而日本常態資本主義，特別是台灣本地人資本，只有在戰時下統制經濟中受壓抑，而趨於萎縮，市民資產階級在戰時統制體制下，在物質和思想上是受制壓、是被限制了，而不是成長、繁榮和自由了。在反動的「天皇國體論」、「一億人玉碎論」、大和國粹主義的法西斯歇斯底里中「挺身」的「工業化」的「現代性」，隨著日本的戰敗而煙消雲散了。

藤井的台灣戰時資本主義工業化論，無非是為了補強一貫的「殖民地即現代化論」，和他「台灣因日本語＝『國語』的普及」，以及「理解日語」的台灣人有快速成長，再加上日本南侵資本主義（工業）化，哈伯馬斯所說的、介乎國家和社會的個人組成的「公眾」和「公共領域」，終於在戰時下的台灣形成的理論。我們批判了台灣戰時下軍事（資本主義）工業化的虛實，也連帶批評了皇民化運動下台灣民主、自由的、足以制御日本法西斯（天皇制）國家的、台灣資產階級的「公共領域」形成論。

四、「越戰景氣」和台灣戰後資本主義

藤井把戰後台灣的工業化歸因於(五〇年代)的「通貨改革」與「農地改革」，以及韓戰爆發後美國的「大量援助」，六〇年代「大膽引進外資」，發展「越戰中」美國軍事「特需產業」而實現了高度成長。

眾所周知，國民黨在一九四九年自大陸潰敗撤台，局勢一片混亂。一九五〇年六月的韓戰，把台灣編入美國在東亞的冷戰前線，國民黨的經濟發展官僚，在美援經濟下走「進口替代」的發展路線。所說幣制金融改革和農地改革，都是這一階段中的施為。然而由於台灣市場狹小等原因，進口替代路線很快宣告失敗，從而在六〇年代世界資本主義體系結構轉換時，台灣在美國指導和支持下採取了加工出口為導向的工業化，以沉重的對日本入超(機器、原料、半成品)和龐大的對美出超的日、美、台「三角貿易」制度，取得了引人注目的「工業化」。但說台灣因越戰「特需產業」而成長之說，只能是戰後發過韓戰的戰爭財的日本經濟記憶想當然爾的臆說，在世界的NIEs論中，找不到根據。

但藤井與高釆烈地為台灣戰後經濟發展而謳歌時所諱而不提的是：韓戰後美日封鎖新中國而使中國在海峽兩岸形成民族分離對峙和相仇的形勢所造成的民族悲劇。而正是在這內戰與冷

戰的疊合構造下，形成國民黨「反共國家安全體制」(＝戒嚴及諸反共法的體制)，在美國和日本的安保機制下，維護國民黨政權的獨裁恐怖政治。而作為國民黨統治的意識形態＝極端的反共宣傳，終而如藤井所說，發展為一九八〇年代趨於「白熱化」的反民族的「台灣獨立運動」。藤井在《百年》一書中之所為，在今天日美帝國主義不憚於聲明安保體制的「戰略目標」包括台灣海峽，日本在東海海域、日中領土爭議中強硬化，在修改日本歷史教科書問題上一再刮起右傾風和軍國主義復辟風，以及聲明外國勢力不容干涉的中國《反分裂國家法》即將正式立法之當面，尤其引起我們嚴肅的沉思。

藤井也沒有提「農地改革」過程與國民黨恐怖肅清台灣的地下黨的過程在時間上的疊合，也沒有提國民黨以「肥料換穀」形式酷烈收奪農業剩餘，強以挹注工業部門所造成的農村的萎縮與農民的階級分化。藤井當然不會提到台灣在一九五〇年後，自蔣氏政權以至今日「民主化」的台灣，始終在本質上是美國經濟、軍事、外交、文化、意識形態的扈從者。而這對美(日)扈從化的制度，正是在台灣戰後資本主義發展過程中形成的。

五、台灣「皇民文學」留下的深重的爪痕

有關「台灣話」(閩南語)和白話文之間，究竟存在著「讀音」、「詞彙」上顯著的距離和「不同」，還是存在著同民族方言間血緣的架橋的問題，在台灣有曾健民先生有關光復初期國民黨推行國語的開明官僚提出「以台灣話為媒介推行國語」、「推行國語應先恢復台(客)語作為中國方言的地位，不加歧視」等政策的研究。最近，也輾轉拜讀了菅野敦志教授的相關論文〈推行國語與方言——由台灣話所媒介的國語教育的再思考〉(Kokugo Suishin To Hogen: Taiwango O Baikai To Shita Kokugo Kyoiku Saiko)，有理有據地論述和辨析了相關問題。有些人不斷強調台(閩南)語和白話文的斷絕，也無非是為「台灣獨立論」找根據的徒然的努力，卻經不起事實的考驗。其他有關殖民地國語(＝日本語)的本質及其普及和教育問題，以及台灣人「理解日語」者的數量和質量問題，和皇民化軍事法西斯體制下的獨立、民主的公共性，與哈伯馬斯對公共領域、對公共性在一定條件下失效、失敗的各種狀況的危懼感問題，留在下一篇文章展開我們的分析和批評。這裡以討論藤井對惡名昭著的台灣「皇民文學」帶來「台灣民族主義」想像論的宣傳和謳歌，提出批判的回應。

藤井曾引用一個叫金文京的據說是「日本中國文學研究者」在似乎是台灣旅行指南之類的書

（《附錄寶島》）上談論七〇年鄉土文學論爭的文章。文章說什麼「傳統的中國文學、文化觀」習於一種「唯我獨尊的中華思想所支持的自我完滿的世界」，而在廣袤的領域中「不看各地方的差異性，只看其共同普遍性」，「難於攝取外來文化的積極性」。因此，七〇年代末台灣的鄉土文學論爭中「現代」（文學）對「鄉土」文學的爭點，「只能發生在傳統中國觀比較稀薄的台灣」。「現代」文學和「鄉土」文學同以台灣文化風土為其共同的「根」源，「二者是出乎同根的同胞」！

這不能不說是很膚淺的一般論。文章不是藤井寫的，但藤井在他的書中大段引用，說明藤井對七〇年代末「鄉土文學論爭」、及其在現代台灣文學思潮史中的定位的知識上的破綻。為節約篇幅，在本文中就暫不加以批評，而留待以後。

最後，應該檢點一下藤井援引班．安德森的《想像的共同體》論，說明日據下「台灣皇民文學」如何在台灣人中塑造了自己「屬於一個（中國之外獨自的）共同體的想像」。藤井這樣說：

所云台灣皇民文學，是描寫了雖身非日本人、卻又與日本人相對等，而且又自覺對於被日本新占領地的民眾感到高人一等的邏輯和感情（的文學）。而這種（優越感）的邏輯和感情，經以（皇民化運動期間的）文藝雜誌為媒體流通於台灣的「國語」（＝日本語）讀書市場，在閱讀→批評→新作→閱讀……這樣一個生產．消費．再生產的循環之高速反覆中，為台灣的公眾所共感，從而想像了自己同屬於一個共同體的想像。

班·安德森之民族主義生成論說，「國民（民族）是作為一種想像、在心中描繪出來的『想像的共同體』」……戰中時期的台灣公民，是以台灣皇民文學為核心而形成了其民族主義、抑或抵達形成民族主義的前一步的階段吧……。

對於「台灣的皇民文學」的批判的研究，在尾崎秀樹的書《舊殖民地文學的研究》（陸平舟、間ふち子漢譯，《台灣新文學史論叢刊8》，人間出版社，二〇〇四年，台北）中，有深刻省思和論述，無庸我再贅言。我要說的是，「皇民文學」的本質，正如尾崎秀樹指出，不只要人「做好的日本人」，而且還要為天皇國家效死而成為一個「好的日本人」——就是欺騙驅策日本臣民和台灣人成為日本侵略戰爭的消耗品。「皇民化」一詞的本身，就諷刺地洩漏了這事實：一直到一九四一年，台灣人民還不曾達到承擔日本侵略戰爭的生命的消耗品的「皇民化」程度，而一直生活在殖民地歧視下「二等國民」的奴僕的地位。日本當局利用了這長期制度化的民族歧視在台灣人心中悒結的苦惱和自卑，打開了一條所謂體現「內台一視同仁」的天皇的「大御心」、為「聖戰」效死而得以與高貴的大和人「對等」的欺罔之路，驅策台灣青年到南洋和華南充當炮灰。這是「皇民文學」製造的第一層加害，即抱著與統治民族「對等」的幻覺，在統治民族的侵略戰爭中送命，這就猶如平時生活在種族歧視制度下的美國黑種人，在美國侵越戰爭中，以一個與白人「對等」的幻覺，為「反共、民主、自由」的口號而命喪中南半島戰場一樣。

台灣皇民文學的第二重黑暗，是使殖民地台灣人在「日本新占領地區」獲致與日本人「對等」的欺罔的民族「優越」感。而這忘形的「假日本鬼子」意識，進一步使一個被害的殖民地人，在宗祖國「新占領」的地區，妄以日本刀槍，以意氣昂揚的「日本精神」，殘殺南洋的被侵略民族，和華南的中華同胞。「皇民文學」教唆日帝被害者的台灣人成為其他同為被日帝壓迫之民族——甚至同為被壓迫者的自己民族，即大陸華南同胞的加害者。台灣人在日本殖民主義和侵略政策中，竟遭逢集被害人和加害人於一身的這樣一種雙重被害的悲劇。抗日戰爭時期，日本縱容台灣流氓在福建閩南地區仗勢為非作歹，造成抗日民族戰線內部台灣人和假日本鬼子「台灣籍民」間的仇視和不信；部分被惑朝鮮人關東軍在我國東北對中國人暴行，尾崎秀樹所披瀝中國人的日本漢奸特務對中國人抗日游擊隊的殘虐……所有這一切難於出口的悲劇，不正是「皇民文學」所宣傳的「假日本鬼子」意識所操弄的結果嗎？其中慘痛，難道不是藤井的國家日本加害的結果嗎？

而對此絲毫沒有痛切反省的藤井，對於「描寫雖身非日本人，卻又與日本人相對等，又自覺對被日本新占領地的民眾感到高人一等」(「優越」)——連阿Q都「厭惡」而「深惡痛絕」的「假(東)洋鬼子」，即「錢大爺的大兒子」——的假日本鬼子的「邏輯和感情」之「台灣的皇民文學」，猶津津樂道，硬生生地套用安德森的「民族即想像的共同體論」，來論證那血腥的「台灣皇民文學」，如何鍛造了一個獨立（於中國）的現代民族共同體想像。則藤井的殖民主義帶來「現代化」，殖民主義有益、有功之論的終局，無非在企圖以日本殖民帶來現代台灣的日語＝國語，從而帶來台灣人現代的、獨自的、離脫中國的「台灣民族主義」這一「共同體想像」，其目的，也不能不是藤井為日本對台統治的黑暗歷史「淨化」和「免罪化」的叵測居心！

藤井在對松永正義的反批判〈錯誤〉中說，把班・安德森的「民族主義＝想像的共同體論」引進台灣文學史領域以議論文學史者，在日本或台灣，他的研究是「最早」的。其言外自得之情，溢乎辭表。

但正如我們在〈遁辭〉中指出的那樣，除了安德森的「民族（主義）的起源＝想像的共同體論」，藤井還試圖混淆地援用哈伯馬斯的「公眾」和「公共領域」形成論，來補強安德森所說的「印刷資本主義」如何為了表現「民族」這一想像的共同體提供「技術手段」之說，卻同時感到難於適用在四〇年代的台灣，因為總督府戰爭法西斯體制事實上扼殺而不是發展了「出版資本主義」為之提供「技術手段」的民族共同體想像之公共性。在戰時體制下，皇民化時期台灣的政治公共領域只有更加弱體化，成為軍部和日本大戰爭財閥發動戰爭、謀取利益的場域。這軍部和財閥之私人所構成的「公眾」，於是取代了早已不存在的自由的、個別私人市民的「公眾」，從而獨占了通向「公共領域」的通道——這其實才是哈伯馬斯所引為危懼的「公共領域的結構轉變」！

然而藤井對此一理論上的矛盾卻只能點到為止，沒有、也無法繼續自圓其說，卻兀自亢奮地喃喃自語：描寫和宣傳、唆使帝國殖民各族地人民互相殘殺、甚至同族相殘的假日本鬼子意識，經由現代「出版資本主義」所造成的「成熟的讀書市場」中現代的讀書公眾去不斷生產和再生產，終於形成了「台灣民族主義的萌芽」！這樣橫暴、無恥的論說，不要說我們，即連稍有自尊心、是非心和羞惡心的台灣人台獨論客，怕也難於下嚥吧！

六、小結

一直到藤井對松永的反論〈錯誤〉中，藤井猶對於據說是我對他的「誹謗中傷」緊咬住不放。其實，我已經在〈遁辭〉中做了明確公開的回答：我從來沒有說過藤井在現實中具體講了他要「把台灣文學從中國文學的枷鎖中解放出來」的話，我也明明白白地說過，那是中島利郎所說，文章具在。藤井沒有具體說過「枷鎖解放論」，但他的「台灣民族論」和「表現具有台灣等身大的共同體意識或台灣民族主義的價值判斷相關意識形態的文學，就是（獨立於中國文學的）台灣文學」之論，當然是明明白白的反民族的「台灣獨立文學論」。而這難道不是「枷鎖解放論」的藤井版嗎？而關於藤井們拿了台灣行政院文建會的錢搞宣傳「台獨」文學的「學術」活動，也是藤井公開供述不諱，並謂拿台灣的錢既「光榮」又「感謝」。則我對他又何「中傷」、「誹謗」之有乎？

藤井應該趁早明白，只是吹噓他在日本、香港、大陸、台灣有多少擁護者和同情者，誇示他在「東亞」有多麼雄厚的人和物質的資源，又把我們對他的批判誇大為「東亞言論自由的威脅」，並對中國大陸和中國共產黨沒頭沒腦地大發反共反華的歇斯底里，是怎麼也不能解決問題，回答對藤井的批判的。我們盼望藤井回到爭論的正題，正面、有理據地回應松永和我的質疑，才能鞏固藤井在「東亞」得來匪易的學術龍頭地位。

其次，我們發現藤井對台灣社會經濟史知識不足。在台灣文學史方面，藤井對台灣新文學思潮史的理解，尤其是一九四五年到四九年間台灣政治和文學公共領域中的「公共輿論」，有嚴重認識上的破綻，從而對一九三〇年代「第一次鄉土文學論爭」、一九四七至四九年「第二次鄉土文學論爭」和一九七〇年代「第三次鄉土文學論爭」，即一九五〇年代以降冷戰時期中的一次台灣文學的左右鬥爭，理解不足。藤井想當「東亞」地區台灣文學論的霸主，他得老老實實多做點功課。這點有機會再論。

我絕不是好鬥好爭的人。只是忝為在台灣的文學勞動者，我不能忘記台灣新文學在一九二〇年代展開的台灣民族．民主鬥爭歷史中誕生和成長，並且在三次「鄉土文學論爭」中高舉了中國民族文學、大眾文學的旗幟進軍的全程。我也不能忘記在四七年至四九年「重建台灣新文學論爭」(第二次鄉土文學論戰)中，以中國的重生之陣痛為前景，最系統地把中國抗日文論和左翼文論介紹到台灣，並且在嗣後的白色恐怖中，把台灣最優秀的作家呂赫若、簡國賢、朱點人等的被殺和楊逵的十二年囚繫，獻上了中國民族文學的祭壇的悲壯歷史。我也不能忘記，在內戰與冷戰交疊構造下，美日聯合支持的國民黨反共國安制度下，我們在七〇年代發動了對抗美國支配下的和平秩序(Pax Americana)長期文化支配下、重新呼喚中華民族文學和大眾文學的「鄉土文學論戰」鬥爭。我們在八〇年代中後，也不懈怠於同形形色色的皇民文學淨化、免罪論做鬥爭，也不敢懈怠於同形形色色的、主張獨自的台灣民族論、台獨文學論交鋒。其所以如此，是我們從台灣新文學史的歷程中，把握了台灣新文學反對帝國主義、反對封建主義，力主台灣文學在帝國主義下民族分裂構造中的堅定鮮明的中國屬性與大眾性格，堅持民族團結不動搖的偉大傳統，因此在島內外台獨、支獨的台灣文論狂潮中，堅持批判和鬥爭。

我僅僅是一介平民，學歷、知識和學養與藤井及其「東亞」的「學術」圈豈可匹敵！但透過這次論爭，我發現在強權的「全球化」浪潮下，世界學園的公共領域早已產生哈伯馬斯所引為危懼的「構造轉化」。今天，國家公共權力和獨占資本的利益，已經以國內和國際的學園公共領域為爭逐私利的場域。個別的國際性明星學園和「大牌」教授，從國家機關、國際獨占資本集團那裡獲取豐裕資源，一方面以市場營利的資本主義「管理」統治學園，壓縮學園知識分子的物質與精神空間，一方面以國際學術研討會，國際學者的邀請，論文出版、論文費、赴會經濟援助等，全面控制國際學界。這當中又存在著國家大小、強弱的學園統治關係。為了在「國際學界」中出人頭地，並據以鞏固在自己國內學園的「國際權威」，一般民眾望之彌高的國內和「國際」學園的「公共領域」，早已因國際權力和資本邏輯的介入而枯萎。而這些正是東西國際學界大面積保守化、右傾化，以及若藤井之流竟能長袖善舞，叱吒於「東亞」的理由。

因此，我對松永正義教授義無反顧地批評藤井之舉尤其深感敬佩。不過老實說，也有些替他擔心。自今而後，日本的以藤井為核心的台灣文學研究圈，會不會因此而全面壓殺研究台灣文學歷有年所，成績斐然的松永？我不隱諱我這深深的憂慮。

然而，作為一介民眾，我們既不怕鬼，也不信邪。我們在揭竿批評藤井之餘，也呼喚一個敢於對國際強權與國際資本操控下的「國際學術圈」的實踐進行不懈批判與鬥爭的、民主的、自由的、由關心的學人和個人公眾（concerned scholars and individual public）所形成的真正的公共領域的勝利！

二〇〇五年三月十四日

補記：〈遁辭〉一文中，關於若干文學雜誌發刊年分秩序有誤。「台灣文藝作家協會」的《台灣文學》始刊於一九三一年。「台灣文藝聯盟」的《台灣文藝》始刊於一九三四。楊逵《台灣新文學》始刊於一九三五。西川滿的《文藝台灣》始刊於一九四〇年。一九四一年張深切創刊《台灣文學》（季刊）。特訂正，並致歉。

參考書目

哈伯馬斯著〈公共領域〉（汪暉譯），收入《文化與公共性》（汪暉編），北京：三聯書店，一九九八年。

班納迪克·安德森著《想像的共同體：民族主義的起源與散布》（吳叡人譯），台北：時報出版社，一九九九年。

齋藤純一著〈以政治公共性為中心：H. Arendt和J. Habermas〉，收入《哈伯馬斯與當代》（藤原保信、三島憲一、木前利秋編著），東京：新評論社，一九八七年。

初刊二〇〇五年四月人間出版社《人間思想與創作叢刊8·迎回尾崎秀樹》（陳映真編）

二〇〇五年三月

1 副篇名之藤井省三著作《百年來的台灣文學》為陳映真自日文書名翻譯而來，其後在台出版的中譯書名為《台灣文學這一百年》（台北：麥田，二〇〇四）。

《台灣浮士德》：陳映真．櫻井大造對談[1]

櫻井大造（以下稱「櫻井」）：今天來到這裡，主要是希望聽取陳映真先生觀看鄙人的劇作《台灣浮士德》後的感想，並期待陳先生就本劇與現今台灣文化狀況的關聯做直率批評。

陳映真（以下稱「陳」）：首先我必須說，我對於劇場非常地陌生。原因我已經跟大造先生講過，戰後台灣的文學生活裡，演劇這方面非常薄弱。這有歷史的原因。從三〇年代抗日戰爭時期到四〇年代，在中國大陸戲劇的鬥爭方面，都是被左翼占了上風。當時出了許多左翼的劇團，左翼的劇作家，影響很大。所以，國民黨對左翼的戲劇鬥爭非常地害怕。自國民黨來台後，在反共戒嚴體制下，沒有辦法自由地成立戲劇團體，不能自由地寫劇本、演出。所以我的文學青年時代，差不多缺少兩塊。第一塊就是新詩的那塊。因為我開始和文壇發生關係的時候，台灣當時是modernism（現代主義）的天下。我自己在舊書店讀過一些禁書，接觸了一些左翼的文學理論，所以，對現代主義比較排斥。其實後來漸漸明白，現代主義也有兩種。一種是二、三〇年代的，比較有傾向性的，是有革新性的現代主義。可是戰後台灣的現代主義是很特別的，是五〇年代受從美國輸出的冷戰文化、繪畫、詩歌等等的影響。這種從美國來的現代主義就對於左翼的社會主義和現實主義有很明確的抵抗性。所以，台灣的文學，從五〇年代的red purge（反共肅清）以後，把三〇年代進步的文學理論都統統消滅掉了。同時在血腥的反共肅清的土壤上，美國來的現代主義才取代三〇年代進步左派的文學理論。所以，我們對現代主義的抵抗是從這裡出發的。我也知道，甚至在第三世界，也有用現代主義進行抵抗的，像聶魯達。我現在比較好奇的是——我大概略知一二，不知道有沒有錯誤——我了解到，日本的帳篷劇場是六、七〇年代安保鬥爭的產物。所以它先天地帶著一種對西方、美國或者對日本追隨西方體制的抵抗的色彩。這種在反美．自主化國民運動的抵抗之下產生的帳篷劇場，關於它的歷史和它的性質，如果大造先生可以給我上上課，我是非常幸運的。連帶我也想知道，為什麼這種大眾性的抵抗，在表現和創作方法上，要採取非現實主義的手法。雖然，大造先生的東西，外觀上看起來有experimentalism（實驗主義）的實驗性，有現代主義的性格，可它又絕對不是一般意義上的現代主義，因為它的意念性、思想性很強，現代主義最大的特點就是否定意義、否定主題，追求藝術的絕對的純粹性。可是大造先生很顯然有很多話要說，而且有很重要的話要說。所以大造先生的東西就不能簡單地被歸類到現代主義裡來。可是它又有現代主義常見的那種image（意象）。比如說，死亡的問題、屍體的問題、瘋狂、屍體的臭味、ghost（鬼魂）、血等等。這些都是現代主義中非常常見的image。可是大造先生把這些東西工具化了，不是把它當作目的。所以我覺得非常有意思。可是我的問題是，當我們的目的是要啟蒙，對大眾，比如說日僱工的勞動者，要對他們做啟蒙和教育的時候，這麼重要的意念，要用什麼樣的方法來表達。為什麼帳篷劇場一開始就採用這樣的方式。

剛才說的喪失掉的第二塊就是戲劇。因為我們沒有劇團，學校沒有劇團。沒有那種小劇團，扛著布景，演練。所以，我對於戲劇是非常外行的。今天來到這裡，是想通過大造先生的作品進行學習。

櫻井：興起於六〇年代後期的日本的帳篷戲劇，並不具有被歷史化的激烈的契機，與其說它的歷史，不如說在此只是介紹它簡單的演變過程。並且完全只是我的一己之見。從一九七三年到現在，我已經做了三十多年的帳篷。但這並不是說，作為一種戲劇表現而使用帳篷，特別是在最開始時，我們其實是因為要在日本全國巡迴而依賴於帳篷。所以可以說，我們是為了從「戲劇表現」逃到「流浪者戲劇」而選擇了帳篷。我們一直用「帳篷戲」，而不是「戲劇表現」來形容我們的行動。

在我之前，六〇年代到七〇年代，日本就有許多因厭倦了主流劇場，而搭起帳篷進行鬥爭的先輩。現代主義在這一時期開始滲透到大眾，特別以東京奧運會為契機，一夜之間被賤價拋出的「世界」一下子在日本的面前展開。本來還稍顯窮酸的老百姓突然升格為市民，並且，在超級市場裡，把「世界」掂量在手中買下來的幻想開始流行。

這種情況立即反映在劇場空間中。開始有文化資本加入進來。但是，這與舊有的商業戲劇不同。不是把戲劇商品化，而是把戲劇印象化，並使之融進消費社會的戰略。另外，戰後一直持續的民眾劇場的手法越來越不能通用。特別是新劇現實主義的手法在消費都市劇場中無法施展。在這種情況下，地下劇場就應運而生。帳篷劇是其中的一支。所以當初的帳篷戲劇是這麼一種消費社會的產物。當然，也有對當時在越南戰爭中，對美國緊追不捨的日本政府的抵抗的背景因素。當時，確實湧現了許多追溯到前近代的表現，其中就有明確打出文化運動宣言的名為黑帳篷的集團。

起步較晚的我們，正是在對先輩們的批判上出發的。其中一個問題就是對「表現」的理解。對先輩們來說，無論如何「表現」都是重要的。相對於此，名為「表現」的其實是幻想，這是當時年輕的我們的想法。想表現些什麼，想做些什麼給人看，讓人覺得是很資產階級的思維方式。另外，也有對貌似抵抗市民社會而實際上很順從的地下劇場表現者的反抗。他們也不過是翻一個身的精英而已，當時產生過這樣的疑問。七〇年代以後，學生運動逐漸衰退，但也沒有復歸社會的心情，需要有一個逃避的場所。我們就選擇了「巡迴之旅」的方式。帳篷就是實現它的場所。也就是一種避難所吧。當初，我們就是一台卡車上裝上帳篷和人，也沒有定公演地就出發。到鄉村去，找到空地就搭起帳篷。然後向當地的老百姓發放宣傳單，進行公演。就是模仿以前的流浪藝人吧。那正是我們帳篷戲的出發點。那時大概是七三年到七四年。

日本戰後的新劇運動是經「卡車劇場」、「鬧鐘劇場」等開闢出來的。我們的東西可能和他們比較接近。但是我們沒有中心隊伍，也並不是要啟蒙什麼。因為我們的劇場是要破壞劇場性的劇場，所以，當時對觀眾來說也許是很大的麻煩。

陳：布萊希特也曾提倡要破壞劇場。

櫻井：接著剛才新劇的話題，當時是有布萊希特和斯坦尼斯拉夫斯基的兩條路線。當時日本的新劇運動被制度化了，也就是通過「勞演」（勞動者演劇協會）理順關係，是一種職業性的戲劇。這樣一來，在職業化的籠罩下，實際上有日本共產黨和社會黨的不同方針若隱若現。六〇年代的安保以後，與新左翼登場同時，開始出現批判著這種構造的戲劇人。

陳：中國的演劇運動也是黨領導嘛，地下黨的領導。在中國就沒有產生這種內部的自省。這大概是因為日本的黨沒有像中國的黨那樣節節勝利，得到人民的支持，而是有停滯期。

櫻井：在六〇年代，包括中國的文化大革命，世界範圍內對舊有的制度和文化的質疑一下子噴發出來。可是，據與我同代的台灣人說，在「家就是工廠」的標語下，每天從學校回來就全家人圍在一起打工。除了中國，六〇年代的學生動亂只是「發達國家」世界的體驗。這也是此次在台灣開展帳篷戲劇的不可逃避的前提。

陳：六〇年代的台灣，只有少數人通過美國留學者的經驗，特別受到六八年末美國左傾運動的影響。他們非常震驚，本來以為是土匪的中國，為什麼外國人會開始重新評價毛澤東、胡志明、越南的革命。江青的樣板戲、天安門、周總理等等，都在北美洲的電視上出現。所以給他們震動很大。緊接著就是保釣運動。這是五〇年代白色恐怖肅清左派的運動以後，台灣的思潮第一次向左轉。所以在北美洲有幾個讀書會，在美國的東亞研究所等地方，大家開始看中國革命的書，三〇年代的書，思想上也起了很大的變化。所以我們從五〇年代到六〇年代，除了反共抗俄文學以外，就是現代主義的文學，所以當時受到現代主義影響的青年，到美國以後，受到六八年美國學園左傾化的影響，就開始批判現代主義。一九七〇年到一九七四年，台灣有一個現代詩批判運動，就是否定現代主義的詩歌。然後，在這個基礎上，四〇年代的左翼文學思想開始在七〇年代鄉土文學論戰中登場。我個人的情況呢，就是因為偶然的機會，在舊書店裡看到四〇年代的書籍。當時我一個人跑到淡水那邊，去聽電晶體短波收音機。那時候，全中國一片紅，遍地是革命口號的呼叫聲，毛主席黨中央等等。還有「九評」，蘇聯共產黨和中國共產黨的論爭。當時中國是把蘇聯的論文也廣播，中國的回答也廣播，一天廣播兩三次，我就躲在被窩裡聽。為什麼到淡水呢，因為淡水離大陸比較近，聽起來比較清楚。這是我個人比較特殊的體驗。所以六〇年代的世界風潮，文革起了作用。韓國在七〇年代也有反對獨裁的鬥爭，台灣的六、七〇年代也有民主化運動，但不好說是受到文革影響。

櫻井：單只想像一下淡水河邊，聽收音機的陳映真先生的身影，就有好高大的感覺（笑）。剛才提到啟蒙的話題，在我開始帳篷戲劇時，已經沒有啟蒙的概念。當然傳達的要素還是有的，但至少根本感覺不到知識分子面向大眾的感覺。不只如此，當時對知識分子性進行了激烈的否定，實際上也沒有積累知識分子的訓練。當然包括新左翼在內的左翼性中，啟蒙這種概念很重要。但我們沒有。

陳：具體來說，作為給勞動者看的戲劇形式的帳篷劇，到底有多大的可能性？實際上，您覺得傳達得怎麼樣？

櫻井：我覺得傳達到了。我們從七七年左右至九〇年代，在東京的山谷、橫濱、壽町，大阪的釜崎——勞動者聚居的街區，進行了活動。就是日僱工的勞動者的街區。演得不好，會有人亂扔東西，女演員一出場，觀眾就很興奮，恨不得要抱住女演員。我們是一邊護著女演員，一邊讓她們說台詞。那真是很真實的身體感覺，哪有時間煩惱知識分子和大眾之間的問題。那正是與勞動者在爭奪「戲劇」，正是傳達的場所。我們這一側誓死力爭，那不顧一切要傳達的一點點就很純粹地顯現出來。當時我們的演員很多就是日傭工的勞動者，或者過著相近的生活。我自己到四十歲為止就是日傭工的體力勞動者。在勞動現場工作的話，帳篷也越搭越順手。並且，慢慢地，那些日傭工的勞動者的夥伴，開始來幫忙，日傭工勞動者的文化漸漸衍生出來。所以，如果說啟蒙，在七〇年代初期，是作為媒體的方法論出現的。媒體報導和商業主義很巧妙地剝奪了六〇年代的一切。所以，我們不做「啟蒙」，並且為了時刻戒備著不被「啟蒙」，只有自然地投向帳篷戲劇。

陳：這也是很深刻的地方。我看到大造先生這篇關於公共性的文章。沒有疑問的是，資本主義越發展，市場化越厲害，公共性就越受到既有的制度化、平均化的影響，有這樣一種危機。大造先生這篇文章就是在這種危機中，討論如何還公共性一個清白。個人在公共性裡面的主體性。我覺得這篇文章很有意思。「癢」和「痛」的辯證法的關係。還有一個就是，公共性中，主體性和全體性的辯證法的關係。可是像這樣的一種思考，無論如何是知識分子的想法，這對大眾來說，還是很難的吧。這很重要，怎麼樣把這樣的一種思考，透過審美的方法，讓民眾能夠理解。我所說的啟蒙，也並不是高高在上的啟蒙。像布萊希特所說的那樣，藝術、文學、包括戲劇，從大眾平常的生活來，表現的時候又高於生活。它不是從生活來，就那麼原封不動地再表現出去。它來自生活，又高於生活。因為它凝煉了生活，讓群眾知道生活中所隱藏的矛盾。然後現代公共性，在高度消費主義、市場主義裡，每個人都覺得他們是市民、公民，其實他是被玩弄的。怎麼樣喚醒這一點？這是我讀了大造先生的文章所感受到的有意思的地方。可這絕不是很容易理解的東西。可是如何把這樣好的想法，通過審美的方式還給群眾，然後再從群眾那裡得到回饋。我的問題是在這裡。絕對不是說，我贊成一個高高在上的精英階層。

櫻井：首先，也許我那篇〈關於公共性的「癢」〉的文章，對於普通人來說有些費解。可能因為我不高明，只能寫硬硬的文章。所以說，普通人讀了也難於理解。這沒什麼，這裡有關訴諸筆端的東西。但，至於戲劇，我自信能貫徹可以傳達的表演。說到戲劇，我在寫劇本的時候，也經常與住在那片土地（搭帳篷的土地）上的老婆婆們碰面，腦子裡一直浮現著她們的臉孔，一邊在寫。就是說，我堅信過著稍顯艱難的生活的人們一定能看懂我的戲。當然是用了很難的語言。前面可能是說了比較費解的話，但後面一定會緊跟著有噱頭。通過這種連環套式的結構，就能使前面難懂的語言清晰地呈現出來。我就是採用這樣的方法。這和讀書不同。也就是說，戲劇的語言是被翻了個身，而那些老婆婆們正是在這戲劇語言的「翻身」中，看著前面那些難懂的話。所以，重要的不在於語言本身，而在於在戲劇語言「翻身」的過程中，可以在一瞬間捕捉到相關的構圖。從這個意義上說，應該是可以看明白。

陳：不過這個問題，我當然對戲劇是不太懂。我想說，在文學裡也有同樣的問題。你有一個理念，但你不能赤裸裸地把它表現。你要想辦法，想各種各樣的辦法。比如我寫〈山路〉和〈鈴璫花〉時，那時還是戒嚴時代，更不能赤裸裸地表現，我必須想一個故事，設定各種各樣的情境，把我心裡要講的話講出來。那這裡就要自覺地提高審美要求，其實是一樣的。我所要說的是，歐巴桑們所熟悉的藝術形式，所習慣的民間戲曲的形式，都是比較傳統的。有開頭，有中間，有結束，有人物的關係。這是民眾藝術裡，很平常的。然後我們用這種方法來讓她知道（內容）。當然大造先生肯定也有你的道理。像布萊希特也不是完全用傳統的方式，也是用斷裂、跳躍，甚至於打破戲劇的幻覺，直接對觀眾講話的方式。我的意思不是說，一定要用什麼方法，我在問的是它的效果。布萊希特的方法，就是告訴你，我不是在演戲，是要告訴你一個道理。別人演戲的時候，希望你入戲，希望你哭一鼻子，然後受我的感動。可是布萊希特是故意破壞這個舞台的幻覺，你必須起來，你必須覺醒，我們生活裡存在什麼樣的矛盾。這當然是可以的。所以，我現在就是想說，大造先生「公共性」這三個字，在台灣的知識分子裡面，能夠理解的人也不是太多。那這個東西，拿到戲劇對白的裡面，當然會有各種不同的理解。可是跟大造先生這篇文章裡面所講的相比，就顯得不那麼深刻。

櫻井：我感覺布萊希特所說的演劇的「異化效果」是作為一種方法論被納粹所利用。布萊希特所挑戰的可能是使大眾覺醒，但那很快就原封不動地淹沒在大眾的狂熱中。納粹三〇年代的十萬人左右的即興演劇集會，正是利用了布萊希特的理論。如果要追求「效果」，恐怕就會出現這樣的問題。所以，我並不向戲劇謀求一種「效果」。當然是做排練和舞台的準備，但在那當中要發生什麼，完全無法預想。我們更重視，那個場開始捉到那無法預想的視線。所以，離所謂的作品性較遠。

陳：大造先生講得很對。雖然我是抱著這樣的疑問，可是我那天親自去看，三個鐘頭沒有冷場，這本身就說明事情。因為現在的觀眾不是那麼容易討好，他看不懂，就會很沒有禮貌地走掉。所以那天，我自己當然看法是不一樣，我每一個字都在認真聽。雖然第二天排的不是很熟練，但那樣的劇場能夠維持三個小時，笑得那麼開心，這本身就說明問題。大造先生雖然用的是比較實驗性的手法，可是就像您剛剛所說的，不見得這樣的手法，觀眾就完全不能進入那個世界。每一個人也許進入的方法不太一樣，可是三個小時維持下來，是很不容易的事情。我另一個發現就是，大造先生是一個藝術家，是一個文學家。我後來讀劇本的時候，有好幾個段落，都是很有詩意的敘事，非常的優美。比如說，媽媽要被叫出去時，希望有更多的時間餵孩子。看到那裡，眼眶都紅了。還有好幾個，我都記下來了。所以我都懷疑大造先生是寫詩的。但我不知道您是否每次創作都像這次這樣匆忙，還是因為來台灣的原因。如果能有更好的彩排，每個人都知道他在做什麼，那樣，那個傳達就會更好。

櫻井：您太過獎了。從陳先生觀看的第二天的戲開始，到昨天是第五天，已經很進入狀態。關於排練不足，確實如此，這也正是業餘戲劇的宿命。特別是，此次創作集體的集中方式比較特別。我邀請的人只有鍾喬和王墨林。這兩個人基本上沒有表演經驗。整體來說，大家就是靠緣分很自然地走到一起。十七個演員有表演經驗的只有一半左右。剩下來第一次演戲的人占一半。一個戲裡面，用十七個角色性格來排列組合，非常困難。而且都是主角，但並不是不可能。只要有強韌的要傳達那些演員的意志，總可以盡力到一定程度。所以，與演劇的資質等無關，那個人為什麼要站在戲劇的場上，在何種身體上有變化的可能性，這些才是重要的。我只是把無法變作那個人語言的意志翻譯，並想辦法在那個場所使之昇華。當然可能大部分是誤讀、誤解，只要我有翻譯的欲求，那誤讀就會不斷在排練場生出下一個美麗的誤讀。如果說我的戲有富有詩意的地方，那是在寫那個人的時候，誤讀、誤解中的痛苦開始時，語言就一下脫穎而出。並不是在我自身中孤獨地產生詩意。

陳：我還有一點感覺就是，像「Faust」這個題目，戲劇上我不太清楚，在文學上都被不斷地再生產。想要有無限的知識，用他的生命和靈魂去交換。出賣他的靈魂，來換取財富、美女。可是，在大造先生的作品裡面，他完全打破了這種因循的做法。原來的主題變得並不重要。雖然也出現了「Faust」、「Memphis」和那個少女，但已經完全不是那麼一回事。我剛才也講過，如果演員再有一點時間的話，會傳達得更好。

櫻井：確實如您所講。但，帳篷劇通常留給排練的時間較少。這次台灣方面的參加者因為對帳篷不太有經驗，所以舞台方面進展困難。還有一點就是，開始時，大家不太習慣搬重東西、挖坑等髒活。這使做舞台的時間比預計的延長，排練的時間也不夠充分。但是，大家的身體在這一個月中已經發生了變化。大家已經不再畏懼髒活、累活。五年前，我在台灣演出時，曾經有過印象很深的經驗。堆在帳篷入口處的沙子有點礙事，就想請大家幫忙把它移動一米左右。沒料到，大家竟紛紛拿出手機，請搬運公司的人來做。只是一米的距離呀。但那已經是過去的事了，現在大家真的已經不再吝惜讓自己的身體動起來。

陳：我在這裡再講一點，就是關於六張犁公墓的事情。六張犁公墓最開始發現的幾個人當中，就有我。我們和那些老政治犯一起去那個公墓，拔草。後來就一個一個發現那些墓碑，三個區，一共兩百多個。所以，大造先生的戲一開始就是墓地的場景，對我的衝擊非常大。還有一點就是，大造先生的戲當中，經常出現的監獄、牆壁、沒有門、沒有出口(no exit)，這種感受對我來說，特別強。因為也許牢房裡有一個門，可是門對你沒有意義。獄卒在外面開的時候，那個門才是開的。還有就是那個媽媽奶孩子，人都要槍斃了，就希望多奶一下孩子。像這樣的東西，對我這個曾經在牢裡生活過，聽了很多故事的人來說，感覺非常強。所以，結束的時候，我為什麼要站起來鼓掌。對我來說，這是非常非常激動的。

櫻井：當然這些情節正是從陳映真先生的作品〈趙南棟〉中得到的啟發。

陳：還有一個是，死刑犯快要被槍決。叫她蒙眼睛，她不蒙，叫她脫去手銬，她不肯。還有看那個河流，這個對我來說，太熟悉了，我自己也寫過。

櫻井：有一次我去馬場町的時候，就那麼靜靜地望了一陣眼前的河流，慢慢眼前就浮現出被處刑的人們的幻影。我想那就是與觀眾共有的對白色恐怖的普遍的感覺。另外，像藍博洲先生在《幌馬車之歌》中所寫的送死囚的場景，押房裡突然響起合唱。在這次的劇本中，赴死刑的是女人們，設定的場景就是「眉飛色舞」(與「Mephistopheles」——眉飛諧音)的聲音迴盪在各個押房的上空。「白名單」(相對於「黑名單」的文字遊戲)，也就是「沒有姓名的人們」，在送赴刑場的戰友時，迸發出的「眉飛色舞」——這不成語言的語言的一種幻聽。

陳：可以想像，您自己一邊創作，一邊感動自己。

櫻井：倒不是這種意思。自己把劇本寫出來，在電傳給胡冬竹小姐(劇本的翻譯者)的同時，使命就算結束。劇本本身的日語就消失了。在傳送的一瞬間，日語的劇本就變成沒用的東西了。真的是很奇妙的感覺。這也許可以稱之為「天使」性吧。天使在神靈的面前唱過讚歌後，立即就了無痕跡。劇本本來是沒有必要留下來的東西。留下來的只是演員們咀嚼那語言，並把它還給那個場所的瞬間。昨天，現實中有更大的動態（反對中國大陸《反分裂法》的三月廿六日的示威遊行），帳篷的一瞬還是有一舉得勝的可能。這和讀文學作品，接觸那難以忘懷的寥寥幾行的感覺是一樣的。

陳：不過，戲劇和小說不太一樣。小說可以用書的形式一直流傳下來。戲劇呢，演過了，第二場、第三場，解釋也不一樣。所以，正因為演出的解釋會不同，劇本還是很重要。

櫻井：其實，我的劇本至今為止，從來沒有重新上演過。好像剛才說的，劇本是按演員的現在量身裁衣的，不可能重新上演。剛剛聽說，陳映真先生六〇年代曾經創辦過《劇場》雜誌。您當時是否被稱為現代主義者？

陳：在六〇年代的時候，在肅清共黨分子和戒嚴令下，現代主義有兩個功能。一個是，現代主義不會觸及現實。它不談社會，不談人，不談問題。「反共抗俄」文學又是一種指令性的枯燥的東西。這是第一個原因。第二個原因是受美國影響。美國新聞處（USIS），所有的冷戰文化以美國為中心，透過各地的USIS，來輸出美國式的現代主義。所以當初的年輕人，都受到影響。《劇場》也是那樣。《劇場》裡面就有分裂。因為我跟一個叫劉大任的，思想上和其他同仁不太一樣。我們是搞現實主義的，所以，雜誌就分裂了。

今天從大造先生那裡討教了不少。我感覺到了劇場的魅力。在劇場中就是很簡單的東西，也很容易感動。我去看園遊會，小孩子演狼外婆的故事，這故事我們熟得不得了。小紅帽見到這個危險，就叫媽媽，我的眼淚都要掉了。我就覺得很奇怪，怎麼會這樣。還是劇場有它不可思議的魅力。

櫻井：日本的地下劇場（underground play）在六〇年代時，都遭到資本的收買。我們做的是從墓地把死者挖出來的戲。只有這樣的領域才倖存下來。日本的西武資本在六〇年代就一眼盯上了劇場。就是很戰略性的想利用地下劇場。

陳：那個時期，台灣也有類似的情況。

櫻井：七〇年代的時候，西武也曾來我這裡幾番遊說。要說，我們能從西武的誘勸中脫身，還多虧了有天皇在（笑）。因為我們的戲裡，一定有割天皇首級的場面，當時來遊說的工作人員可能是有些沒反應過來吧。後來知道我們侮慢天皇，就退避三舍。所以，感謝有天皇在，才得以從資本的誘惑中脫身。

陳：因為天皇，戲劇得以倖存下來。

櫻井：在當時七〇年代，要拿天皇說三道四真的是絕對的禁忌，當然現在也沒什麼人做。

陳：台灣也是，在戒嚴時期，沒有戲劇。戒嚴令解除以後，非常多的小劇場出現，那馬上就被各種資本收買。跟日本那麼長時間的鬥爭不一樣。沒有日本那種自我鬥爭的經驗。

櫻井：當時的右翼團體，其實並不把我們放在眼裡。但公演之前還是會打電話來：「據說你們在戲中對天皇陛下有不敬！」我們就回答「是這樣」。然後對方會說：「我們會過去！」我們就回答「恭候光臨」。

陳：日本的戰後和台灣的戰後情形完全不同。

櫻井：七〇年代中期，當時有一個名為反日武裝戰線的組織企圖爆炸天皇所乘列車，我們也在戲裡有所反映。但後來，不只是共產黨，連新左翼也對我們的做法面露難色。所以，不只是右翼，當時左翼也忽視我們。

陳：我們台灣就不太理解，為什麼日本的共產黨和社會黨終於都垮掉了，而且受到革新勢力的排斥，影響很大。是因為教條主義的關係嗎？

櫻井：就是無政府主義的認定。確實我們並不具有左翼的教養，只是抱著某種類似倫理的東西在左右衝撞。當時年輕的世代對自己能上大學的事實，感到非常羞恥。就是在那種牧歌式的倫理觀出發逐漸走近了天皇和亞洲的現實。但剛才也有提過，如果我們嘗試著在被置於國內殖民地位置的勞動者的聚居所和被歧視的部落等場所，進行「戲劇的爭奪」，也許我們可以期待從那當中，可以萌發出某種超越倫理的——也就是好像思想的東西。

最後還想說的是，經丸川先生介紹的陳映真先生的作品〈忠孝公園〉，我們去年讓參加《台灣浮士德》計畫的全體人員都讀了這部作品。在這之前，台灣的朋友們好像也都知道這部作品，但都沒讀過。最後還是成了被日本媒介的陳映真。通過這部小說，我們進行了大量有意義的討論。討論的成果，最後還是表現在戲裡面。所以說，實際上陳映真先生的小說，是我們此次演劇的堅實的基礎，好像深埋地下，我們在現場進行各種作業時，彷彿能看見陳映真先生的臉龐。

陳：不敢當，那我深感榮幸。今天從櫻井大造先生這裡受益匪淺，非常感謝。

櫻井：謝謝。

初刊二〇〇六年二月人間出版社《人間思想與創作叢刊10・二・二八：文學和歷史》（人間出版社編委會編）
另載二〇〇六年七月《南方文壇》（南寧）第二期

1 本篇為陳映真與櫻井大造對談櫻井之帳篷劇作《台灣浮士德》紀錄。對談時間：二〇〇五年三月二十七日；地點：台北新店；記錄、翻譯：胡冬竹。

傾聽充滿正氣和洞見的聲音

出版者的話[1]

在第二次大戰前，全世界有百分之七十五以上的地區和國家淪為西方列強的殖民地。殖民地，在十六世紀西方「地理大發現」時代重商主義的掠奪，意味著對黃金、白銀等貴重金屬的搶掠，奴隸勞動的貿易和殘酷役使，殖民主義貿易的商品作物之榨取，以滅族為代價的土地掠奪。迨十九世紀中葉西方工業資本帝國主義的瓜分地球，則意味著強行鴉片貿易，毒害全民族；也意味著不平等條約的重重枷鎖下獨占海關、路權、內河航行權，劃分勢力範圍和租界，割占殖民地，傾銷宗主國的工業產品；政治、軍事的控制，使殖民地經濟完全附屬於宗主國獨占資本主義的利益，更不必說對殖民地心靈、文化、歷史和傳統及文明的嚴重挫傷和扭曲。

二次大戰結束後，一些宗主國如德、意、日、英等在戰爭中受挫，要繼續占有殖民地，已力不從心。以蘇聯為中心的世界民族解放運動風起雲湧，戰前的殖民制度無以為繼，帝國主義各國採取了新的方略，企圖保持和延續昔日殖民地的利益。於是在殖民地反帝鬥爭的浪潮下，

二〇〇五年三月 134

佯為給予前殖民地形式上的政治獨立，骨子裡拉攏舊殖民地時代培養的買辦精英，保證前宗主國在前殖民地的利權，是謂之「新殖民主義」。

二戰末期，蔣介石曾向同盟國表示過戰後自英國收回香港的意向，據說也獲美國同意。但邱吉爾堅持繼續殖民英軍根本無力保護使之免於淪日將近四年的香港，在列強姑息、蔣介石無力力爭情況下，當日章旗在戰後香港降下，大英帝國的米字旗又在香港戰後的天空飄揚！

一九五〇年六月，韓戰爆發。東西冷戰達於高峰。以美國為首的資本霸權主義，在遼闊的第三世界前殖民地打擊反新殖民主義的民族．民主運動，扶持和鞏固親美英的反共法西斯政權，以白色恐怖的「國家恐怖」(state terrorism)殘酷清洗自戰前殖民地時代以來就進行反帝、反封、反殖的人、歷史、思想和價值。而在舊殖民地時代中與殖民勢力合作的買辦精英，則在極端反共意識形態統治一切的時代，不僅得以延命，而且與新殖民主義外國主子和其國內的代理人相濡存而飛黃騰達。

而於是殖民制度「結束」、恢復了政治「獨立」後，對殖民歷史徹底反思和清理的機會，因反共冷戰體制的統治而喪失。殖民主義下悲慘、抑壓的歷史，一變而為「落後」的殖民地化前的社會帶來「現代化」的歷史。日本人說，日本侵略東南亞的戰爭為今日亞洲的獨立和經濟發展奠基。日本人和少數不肖的台灣人異口同聲說，日本統治帶來以日語為「國語」共同語的制度，帶來現代文官制度下廉潔、效率的統治，帶來了公共衛生、現代教育……。總之，殖民化即現代化！

一、殖民地香港普遍、深重的腐敗

戰後，在廣大亞非拉地區前殖民地作家、思想家、社會活動家有不少人以文學作品、評論的形式，揭發和控訴殖民地歷史中的傷痕與罪行。在日據下的台灣新文學作品中，絕大多數——除了一九四〇年初極少數「皇民化文學」的「作品」外，都描寫日本殖民地下台灣生活的壓迫、艱難、貧困化和反抗；寫日本統治者的殘暴與腐敗。但這些文學，在一九五〇年後，都被歸類為「左派」文學，橫遭台灣國府當局禁閱，而逐漸湮滅。一九五〇年後編入反共「自由世界」的台灣，受美、英、西方反共、西化思潮的統治，滿腦子親美思想，根本沒有脫殖民和殖民史批判意識。而重新淪為英國殖民地的香港，知識分子成為對宗主國效忠，編入英殖民地統治下政治和文教官僚體系，成為殖民地「合作精英」(collaborating elites)，從而也長期沒有啟動「脫殖民」的思想理論工程。因此，一九五〇年後的台灣，「殖民主義有功」、「殖民制度帶來現代化」之論，在精英中占主流地位，和前宗主國「學界」互相唱和。在台灣，誰要主張殖民地體制的不是，誰就是「共產黨」、「義和團」、「民族主義分子」和「親中派」……。

就在這樣的歷史脈絡中，去年八月，在香港居住了五十四年（一九五一－）的英國人杜葉錫恩（Elsie Tu, 1913-）女士出版了一本對「殖民地後」的歷史都不曾清理過的港台皆有重要思想與現實意義的書：《我眼中的殖民時代香港》（英文原著書名 *Colonial Hong Kong In the Eyes of Elsie Tu*，香港大學出版社；中文版隋麗君譯，香港文匯出版社），瀝述了一個有堅定的正義感，追求公平正義不妥協，批評英國在港殖民制度的歧視和腐敗不遺餘力，對當前以美國為首的「經濟殖民主義」懷抱憂思和儆惕，一心一意維護一九九七年香港在恪守《基本法》基礎上順利回歸過渡的、香港著名社會活動家和政治家對香港正式回歸前五十年——包括回歸前夜的回憶，表現殖民地香港英國人極少見的正氣、執著、誠實和理想。

英國是老牌的資產階級「民主」國家，實踐資產階級民主革命，高唱「民主」、「自由」、「平等」三百年。英國又是老牌帝國主義國家，有長期的殖民地統治技術上的經驗。一般都說英國殖民方策很「現代化」、開明，殖民地官僚和當地英國化精英合作，以現代文官官僚統治，廉能而公正。然而作者卻告訴我們，一九五一年後她到香港之後所見，是貪汙腐敗和賄賂公行，無處不在，像病毒一般蔓延，感染了殖民地香港社會的全構造！

當時的香港公安政法機關，和當地黑社會「三合會」共生，魚肉人民。五、六〇年代香港公共交通施設不足，私人為生活「非法」經營小巴、小客車者眾，這些升斗小民，自然成為「三合會」勒索敲詐的對象。在警察環伺下，三合會在車站站點公開收取保護費，警察卻視若無睹，因為三合會收的錢，會和警察分贓。此外，舉凡開店、擺攤要上牌、取得許可，都必須直接或通過三合會賄賂。甚至於要辦學，在醫院要求照料，找一份差事，取得「公屋」居住權，公職職位買賣，郵寄包裹，批發場中的交易，都要給某一個或多個關節賄賂打點。更糟的是，賄賂層層分贓，非但貪得無厭，整個公安、官僚機關的權力反而成為殖民地香港巨大貪瀆結構的保護體。任何人向公檢機關舉發，往往收到「查無實據」的回函，甚至召來三合會分子毆打、打砸。於是「政法加三合會」的罪惡、黑暗結構變成了肆無忌憚的大吸血蟲，附著在香港廣大升斗小民身上，盡情吸食其膏血，而殖民當局歷任總督竟視若無睹。到了一九六〇年代，香港幾乎成了一個自上而下的貪瀆機器，終於引爆了一九六六年和六七年的市民暴動事件。

受到市民暴動的影響（大陸文革只是暴動的外因），港英當局在一九七四年推出了「廉政公署」，基本上打擊了殖民地香港腐敗結構。然而據本書作者指出，由於「廉政公署」沒有起訴權和審判權，不免有為德不卒之處，使殖民地高層白人貪官享受殖民政策下對白人、英人官吏的「治外法權」，讓他們秘密辭官，帶著貪瀆積累的巨富「退休」回到歐洲。香港的貪腐今日也許基本遏制住了。和貪風鬥爭了五十年的作者，語重心長地要今日香港為政者，心存「為人民服務」之志，汲取教訓，更好地保證杜絕腐敗的惡疾！

二、「民主」在香港

作者在書中多次著重指出，老牌的資產階級民主國家英國，終一百五十年對港統治，從來沒有在香港施行過民主，總是以保證香港的「穩定」、「繁榮」為藉口（一九六六、六七市民暴動後，又以香港在一九九七回歸中國在即，已經沒有足夠時間進行民主改革為託詞），拒絕在區議會和立法會安排幾個民選的議員。

作者自一九六三年至一九九五年任香港市政局議員，一九九五年任立法局議員，一九九七年至九八年被選入保證香港和平回歸過渡的「臨時立法局」議員。估計除了一九九〇年代中後經由民選擔任公職，也有由港英當局指定的任期。這樣的港英當局，在一九九七年，為了聯合在港親英反中的精英，破壞香港和平有序的回歸，達成滯留港英殖民勢力，破壞中國將香港和平回歸的既定（依中英協議的《基本法》）政策，在末代總督彭定康策動下，突然在一九九七年主張直選立法局議員和區議會的「突然民主化」政策，使作者感到港英殖民者的偽善與險惡。作者披露，當英國確定其對香港的「租期」將於一九九七年結束，「香港突然冒出一類新政客」，其中有人與美國關係密切，自稱「民主派」。但這些人在殖民地香港腐敗統治下荼毒港人的時候從來不曾對社會不正義過問過。作者指出他們根本不是什麼「民主派」，而是一群親英（美）、「反中的積極分子」。他們和殖民當局一道，力圖為香港的回歸設置障礙。他們先是要求香港主權歸還中國，而治權仍歸英國，只在香港升中國五星紅旗。遭到中方拒絕後，又提出「延長」英國治港三十年，又遭峻拒。中國堅決主張一切依一九八四年《中英聯合聲明》，香港在一九九七年回歸。而「……令所有的人意外的是，在中國下，香港人民享受了比英國人統治下更為民主的制度……」。

一九九二年，英國當局突然陣前換將，將原定留任到一九九七回歸時的衛奕信總督撤下，換上了殖民主義者彭定康，帶著一籃子阻撓和平順利過渡的計畫來港履任末代總督。其來港行前，還在英國首相府，與首相共同會見兩個今日香港「著名」的「民主派」，打算不惜違背《基本法》規定改變市政局、區議會、行政局和立法會的結構與功能，結果經歷了鬥爭，被中國打消，回到《基本法》的方針上來。

作者杜葉錫恩對英國殖民主義體制深惡痛絕，對香港終能光復回歸中國深為高興與祝福。在書中，她對古巴、北朝鮮和中國革命表達了同情和理解，但她卻絕不是一個激進的革命派。她出身英國工人階級。一九四八年來中國傳教，不久就對在華西方教會的民族歧視和信仰上的偽善心生厭惡。四九年大陸解放，五一年隨教會撤到香港。一九五五年她因長期來眼見教會的偽善、種族歧視和令人窒息的原教旨主義（fundamentalism），宣布離開教會，繼而從事為香港社會深為貧困和不公義所苦的弱勢者的利益奔忙的工作，飽受打擊和挫折，卻只能使她愈戰彌勇。長年為民眾奔波使她得以躋身區議會而立法會議員——雖然她坦白自承她的白人背景使她免於受到更大的打壓或遞解出境的報復。

她不相信形式上「一人一票」的普選能保證「民主」。她認為花大錢，媚俗煽動，接受企業「政治捐款」的「競選」只能欺騙選民，強化權力與（企業）金錢的苟合。在她看來，民主（democracy）是真正使人民群眾（demos）作主的制度，是挑選真正能「為人民服務」，心中常存人民的疾苦，深入民眾和他們的生活中，調查和研究深重的民瘼，從而提出具體針對的改革立法和方案。她批評高高在上的英國殖民當局、立法會議員，都不了解香港和港人的真實問題和實態，尤其是那一幫跟著彭定康「突然」登上政治舞台的一些「突然出現的『民主派』」。在她看來，他們是親英反中的急先鋒，「相信其中有人和ＣＩＡ關係密切」。

但她也不相信革命。在一切改革、改良陷於明明白白的絕望，人們容易選擇革命。「但革命也帶來令人惋惜的負面結果。」在基本上，作者是一個誠實、身體力行、堅定不移的改良主義者。而她的改良主義也確實成就了許多在香港的卓著的政治和社會改革。她明白地說，在殖民地香港，只有英國人統治階級和在港白人、以及極少數親英華人豪商享有「民主」。而她正是利用了殖民地白人享有的「民主」，為被殖民地非理生活所迫、所苦的港人呼號改革。她不主張當下企圖擾亂香港的、一步到位的「直選」民主。她讚揚中國堅守一國兩制，恪守《基本法》不動搖的漸進、有步驟的民主工程。

三、儆戒新的「經濟殖民主義」(Economic Colonialism)

作者指出，帝國英國，曾為了加強自己的霸權，而不擇一切手段達成富國強兵、統制宇內、奴役他人的目的。希特勒的帝國，二戰時的日本都做過相同的迷夢，但無不在戰敗和衰落中結束。二次大戰之後，美國作為新興大國崛起，自恃其無可匹敵的財富和巨大殺傷性武器，戰後五十年來，不斷發動侵略戰爭，任意施加經濟封鎖，殃及無數老幼婦孺，發動政變，蹂躪民主和人權。美國並且組織「世界銀行」、「國際貨幣基金會」和「世界貿易組織」，作為干預他國財經政策，為其跨國公司謀利，進一步擴大世界範圍內嚴峻的貧富差距，業已引起第三世界國家忿怒的反撥。美國，像歷史上的大帝國一樣，深信自己有統治和征服世界的「道義責任」。

作者杜葉錫恩女士更認為「二次大戰後的法西斯主義」正在興起。在冷戰體制下，美國支持各扈從反共獨裁國家進行了以清除共產黨人為名的、組織性的人權蹂躪運動，殺害了數百萬人。美國以販毒、走私、武器買賣支付全世界反共親美戰爭與政變，設立國際性恐怖訓練學校，秘密培訓酷刑拷打強暴逼供的「科技」。作者也側重指控了美國及其包括英國在內的「聯軍」對伊拉克絲毫不顧及國際正義和法律的恣意侵略，對無辜的伊拉克老弱婦孺造成重大傷害，而對世界輿論的譴責不屑一顧。總之，作者把這種以重武裝、跨國大企業、國際金融工具為手段干涉和控制世界以滿足帝國霸權利益者，稱為「經濟殖民主義」。

四、從台灣回看香港

關於「殖民地現代性」的分析，思想家馬克思早在距今一百五十多年前就做過非常科學的分析。他在論及英國對印度斯坦的統治時，就說殖民主義對殖民地同時表現破壞性作用和「建設性作用」。破壞性——掠奪、壓迫、榨取、種族歧視和壓抑，使殖民地政治社會、經濟和心靈附庸於宗主國，破壞傳統文化……而這些作用，是為宗主國獨占資本的肥大化所必要之蓄意的營為。至於其「建設性作用」——基礎設施，少數殖民地精英的教育培養，並不普及的下、初級教育，以殖民者社區為中心的公共衛生設施，鐵路公路的鋪設，傳統封建宗法制度的破壞和利用各地封建宗族階級歧視制度，發展殖民地商品農業，使傳統農民為農業無產階級和債務奴隸……凡此，都是為了殖民者利益，發展殖民資本主義必要的配套，是非蓄意的營為，總體上是增進殖民地的庸屬化和奴隸化，絕不是現代化和文明開化。而被殖民各族人民，只有通過革命的批判，才能將殖民者非蓄意的「建設性」遺產，為我所有，供我利用。

八〇年代以來，台灣少數老一代皇民遺老和日本反動學者政客一道，為日本殖民下台灣「現代化」大唱讚歌，和一八九五年以降至一九四五年間台灣人民在武裝游擊抗日和非武裝抗日，四五年後澀谷抗暴、反美扶日，一直到新民主主義鬥爭中光輝磅礡的愛國主義大相逕庭。去歲我滯港二月餘，也知道了一九八四年《中英聯合聲明》決定香港在一九九七年回歸後，突然出現的一批親英、親美、親西方、反共反華的「突然民主派」，和以彭定康為代表的舊殖民者百般勾結，處心積慮破壞香港依中英協定的《基本法》順利結束香港殖民地制度，回歸中國，並以殖民統治為「現代化」和「文明開化」，倡言「香港意識」，甚至以英國人自居自詡的殖民地遺老遺少精英階級感到十分詫異。本書作者談到這一小撮假英國人、「民主派」語聲沉痛不屑，令中國讀者讀之汗顏，從而深刻地感受到前殖民地在「解放」後，有意識、有目標、有步驟和有政策地展開「脫殖民」運動，是事關民族團結與自立，事關去奴性化的千秋大業，絕不可等閒視之！

二〇〇五年三月

五、寄希望於新生一代

作者談了今日霸權大國如何以「經濟殖民主義」制霸世界，旨在說明今天全球範圍內的民主與自由在現實上正受大帝國的嚴重威脅，意在對面向這個大氣候不但視若無睹，又實際上對這帝國極盡脅肩諂笑之能事，在香港政治生活的末節上挑弄不必要的矛盾的香港「民主派」，有嚴厲的批評。

然而，這本書又絕不是寫給「民主派」看的書。在卷末，作者表露了對年輕香港學生和青年一代的關心，希望年輕的一代人能明辨是非，看見偏執宣傳的迷霧背後的歷史真相與前行的正確方向。高齡九十二歲的外國老太太，作者杜葉錫恩女士對中國和中國新生代青年的寄望之殷、關懷之切，真情流露，力透紙背，讀之動容。而凡中國人，多麼應該懷著深深的自省和感謝，通讀這本充滿道德力量、真知洞見又勇於實踐精神的好書。

最後，我們感謝中華經濟文化傳播基金的關懷和協助，使本書的台灣版得以順利出版。

二〇〇五年三月三十日

初刊二〇〇五年三月三十日「人間網」
另載二〇〇五年秋季號《海岸線》（香港）
收入二〇〇五年五月人間出版社《我眼中的殖民時代香港》（杜葉錫恩著，隋麗君譯）
本文按《我眼中的殖民時代香港》版校訂

1 本篇初刊「人間網」與《海岸線》轉載時，原題「傾聽充滿正氣和洞見的聲音：《我眼中的殖民時代香港》讀後」，收入人間書版時，副標易題為「出版者的話」，並增補末段文句。由於「人間網」尋查未獲，按人間書版校訂。

失焦的時代病

《狂飆的世代——台灣學運》觀後隨想 1

看紀錄片《狂飆的世代——台灣學運》，有一些感想。

首先當然是切膚地感受到導演和製作群認真熱情的勞動，採訪了很多人，找到很不少的聲、影、物材料，對「本土學運」做了「多元」、光譜寬闊的詮釋。凡此，都是應該表揚的成就。

然而，「多元」論恰恰是今天台灣思想界的時代病。「多元」，不能是沒有敘述者主體的見解，凡事兼容，失去焦點的「多元」；而是各「元」有其明晰見解，在「民主」的公共領域互相討論、詰辯、批評的多元。因此，對於台灣學運史這樣的題目，導演和製作群一定要有自己經過調查研究後的主體的史觀，和稀泥、打馬虎眼是不行的。《狂飆的世代——台灣學運》的「多元」解釋，是台灣思想界「失焦」的時代病的表現，其實也反映了對於急待經由實證的歷史研究，對台灣學運史做分期，標示每一分期的歷史背景，總結各代學運的定位、成績、缺失……的重要社會科學工程，卻至今付之闕如的事實。

研究學運史，就非面對「學運」怎樣界定的問題。在當代亞洲的例子有一九六〇年代到七〇年代初日本的反美日《安保條約》的鬥爭，有韓國自一九六〇年代至八〇年代的反獨裁民主化鬥爭，一九八〇年五月光州民眾抗爭事件後發展起來的反美自主鬥爭，七〇年代學生投入工運、在八〇年代開花的勞動運動鬥爭等。而韓國學運的歷代，都貫穿著反對民族分斷、民族自主統一的思想主題。除了表現為學生主體的思想和行動，學生運動帶有強烈的對「學生」這一社會存在的反省和自我批判、自我更新意識。我的日本朋友中，就有人在安保鬥爭中自覺地在和精英教育機制斷裂，毅然自著名大學退學（所謂「中退」）運動中，隱瞞學歷，到工廠中當工人，至今在工運、社運中甘之如飴。我也有日本朋友當年相誓自大學畢後，不當教授，不當政府官僚，不當參眾議員，而以一介平民從事長期默默的民眾啟蒙與教育（小學校長）工作，自覺和高等教育——產、官、學、政精英構造脫鈎，至今不改其志。在韓國的一九七〇年代末，「中退」，到勞動階級和民眾中鍛鍊，也蔚然成風。以此對照我們一九八〇年代「學運」精英群的「光彩」出路，有千言萬言所不能盡的批判與啟示。

亞洲的「戰後」，是冷戰與民族內戰對峙交疊的戰後；省思亞洲 Pax Americana（編按：美國霸權下的和平）體制與個人與民族的裹脅關係，從而反對美國軍事和文化的帝國主義，自然成為日韓學運的戰旗。這與台灣的戰後「親美．反共」的邏輯成鮮明對照。一九七〇年代初北美和台北的保釣愛國運動，有一定進步性，卻為期較短。韓國學運的長期鬥爭，逼使學生沉思學生的民主化鬥爭屢屢敗於一次又一次軍人獨裁制度的韓國社會構造的根源，竟因而展開了學運界和校園內社會科學教師圈中關於「韓國社會構成體」論爭，長達近十年之久，學術成果豐碩。台灣的「學運」積累了什麼思想、社會科學的業績呢？

歷史地看來，台灣一九九〇年學運，基本上成為了李登輝挾「學運」向國民黨殘餘軍政勢力奪權時，為李「保駕護航」的別動隊。此後，李氏快步走向反民族的分裂主義和不能再赤裸化的親日派的政治歸趨，並且學運最終成為學運精英登龍捷徑的現實，台灣當代學運史，應該如何批判地總結，推動台灣學運早日脫離口腔期而逐步成人……？

初刊二〇〇五年四月五日《聯合報．副刊》E7版

1 《狂飆的世代——台灣學運》紀錄片共分八集，當時於每週二晚間十時在公共電視頻道播出。

「迎回尾崎秀樹」題解

去年十一月，在日本、大陸多位學者、朋友們辛勤、團結、熱情的努力下，人間出版社終於能漢譯出版了尾崎秀樹先生深刻議論日本舊殖民地文學之傷痕的重要著作《舊殖民地文學的研究》。尾崎先生出生於台北（一九二八），直到一九四六年遣返日本的十八年間，都在台灣度過。一九四一年，尾崎秀樹的異母兄長尾崎秀實，因為參與世界反法西斯陣營的反法西斯諜報工作事發，於一九四四年底被日本當局處以絞刑而犧牲，是為著名的「佐爾格事件」。

在軍國主義狂潮洶湧的戰時下台灣，少年的尾崎秀樹和他的家人因佐爾格事件飽受「叛國者」、「非國民」之指責的社會和精神的壓迫。尾崎秀樹於是從一個加害者（日本對台殖民者民族），歷經日本法西斯主義的被害者處境，因而能深刻體會與反省日本帝國主義對其舊殖民地台灣、朝鮮與偽滿加害的歷史。他並透過追蹤和追究乃兄的足跡和佐爾格事件，發展了對魯迅和中國人民深厚的情感。

二〇〇五年四月

我們以漢譯出版《舊殖民地文學的研究》，把尾崎秀樹先生迎回他曾經度過苦惱和沉思的少年時代的台灣，並藉以介紹他對戰時下日本舊殖民地文學的反思和批判，對於嚴正批駁島內外力圖為「皇民文學」漂白、除罪的論說，具有深刻的現實意義。

特集編入收在漢譯《舊殖民地文學的研究》中山田敬三教授的〈尾崎秀樹著《舊殖民地文學的研究》——中譯本評介〉和河原功先生的〈由尾崎秀樹《決戰下的台文學》所想到的〉。另收施淑教授〈台灣文學研究的分光儀〉和尾崎秀樹的一篇優美而深沉的散文〈魯迅與我〉，表現了對於和平與進步事業，對於中國和中國人民滿懷熱情關懷的尾崎秀樹先生的姿容。

初刊二〇〇五年四月人間出版社《人間思想與創作叢刊8．迎回尾崎秀樹》
（陳映真編），署名編輯部

為台獨送終的行軍

記台灣「三二六」遊行示威[1]

一

三月十四日，大陸第十屆全國人民代表大會第三次會議通過了華人世界廣為注目的《反分裂國家法》。從《反分裂國家法》列入議程到草案公布、正式通過的過程中，台灣的輿情不明所以者有之、冷漠者有之、焦慮者有之、謾罵咒罵者更有之。謾罵者不外乎說該法是一張解放軍攻台的「空白支票」，是「戰爭法」，足證大陸如何不講和平、人權、民主與自由。官方和輿論大多不求甚解，存心歪曲，煽動反共、反大陸情緒。只有少數輿論指出《反分裂國家法》承認了兩岸分治的當下現狀，承認了海峽此岸的「中華民國」的存在是內戰歷史遺留下來的現狀，則任何形式的「台獨」、「正名」、「兩國論」皆在「現狀」之外，即將招致戰爭。

台灣當局的反應，除了用美國人愛聽的陳腔，謂此法破壞和平，威脅台灣民主、自由體制云云之外，一般出口做文章還算是謹慎的。究其原因，〇四年大選時，陳水扁以大造台獨輿論競選，搬出「正名」、「制憲」、「公投」，竟而不聽美國勸阻，被美國公開老實不客氣地斥責，直如主人斥罵奴僕。大陸醞釀提案《反分裂國家法》，美國也事先警告台灣不得大吵大鬧。直到草案公布，陳水扁據說得到白宮允許搞抗議遊行，但條件是要陳水扁不要上台對群眾講話。

於是民進黨當局完全依白宮指示辦事，決定把陳水扁號召「百萬人大遊行」「向中國嗆聲（以口舌威脅之意）」辦成「嘉年華會」。而實際到場的群眾，從寬估計，不超過三十五萬人，離開「百萬」目標尚遠。

這次的「動員」，民進黨自承花了一億元新台幣，由政府、民進黨、各地黨籍立委動員，租大巴、供三餐盒飯由黨工、立委出錢——這些錢也是由各選區頭面商人「捐助」得來。車隊從中南部進城到集合地點已經過午。中南部鄉親下車，就坐在馬路邊津津有味地吃盒飯，蔚為奇觀。這情景，怎麼看也不像是人民為了反「侵略戰爭」的忿怒、悲悵的行伍。

遊行的總口號，是「和平、民主、護台灣」。但隊伍中的激進「台獨」派——如「台聯黨」，公開舉著「台灣共和國」、「台灣、中國，一邊一國」和「台灣正名制憲」的標語。作為「台獨」的反民族性格的表現，隊伍中也出現極端反華反共的標語和行動：把江、胡、溫等大陸領導人頭像放大，印在塑膠布長條上，供人踩踏。美國、日本回來的台獨台僑的標語很不堪入目：「支那人，操你的！」(Go F--k Yourself Chinaman)、「永遠和中共分開」(Say Bye Bye for Good To CCP!)。有幾個大學生模樣的小伙子則拉著橫幅：「消滅萬惡共匪」！恍惚間像是又回到極端反共的戒嚴時代。有幾個人舉著美國旗和日本旗招搖。有一位民進黨的女立委打扮成美國的「自由女神」走在行列。這些政治符號，都很能說明「台獨」運動反民族、反華、反共、親美、親日的反動性格。

隊伍也有不少「後現代」的滑稽。有人打扮成畫家達利，要用「藝術」反中國。有年輕女孩拉著這樣的標語：「自由戀愛，和平分手」。有龐克族把頭髮理掉，後腦勺上留一個台灣島的圖形，在「島」上塗上綠色。

三十萬人的政治遊行，沒有可以凝聚思想與政治的綱領、原則。這是從「黨外」時代反蔣民主化鬥爭以來所不曾有的市民異議集會。但在這場景背後，也不是沒有叫人警惕的影子。

近兩年來，美日軍事同盟加強，把台灣海峽事務公然列入美日軍事戰略目標，引起大陸的注意。台灣軍部正式公然加入日美軍事布局操演的組成部分，與日美共享軍事行動上若干參數，參加「防偵台灣」、「遏制中國」的兵棋演練。美國怕台灣因此自鳴得意，透漏軍機，嚴詞警告台灣不得忘形而聲張。「三二六遊行」的低調化、「後現代化」，有掩護台灣為美日遏制中國軍事聯盟之工具的作用，應該留心。

其次，這次「遊行」，無論如何是民進黨政府、黨、立委所發動、策畫和進行的。遊行也一定程度地達到曲解、歪曲《反分裂國家法》，煽動反民族、反中國，煽動台獨分離主義的目的。從一九五〇年以來，國民黨和民進黨雖在「台獨」形式、策略上不同，但反共反大陸、醜詆大陸的意識形態和教育，歷有年所，根深蒂固，已經造成「認同的白痴化」和「喪失祖國」的症疾，令人痛心。這次《反分裂國家法》強調「寄希望於台灣人民」，雖是「老生常談」，但語氣顯得比較堅決。兩岸斷絕，障礙很多，阻絕太久，寄希望於台灣人民，也不那麼容易，問題也很複雜。寄希望於勞動者，損及資本家；幫助農民銷農產品，或方便資本家關廠到大陸開工，台灣工人失業。拉攏大資本家，有影響的政黨、政界人士，影響大於結交普通知識分子——儘管這些「社會影響」不大的知識分子可能長期為反獨促統孤單奮鬥了很久。這裡似乎存在著依靠誰和團結的問題，因為依靠和團結的對象性質不同，然而政治又有無法避免的現實性。所以寄希望於台灣人民，話是早講了，但也走了不少彎路，效果不是太明顯，是個問題。

然而歸根結柢肯定還是要堅決團結、寄希望於台灣人民的。要想方設法，找到正確的方針，達到目的。

二

「三二六」遊行，有另一半非獨、反獨的五十萬市民沒參加。這些人是二〇〇四年不甘心國民黨因神秘擦過陳水扁「鮪魚肚」而招致連宋落選的人們，也是今年三一九群集「總統府」前廣場吶喊「沒有真相，就沒有總統」的約五十萬人。因此三二六的廣場上竟沒有一面「青天白日滿地紅」的「國旗」——儘管數日前扁宋共同宣言「中華民國是最大公約數」。這說明「三二六」是「獨派」內部因扁宋會，公開宣告不改「中華民國國號」、「任內不宣布台獨」，承認正名、修憲建國「做不到」的陳水扁，激怒了綠營激進派後，陳水扁與激進派「台獨」修補關係的集會。

然而，原先眼巴巴希望美國對中國通過《反分裂國家法》而疾言厲聲譴責中共的陳水扁台獨派，竟發現美國只說通過該法是「不幸」的，輕輕放下。大概原以為拉「百萬人」上街「嗆聲」，會使美國人像兩年前那樣，香港「民主派」在香港拉了「五十萬人」上街，老美對港發出惡聲，迫使港當局暫時「擱置」了《基本法》廿三條，陳水扁也妄想「三二六」可以假老美的干涉迫使中共收回《反分裂國家法》，結果卻大失所望。

接著就是台獨大資本家許文龍在大報上公開向中共輸誠，公然擁護《反分裂國家法》，換取繼續在大陸擴大投資，致輿情譁然。由於許某原與台獨淵源深厚，今日台獨政客不少人得過他的政治資金，不好全面瘋狂撻伐，加上台獨最大企業主如王永慶、張榮發、曹興誠、施振榮（近日要求退回「總統府」資政頭銜）等人都早已犯禁到大陸投資，及至原獨派資本家許文龍公然轉向，其他人就更無忌憚。陳水扁和他的政府便與台灣大資產階級決裂，造成陳水扁政權的階級代表性危機。

「三二六」的炮沒有放響，緊接著長年支獨的許文龍「叛變」，又其他企業界大老早已與陳水扁反目，兀自「登陸」投資，近日電子產業大亨之一施振榮辭謝「總統府資政」，再加上三月廿九日現國民黨「副主席」江丙坤成功赴大陸參訪，取得兩岸事務「十項共識」回台，為國民黨主席連戰五月間正式出訪大陸鋪好了路，社會輿情反應良好……這一系列「骨牌效應」，意外地使「三二六」成為了台灣的分離運動往下滑坡的起點。八〇年代以來，台獨成了政治、思想、文化、經濟的霸權，攖之者，立刻招來鋪天蓋地的「不愛台灣」、「賣台」、「台奸」、「聯共反台」、「中國豬」的帽子，如萬箭齊發向你投射。如今一夕之間，這一切忽然失敗了。過去聞之怯縮的台獨指控叫囂，如今再沒人理睬。估計從這次國民黨訪問大陸開始，親民黨、新黨甚至最終手中執有政權公權力優勢的民進黨，也不能不設法訪中了。

中國人說「形勢比人強」。這「勢」字難於具體界說，但卻在現實中起著作用。有誰能料到要向中共「嗆聲」，引美國對付中國，迫使取消或修改《反分裂國家法》的大遊行，竟而成為「台獨」運動送喪的行軍？

而如何清醒地連接「後台獨」的台灣政局，正要求島內外一切為祖國統一、民族團結而苦鬥的人們嚴肅的思議與縝密的工作！

二〇〇五年四月

署名季正平

本文依據手稿校訂

1　本篇疑初刊《海岸線》（香港），因原刊未得尋見，依據手稿校訂。

資本的邏輯豈以人的主觀意志轉移？

從許文龍轉向說起[1]

三月廿六日，台灣民進黨號召反對大陸《反分裂國家法》「百萬人」大遊行當天，一大早人們翻開《聯合報》，赫然看見一則頭條消息：台南著名大資本家，與台獨教父李登輝在政治上和友情上關係緊密，堅定支持陳水扁，在財富和事業上世稱「南許（文龍）北王（永慶）」的許文龍大老闆，發表了題為〈退休感言〉的「震撼彈」。文中稱他擁護「胡錦濤主席」制定《反分裂國家法》，而同法主張「大陸和台灣同屬一個中國」，使他「心裡覺得很踏實」……

這篇聲明，在嗣後的兩、三天中，成為台灣報紙、電視的熱門話題，對台獨系政治團伙及他們苦心動員的「三二六」大遊行，是非常沉重的打擊。起先還在替「老友」許氏緩頰開脫的李登輝，到了四月一日就拉下臉孔，要求「總統府」把許文龍的「總統府資政」職位撤銷。

三月廿六、廿七兩天中，獨派輿論政要慌成一團，手足無措。總地說，都在為許文龍開脫緩頰，說他在大陸大投資，人在（大陸的）屋簷下，不能不低頭。有人在電視上保證，許文龍偽裝降敵保產，但骨子裡絕對沒有背棄台獨……有人說他被迫寫這篇〈感言〉，猶如人在秘密拷訊中在不出於「自由意志」的供狀上簽字，是一份「他白書」，不是自白書，證據是文中用詞遣字都是大陸用語。總之，「許董」有大苦衷，顯見中共「萬惡」，在必要時即威脅台商，「以商逼政」，應該譴責的是「萬惡的中共」，對許文龍要同情、理解，卻把羞惱之情一股腦兒以謾罵中共出氣。但少數極端派台獨就不講客套了。他們直稱許文龍沒有骨氣，為重利投降「變節」，背叛了台獨的政治原則精神，痛詆許氏「商人無祖國」，不應寬貸，應該譴責！這一片混亂、錯愕、心慌、失去方寸、進退失據的「輿論」，是一九八〇年代台獨派乘勢而起以來所僅見的。這與去年，因為陳水扁衝台獨玩過頭，他的主子在白宮對陳水扁罵了娘，公開說「台灣不是主權國家」，重申美國恪守一中政策，不支持台獨……這些毫不容情、羞辱有加的發言時，台北也只能唾面自乾，裝聽不懂，一句話也不敢回的情況大相逕庭。台灣政權庸從列強，可以卑躬屈膝，卻在另一方面只「敢」煽動台灣人對大陸怒目惡聲，十足表現了惡奴、刁奴的卑劣根性。

許文龍在〈感言〉中擁護了《反分裂國家法》，為自己過去支持陳水扁辯稱他「挺（支持）扁不挺獨」。其實許文龍的台獨思想，與李登輝者一樣，因加上了他們極端的親日、媚日的皇民化靈魂，尤為惡劣。這一類的人，平時私底下可以稱中國人為Changkoro（清國奴），大談武士道、「日本精神」。許文龍和李登輝一樣，對日本殖民統治台灣帶來的「良心的統治」和「現代化」感恩戴德；許文龍和日本人一樣，認為一八九五年後武裝抵抗日本占領軍的台灣農民武裝為「土匪」，日本人剿「匪」，安定了台灣社會！許文龍還說，二戰時期被日軍強徵到南洋當性奴隸的「慰安婦」，不論台灣人、大陸人或朝鮮人婦女，都是「自願的公娼行為」！

至於在政治上，許文龍與獨派大老黃昭堂關係密切，出資為李登輝組織黨羽「李友會」以為後援的事，在台灣人盡皆知，由於他富有資財，對他逢迎諂笑的大小老少台獨政客文人比比皆是，企盼得其青睞、獲取政治資金者尤多。今天他公言他「挺扁不挺獨」，若知道投機正是商人根性，也就對他的睜眼謊言沒有什麼值得怪奇了。

然而，在今天反獨高於一切的歷史特點下，反獨促統的鬥爭，克服民族分裂的鬥爭高於一切的時代，不但要講「愛國不分先後」，要講歡迎從前講過獨、幹過獨的人幡然來歸，既往不究，也就一定要允許人從反革命走到革命，允許人從搞分裂改走到反獨促統的道路上來！即使對待像許文龍這樣的人，也一樣要在清醒地知道他過去的思想、政治歷史的基礎上，鼓勵他一步步走向反獨促統，知昨非今是的民族資本家的路上來。

馬克思說過，「資本家是資本的擬人化」。認識到這科學的論斷，就能幫助我們不斤斤於只在道德、政治上清算許文龍的歷史。資本有它不以人的意志為轉移的邏輯，即對於最大化的利潤，對於勞動剩餘的貪嗜和飢餓。當中國大面積、大體積快速崛起，當中國吸引了全世界的資金，當中國對世界的各種重要工業原材料產生不知飽足的需求，當中國為世界市場提供最豐富價廉的商品，當中國的高科技步步高升，台灣放眼世界的資本，如何能不以祖國大陸的投資和消費市場為發展的平台？這也就是為什麼王永慶、張榮發、曹興誠、施振榮和許文龍等投資大陸的大資本家不能已於背棄台灣政權，引頸西渡了。

二〇〇五年四月

署名高隆義
本文依據手稿校訂

1　本篇疑初刊《海岸線》（香港），因原刊未得尋見，依據手稿校訂。

戴國煇先生生平簡述

尊敬的戴國煇教授夫人林彩美女士和戴先生男女公子、尊敬的劉翠溶副院長和王汎森所長、尊敬的學者先進、各位女士先生：

戴國煇先生的學術研究、教學、文化和社會活動，範圍廣闊，時間跨度比較長，門生故舊、學界同仁很多，都比我更熟悉戴教授的生平，和研究及思想方面的業績；因此再怎麼說都輪不到我在這個隆重的場合[1]來介紹戴國煇教授。因此，當戴教授夫人林彩美女士指定和學術研究無緣的我做這次報告，一直到此刻，我都覺得很惶恐；但也不能不說感到十分榮幸。

剛剛說過，戴先生著作等身，學術和文化的活動範圍很淵博廣闊，受到時間的限制，我只能做很簡要的概括。關於他的著作，除正式成書出版者外，其他同樣重要的許多論文報告、演講、座談、對談、媒體文章和報導，都只能割愛。好在戴夫人林彩美女士在《戴國煇這個人》（遠流）一書上有翔實的整理，供大家參照。

戴國煇先生是台灣省桃園縣平鎮鄉北勢村人，生於一九三一年四月十五日，是中小地主客家系漢族人。

一九四四年，少年戴國煇一舉考取了日據下著名的新竹州立新竹中學。不料上課第二週，就被一個粗暴的日籍語文教師，當眾辱罵「清國奴」，在少年戴國煇心靈中留下深重難忘的傷痕，影響深遠。經過長期屈辱、理解、克服與超越，這次的挫辱造就了終生堅決反對種族主義和殖民主義的學者與思想家戴國煇。

一九四七年，從新竹中學北上插班到光復後的建國中學。一九四六年十二月，駐北京美軍在前年底強暴北大女生沈崇的事件引爆了全國性學生反美運動。當運動蔓延台灣，一九四七年一月九日，台灣中高校學生約一萬人群集於今天的台北中山堂示威，高喊反美愛國口號。當時建中初三學生戴國煇也參加了示威。

同一年，二月事變發生。戴國煇眼見高年級學友參加了運動，並在他所說的「梁山泊」聽取以郭秀琮等為中心的學長們分析時局，顯然給少年的戴國煇非常深遠的思想影響。

一九四八年，十八歲的戴國煇擔任以學長張光直為會長的建中學生自治會康樂股長。

一九四九年，大陸國共內戰形勢急轉直下，台灣高校校園的學生的政治和思想狀況不免波動。四月六日，陳誠當局先發制人，突然逮捕台大和師院活躍學生兩百人。戴國煇親見「梁山泊」熱血青年學長逃亡、被捕，甚至犧牲。在頒布戒嚴令、中央機關遷台的環境下，五〇年代白色恐怖現實上已經拉開了序幕。

一九五〇年，政府開始全面肅清政治異己分子，尤其在同年六月二十五日韓戰爆發後，非法逮捕、偵訊、投獄、刑殺層出不窮，形成由政權機關發動的、組織性、大規模撲殺異端運動。青年戴國煇料必眼見朋輩半為冤鬼，乃於這一年建中高中部畢業後，悄然離開台北的暴風圈，南下台中，考上中興大學農經系，隱身讀書。

一九五四年，戴國煇自中興大學農經系畢業。一九五五年，考取部辦留日留學考試。十一月離台赴日。一九五六年，考取日本東京大學農經系碩士班進修。一九五八年，考入日本東京大學農經系博士班深造。一九五九年，和賢淑美麗的林彩美小姐在日本完婚。從此，林女士成為戴國煇先生終生的後盾和助理，對戴先生的事業、操持家務做了大量的貢獻。

一九六六年，以重要論文《中國甘蔗農業之展開》，獲得東大農學博士學位。不久，獲聘日本「亞洲經濟研究所」顧問，是該機構第一位獲聘的外籍顧問。一九六七年，獲聘擔任同「亞洲經濟研究所」研究員，也是第一位外籍研究員。自此，展開他多彩、廣闊的研究、教學與文化活動。

一九七一年，由日本「社會思想社」出版著作《與日本人的對話》。一九七三年，初步將眼光投注在一九三〇年台灣霧社抗暴事件的研究。一九七四年後幾年，展開對後藤新平、矢內原忠雄再認識的研究。一九七九年在台美斷交、中美建交後幾年，參加了幾次關於國共第三次合作問題的討論。

一九七五年，獲日本文部大臣聘為諮問委員，是第一次有外國人受聘擔任該職。一九七六年，受日本立教大學聘任文學部史學系教授。一九七七年，「社會思想社」出版戴著日文新書《新亞洲的構圖——探求善鄰關係的創建》。一九七九年，「日本研文社」出版戴著日文新書《台灣與台灣人——認同的探索》。

一九八一年，開始在學習院大學和一橋大學兼課，並編輯出版台灣史料重要貢獻《台灣霧社蜂起事件》，由東京「社會思想社」出版。

一九八三年，到美國做為期一年的考察與研究。我得以攀識戴教授，即在這一年的美國。

一九八五年，台灣「遠流出版社」出版了戴先生中文著作《台灣史研究——回顧與探索》。

一九八六年，被選任立教大學文學部史學科科長。這一年，將所收藏《台灣總督府警察沿革誌》五大卷交「綠蔭書房」復刻出版，為台灣史研究資料的提供做出貢獻。一九八七年，出任立教大學國際中心長。

一九八八年十月，平生第一次偕同立教大學總長等到中國大陸訪問，並參加立教大學與天津南開大學結成姊妹大學之儀。同年，由「岩波書店」出版戴先生日文新著《台灣——人間、歷史、心性》。一九八九年，由魏廷朝中譯，戴著《台灣總體相——住民、歷史、心性》由「遠流出版社」出版；九月，在《人間》雜誌第四十七期發表中文版〈嚴殺盡兮棄原野〉，在全世界以意識形態撻伐六四「天安門事件」中，獨以嚴謹的社會科學和靈明的感性，評論六四天安門不幸事變，究問當時大陸性急而膚淺的現代化派和西化派，並為不幸事變致哀。深情感人，而勇氣照人，見識過人。

一九九〇年，日文著作《台灣往何處去》由「研文社」出版。一九九二年，與著名編輯、民間學者葉芸芸女士共著出版《愛憎二二八——解開歷史之謎》，「遠流出版社」出版。一九九三年，出任立教大學院文學研究科史學專攻主任。

一九九六年，獲頒立教大學名譽教授稱號，並自日返台定居；五月，日語著作《台灣という名のヤヌス》由「三省堂」出版；八月，受聘文化大學史學研究所兼任教授，同時應聘擔任政大文學院歷史系兼任教授。一九九七年八月，應聘擔任國立成功大學文學院歷史系兼任教授。一九九九年五月，離開國安會職務；八月，受聘為文化大學史學系教授；同月，因病送急診。體重不斷減輕。十一月，由台北「南天出版社」出版《台灣史探微——現實與史實的相互往還》。

二〇〇〇年，「南天出版社」出版《台灣近百年史的曲折路——「寧靜革命」的來龍去脈》。二〇〇一年，元月一日急病住院。元月九日，與世長辭，享年七十一歲。

有關戴國煇先生在研究、思想方面的博大精深的業績，在座先進都比我有更深的認識與評價，在此不敢贅言。

只是對淺薄的我而言，在整理資料時，發現戴先生對台灣文學的研究也很關心，表現在協助尾崎秀樹先生完成著名的《舊殖民地文學的研究》。此外，對吳濁流、楊逵先生的著作的關懷、推介也不遺餘力。另外，戴國煇先生對台灣戰後資本主義發展史的研究，以及對於三〇年代中國社會史論戰的研究，表現了他在發展社會學和生產方式演變史的素養，似乎在台灣史研究界中比較少見，而令人多一層對戴先生的敬意。

謝謝大家。

初刊二〇〇五年五月《傳記文學》第八十六卷第五期

1 根據戴國煇夫人林彩美女士為《戴國煇全集》所作序文，此場合可能指「戴國煇梅苑書庫入藏中央研究院人文圖書館儀式」；時間：二〇〇五年四月十五日；地點：中央研究院傅斯年圖書館。

祝賀《人間學社通信》出刊

「人間學社」全稱「人間調查報導(告)學社」，成立於一九——[1]年——月，公推報導攝影與深度報導工作者關曉榮先生為社長，著名民眾史報導文學家藍博洲為副社長。學社有社員——人，其中俊傑如——、——、——、——、——、——、——、——、——和——、——、——、——，都是報導攝影、報告文學界中因長年傑出工作積累而卓富聲望的人，各自在教育界、傳播界、新聞界、文藝界擔負重要的職務。

學社的宗旨，概括起來，是「……」，表現出學社創社時大家昂揚的熱情與鬥志。但在現實上，不免受到日常工作責任和生活的羈絆，一時在重新揚帆到田野中創作上不免踟躕。但經過一番努力，在社長關曉榮和副社長藍博洲關懷下，決定先出刊《通信》，一方面創造創作的發表平台，一方面也創造廣大社員互相溝通交流、激發思想的論壇。如今出刊在即，大致翻閱了一下，果而基本上表現了高度的戰鬥和工作的意氣，實為可喜。只是在創社當初，我就自覺地要求學社獨立自主地發展，逐步走出舊《人間》的影響，大踏步前行，在舊《人間》基礎上走出自己的姿容。然而過去共同創業、一起戰鬥的情意深厚，《通信》的編輯還是殷殷繫念故情，令人感動。例如蔡先生把我的名字排為《通信》的「發行人」，經我以《通信》的獨立性婉辭，才終於拿掉。又例如《通信》的頭一篇文章登了我人間出版社為中心的小網站「人間網」的宗旨，就顯得我「喧賓奪主」、「強加於人」了。問起來，才知道《通信》已經快印好了，不好強朋友們之所難加以移動。《通信》要介紹「人間網」的良意當然可感，但排在《通信》較次要的版面就是對「人間網」最好的禮物了。但不論如何，我謝謝學社編輯的友情和美意。

編刊物需要經驗。我在為《人間學社通信》的初刊賀喜之餘，希望大家多關心、多創作、多切磋、多提意見，冀使《通信》不斷成長得更完善、更有戰鬥力、更能團結人，奮步向前！

二〇〇五年五月十一日

本文依據手稿校訂

1 原文如此，後同。

對我而言的「第三世界」

我生於一九三七年十一月的台灣。到了世界冷戰的高峰的韓戰，我正等小學畢業，報考初中。韓戰引來美國大艦隊封斷了海峽，台北的國民黨政權在對內殘酷肅清「共黨奸匪」和美國對中國內戰的干涉後，正式成為了美國在東亞冷戰的戰略前線。在政府和美國遍布在台灣的「美國新聞處」（US Information Service, USIS）的宣傳下，世界的構造被分成以美國為首的「自由世界」，代表富足、國力強大、民主、自由、人權，對他國沒有領土野心，科學昌明，富足而又到處給窮國小國各種慷慨的援助。世界的另一個部分是「共產世界」或「鐵幕」、「竹幕」，指涉以蘇聯為首的「共產世界」，代表獨裁、特務統治、貧窮、發展軍事力量，是「自由世界」邪惡的威脅……因此，中國在冷戰宣傳中也分成了「共產中國」或「赤色中國」，以區別於「自由中國」台灣。而五〇年代經濟還在混亂的局面中掙扎的台灣，也成了意識形態上「自由」、「民主」、「民生富足」的社會，而大陸則哀鴻遍野、民不聊生……

六〇年代以後，台灣因冷戰體系的地緣政治，美國的「援助」，和以美、日、台「三角貿易」架構上的加工出口，取得了一定程度的經濟增長。台灣的官僚和滿腦子西方「現代化」論的知識分子精英，都宣傳台灣的發展、「自由」和「民主」，在思想和政治上緊緊跟著美國，心目中從來沒有一個以亞洲、非洲、拉丁美洲為中心的「第三世界」，當然也絕不把自己列為「貧窮落後」的第三世界的一員。在高等院校的外國文學系所中只側重教英美文學，不但絕無「第三世界文學」的課，即連歐洲文學的課也絕無僅有。而事實上，一直到今天，台灣的文學研究者，對於鄰近的日本、韓國、東南亞文學知之極少，就更不用說亞、非、拉和中近東的文學了。在台灣大部分知識分子腦中的世界只有兩大塊，一個是北美的美國，另一個是放大、易位的台灣島。歐洲、東南亞則在一些有能力為出境旅行的人有一點走馬看花的印象。至於以亞非拉（和中近東）為中心的「第三世界」，遑論一般大眾，也絕不在知識分子的世界史的、文化的、文學的與政治的研究射程之內，至今依然。

在這「第三世界」問題意識極端荒廢的台灣，雖然我有可能是在一九七六年（我出獄的隔年）因和葉石濤先生商榷有關台灣新文學性質的文章（〈鄉土文學的盲點〉）中，第一次在台灣提出「第三世界」和「第三世界文學」這兩個詞，但實際上並不能因此說明當時我對「第三世界」、「第三世界文學」的洞見或「先見」。一九七六年，我透過日語讀物，知道了韓國正在進行著關於唯美文學論的「純粹文學」論和存在主義意義上的「參預（干預）文學」的論爭，不久又擴大為「民眾文學」和「民族文學」的論議。而在論述文學的民族性和大眾性時，提出了參照在殖民地、半殖民地、新殖民地處境中，尚在為民眾（＝民族的構成分子）的解放、國家的獨立而鬥爭的亞、非、拉世界，即「第三世界」及其文學的鬥爭問題。

一九七八年，海外保釣愛國運動的左翼論壇，也出現了「第三世界」的詞和概念，可惜思想檢查嚴苛的台灣沒能受其影響。後來的閱讀告訴我，「第三世界」的概念有一個發展的結果。西方人有以生產方式分，即以「自由經濟工業化國家」（發達資本主義國家）為「第一世界」，以社會主義國家為「第二世界」，而以世界上經濟不發達的國家為「第三世界」。西方第二種分類，有意識形態色彩。「自由經濟國家」為「第一世界」，「第二世界」是「中央計畫經濟」即號稱社會主義國家，而「不發達的自由市場國家」為「第三世界」。

而毛澤東的三個世界論，也由五〇年代的「中間地帶」論，逐步發展為以美蘇超強為「第一世界」，工業發達的各國為「第二世界」，其餘國家為「第三世界」。對毛澤東而言，「第三世界」不是貧窮、落後、弱小、疾病、戰爭的同義詞。毛澤東是把「第三世界」擺在共同反對美蘇宰制的霸權之有生力量這個戰略角度來思維的。

理論的思維令人疲乏。事實上，我對「第三世界」的難忘的體會，不是讀理論出來的，而是源自幾次具體的感性經驗。

一九八三年，我第一次被當局批准出境（一九七五年出獄後，有幾次受邀參加一些「國際性討論會」，皆被「出入境管理局」駁回），參加美國愛荷華大學「國際寫作工坊」。

在這為期三個月的「工作坊」中，我平生第一次見到了來自我分裂的祖國彼岸的作家同胞和同仁：茹志鵑女士，如今已成長為中國最優秀的女作家之一的、茹志鵑這位十分傑出的革命作家的女兒王安憶女士，和著名的進步劇作家（雖然見面時他已傾向「自由化」了）吳祖光先生，使我激動不已。

「工坊」開始不久，有一個來自全世界各國作家介紹自己和自己國家的文學概況的會。報告人有的詼諧，有的木然讀稿，有的瀟灑大方……於是我看到據介紹是來自南非的、看來是白人的、神態很優雅的老太太，她一開始就這樣說：

「我方才傾聽許多來自各國的作家同仁，不禁十分羨慕你們都那麼幸福，可以自在地寫嬰兒的笑靨，可以寫清晨初初綻放的玫瑰花……」

她接著說，在實行殘酷的黑白種族隔離統治下的南非作家卻沒有這樣的幸福。「因為作家在南非，苛酷的生活要求作家必須、而且只能為自己和同胞的解放，為反抗只因膚色不同就對人橫加歧視、凌辱和不能置信的暴力的種族主義造成的苦難做鬥爭。」

「寫作的時候，南非作家不能只是考慮表現技巧，考慮文字效果，」她沉靜地說，「我的同胞，在殖民歧視統治下，識字率不到百分之十。在南非，抵抗的作家作品沒有人敢出版，出版了能讀的人也極少，何況還有作品查禁、作家被捕的危險。」她說，南非抵抗派作家的「出版」，是在半夜的反抗性群眾的秘密集會朗讀。「我們的作家寫作，考慮的是聽覺而不是閱讀時的效果。」她說，「這要求音樂效果，要求明白易懂，要避免空虛的文字遊戲……」

老太太的話很大地震動了我的思想和感情。我自盼是為批判而寫作的人，卻從來不知道作家的處境和命運有遠比我更艱難，創作時和生活、民眾和國家的苦難挨得那麼近，寫作的哲學有這麼不同。一個南非的白人作家的良心的力量使我對她滿懷敬意。在大家的掌聲中，我趨前向她握手致意。我說她做了令所有聽眾的良心震動的報告。「特別是身為南非的白人作家，你的正義和勇敢將使我畢生難忘。」我說。

她笑了。笑得優雅、謙抑。「在南非，還有很多比我勇敢又有才能的作家和詩人。不過，我並不是個白人。」她睜開美麗的眼睛說，「I am what the racists called a color. 我是那些種族主義者說的『混血種』。」

我詫異地望著她，一個外表上對我而言是過了中年的白種太太，感到南非白人種族主義對白人血統「純淨」的法西斯恐怖嗜欲，為之毛骨悚然。幾天後，她邀請我到她的房間，告訴我所知極少的種族隔離主義(apartheid)的難於置信的橫暴和黑種人民的鬥爭。「Chen, but we will win in the long run. There's no doubt about this, I can tell you...」她堅定又自信地說,「陳,我們最後還是要勝利的。沒有疑問,我告訴你……」——這就是第三世界和第三世界的作家的文學啊……

辭別時,我的內心這樣吶喊著。

也是在一九八三年愛荷華大學的「工作坊」。

我很快就認識了一位來自菲律賓的年輕人。他中等略高的身材,穿著舊的軍便服,頭髮鬈曲,戴著一頂黑色的工人帽。他留著鬍和淺髭,如果那兩撇唇髭深些、密些,就有切·格瓦拉的味道了。我們很談得來。我向他介紹了一九七八年台灣的鄉土文學鬥爭,他也向我介紹了菲律賓文學界民族派和崇洋、仿洋派之間,現實主義和學舌的「現代主義」派的鬥爭。我們也聊起「第三世界的超現實主義」和「國際文學獎(例如『諾貝爾文學?』)的誘惑」問題。使我們共同感興趣的是來自東歐幾個社會主義國家的作家。他們常常以禮貌的笑意對你,英文似乎不大靈光。「去他娘的英語!」有一次,當我和那來自菲律賓的詩人阿奎諾談起東歐作家時,他忿忿地說,「我們為什麼讓英語阻礙被壓迫人民之間的交流?」他崇拜毛主席和他的革命,對「改革開放」,他讚揚改革發展了經濟,卻擔心長此以往「革命不見了」,我們決定找一天「自動自己上門去」找東歐作家們。

有一天，阿奎諾抱了一堆罐裝啤酒來找我。「他們在其中一個人的房間裡喝啤酒。」他眨著一隻眼睛示意我隨他造訪。房門打開，在香菸的迷霧中，發現了東歐作家因酒酣而酡紅的幾張可愛的臉孔。他們中有兩個人英文講得比我們想的好。互相自我介紹後，就在不大的客廳裡聊開了。不知道是什麼原因，東歐作家都說他們「喜歡看西方（美國）電影」。

「為什麼？」阿奎諾友善地笑著問。東歐作家說，西方的文學和電影可以寫個人的感情和欲望，可以描寫身體和官能的需要，沒有政治框框。我們聽著聽著，目瞪口呆。阿奎諾蹦、蹦地打開易開罐啤酒，大口大口喝。

我開始說，我在台灣看飽了美國好萊塢的暴力和色情片。「那些電影愚蠢、低級趣味，只能消磨人的志氣……」我說。東歐作家們不同意。他們說「人性裡原有的東西就是真實」。他們也羨慕銀幕上表現出來優渥的美國式生活……

阿奎諾用力把喝完的啤酒罐擠在小茶几上。他紅著臉，開始講菲律賓各民族人民悲慘的歷史和當前美國在菲律賓的新殖民地統治。「美國人帶給我們反共軍事獨裁統治；帶給我們軍事大基地，連帶就帶給我們強姦、車禍、性病，使貧困鄉下來的少女變成娼妓，並且以共產黨的罪名討伐和殲滅菲律賓農民的反抗。」阿奎諾說，好萊塢電影像鴉片一般麻醉菲律賓人。「但我們教育他們不要讓好萊塢消磨我們的志氣。」他說，「美國人不但奪取我們的物質，還收拾我們的靈魂。」

東歐的作家對阿奎諾所說顯然是驚訝的。但他們還是為自己辯白，還是講「人性的本然」，阿奎諾生氣地說，好萊塢和資產階級的東西空虛、腐朽、敗壞。有一個東歐作家奇怪地問，「怎麼會？你們兩人講話像我們的政治幹事？」卻一邊為阿奎諾斟啤酒在一個玻璃杯裡。「我也在想，怎麼會？」阿奎諾賭氣似地說，「怎麼會？我在想，怎麼社會主義東歐的作家居然迷上美帝國主義最腐朽的電影？」

小客廳忽然沉默起來。但是就在這時，有一位東歐哪個國家的作家用被啤酒泡厚了舌頭的聲音哼唱了起來。不等他哼上兩節，大家就聽出那是《國際歌》！其他的人一個個跟上來，用不同的語言唱起《國際歌》。我用漢語，阿奎諾先用英語、後用塔加洛語，聲音越來越大，有些走調。但漸漸地一個個人的眼睛開始飄著淚花兒。阿奎諾哭了。抱住一個肉白的東歐小說家。我也流著淚，歌卻越唱越覺得好聽，有精神……

一直到今天，那個愛荷華的下午的情景歷歷在目，但卻一直沒能理清楚那歌、那眼淚、那擁抱的意義。太複雜了吧？為了一個過去的革命？為了共有過的火熱的信仰？為了被喚醒的、對於紅旗和國際主義的鄉愁？

如果沒記錯，那是一九九一年的夏天。日本的一些「革新」團體和個人（即進步的、左派的個人與團體）由武藤一羊等人推動了一個叫作「二十一世紀人民的運籌」（People's Plan for the 21st Century, PP21），廣泛邀請了東亞和東南亞的左派個人、團體或組織的代表到日本開會，把分組會設在不同的城市或地方，雖盛況空前，但會議場所、食宿簡樸，不搞豪華會場那一套，給人很好、很深的印象。我個人不知什麼原因，是來自台灣的唯一的受邀人。

會議進行了約三天，最後一天賦歸之前，把散在各地的分組會成員匯集到一起，等著通過大會共同《宣言》。

據說共同《宣言》起草小組徹夜未眠，大家忙著相互認識，交換與會心得。終於《宣言》草案印發下來了。

依往時經驗，大會《宣言》一般地很少有異議，主席宣讀過，全體鼓掌通過是常有的形式。我漠然地讀著英文的《宣言》草案，不料第三段專門提到一九八九年北京風波，並有嚴詞譴責。這個會沒有大陸代表，《宣言》變成了缺席審判。我讀了幾次那一段文字，開始坐立難安。八九北京事件剛過，資產階級輿論在全球範圍內大作反華反共文章，真沒料到這個由東亞、東南亞左派開的會，也套用右派的、資產階級的語言、邏輯譴責中共。我很知道一九九一年當時，在任何場合，任何人都難於為中共辯護，如果有人這麼做，一定會捅破世界反華情緒的蜂窩。

正焦慮躊躇間，我發現我已高舉右手要求發言！主席是個泰國籍教授，臺下聊天時才知道他與我的老友老同志蘇慶黎同在美國紐約賓漢頓大學一起學習過。他遠遠看見我舉手立刻招我上台發言。

我在恍惚中上台，但覺頭皮發麻。我自忖自己的發言很難不招來大會的噓聲吧。我硬著頭皮說，北京的事件應該關心，應該批評。但我們的會是東亞、東南亞進步人士與團體的會，批判北京風波，應該有左派自己的觀點、價值、語言和邏輯。《宣言》上這一段，和世界上一切反華反共的文章在修辭、觀點、分析和政治上毫無二致。

「因此，女士先生們，受到時間的限制，我提出兩項建議。」我說，「第一，第三段在文脈上與本《宣言》主要內容無關，把這一段刪除，無損於《宣言》文脈的完整性。第二，如果必須在《宣言》中批判北京事件，建議起草小組以亞洲左派的觀點和分析，以我們自己而不是世界資產階級的修辭和語言重寫，補寫給我們。」

我在臺上望著臺下，等候忿怒、敵意的挑釁。但臺下片刻的沉默後，傳來部分人的掌聲。掌聲鼓勵了另外的掌聲，卻沒有任何挑釁和噓聲。這很出於我的意料。主席當機立斷，提議交由起草委員會重新考慮，然後繼續宣讀。

會議結束。不料有來自東南亞、穿著不同民族服裝的人，兩兩三三、三三五五地來找我握手。「謝謝你。我們不知道北京事件是怎麼回事。但我們習慣地不信任西方的報導和評論。」一個膚色較深，穿著大約是東南亞的民族服裝的、白了鬍子的人說，「我們很關心北京事件。但我們不知道情況。你說對了，我們要用自己的語言和感情說北京事件。」然後他搖搖手向我道別，獨語似地說，朋友家，到底出了什麼事？

有年輕的韓國代表兩、三人來，他們說他們根本不同意大會《宣言》將韓國學生的反獨裁民主化鬥爭和「天安門上的事」相提並論，混為一談。「當他們把美國『自由女神』造像抬出來，我們就下了結論，」他說，「北京的學生不行。」他用力握我的手，「謝謝」我的發言。

中國應該不會忘了，在窮困的第三世界，她還有不少的真心朋友吧。望著走遠的韓國朋友，我這樣對著自己獨語。

過了一個多月，大會的文件寄來了。我翻閱大會《宣言》，那一段批判北京事件的文字原封不動地留在那兒。但我一點也不覺得沮喪。我回想到大會結束那天那麼多向我伸出握手的、不同膚色的手，想到「第三世界」中，也有精通英語和「理論」的精英和在日常實踐中鬥爭著的大眾的區別。這區別自然也反映在思想和政治上。

從理論上看，「第三世界」乃至於第三世界文學論一直存在著複雜的爭點。但在日本的直接的感性經驗，第三世界朋友談說北京事件的肉聲，對我而言，卻是深刻而難忘的「第三世界」論。

二〇〇五年五月二十日中和

初刊二〇〇五年九月人間出版社《人間思想與創作叢刊9・八・一五：記憶和歷史》（陳映真編）
另載二〇〇五年十月《讀書》（北京）第十期

宋斐如文集・序

宋斐如先生（一九〇二—一九四七）是我國台灣省台南人。少年時代在台灣商工學校，即今台北開南高級商工職業學校畢業後，出於強烈的民族意識和愛國主義激情，於一九二二年二十歲時，自日帝殖民地台灣西渡大陸，入北京大學就讀，與負笈旅京台籍青年或投稿東京的《台灣民報》，或自辦雜誌，投入殖民地台灣的反日思想和文化啟蒙運動。早在一九二五年就以發表在東京的《台灣民報》的文章〈王悅之氏之謬談與北大台灣同仁〉，開始了他短暫卻厚實的、以文筆啟蒙與鬥爭的生涯。一九三五年，他到日本考入東京帝國大學，修習政治經濟學專業，直到一九三七年日帝全面侵華之寸前，毅然回到祖國中國，以他深厚的日本語文能力，得以多讀戰中日文資料，並以他精到的社會科學訓練，展開深刻的抗戰研究、日本敵情研究和台灣研究，對於我國抗日民族解放鬥爭的勝利，對於光復台灣，對於將台灣同胞從日帝殖民桎梏中解放出來，做出了很大貢獻。

一九四五年八月日帝戰敗投降，台灣復歸於祖國。一九四五年十月，宋斐如先生回台，很快投入光復後台灣政治、社會和思想、心理的去殖民化重建工作，呼喚省內外同胞的團結與「融合」，不遺餘力。不幸，回台後堅決站到人民群眾一邊的宋斐如先生，在一九四七年二月，台灣民眾因國民黨接收集團的惡政而譁變後的鎮壓行非法逮捕，很快就仆倒在國民黨法西斯刑場。英年而壯烈犧牲，得年僅四十五歲。嗚呼！

一、抗日研究與抗日理論

就如這一本宋斐如先生文集的編輯體例所表現，自「東北事件」，即一九三一年日帝借機侵奪我國東北，以建立偽國家「滿洲國」兼併東北地方的九一八事變以後，宋斐如先生發表了〈東北事件的經濟解釋〉、〈東北事件與帝國主義戰爭〉等文章，以政治經濟學的科學性方法和眼界剖析「東北事件」的本質，規定了九一八事變不是一個偶然的事件，而是日本資本主義不可解決的矛盾下，以對外軍事擴張，走向獨占資本主義，以解決其經濟的內在矛盾。其他如〈日本帝國主義的危機〉（一九三一年）、〈日本帝國本質論〉（一九三九年），都是以政治經濟學的眼界認識日本帝國主義之基本性質的文章，對於在抗日的歷史下客觀正確地認識我們的敵人日本帝國主義有很大的教育啟發作用。

宋斐如先生也依據客觀資料，報導了日帝鐵蹄下「滿洲」被恣意劫掠壓迫的悲慘狀況。他也報導了中國抗日戰線中，覺悟、進步的日本反戰和平運動，為策反日本軍人而鬥爭的實況，也報導了同為日帝壓迫的中國、朝鮮和台灣人民反對日帝侵略戰爭的「反戰運動」的情況，鼓舞了抗日的士氣。

宋斐如先生以豐富的國際反法西斯鬥爭形勢的知識，寫了多篇文章，介紹了世界反法西斯鬥爭中，德、日、美、英、蘇和中國，軸心和同盟各國爭鋒的形勢與歸趨，使讀者對抗日鬥爭的全球形勢有清楚概括的掌握。在抗戰期間，宋斐如先生也分析了南京汪偽政權必敗、抗日必勝的展望。

出身台灣，在祖國大陸奔赴抗日鬥爭，憑藉他對日語文材料的把握和科學的社會科學的運用，宋斐如先生的文筆化為抗日的刀槍，為抗日理論、抗日形勢和從世界反法西斯鬥爭全局去展望抗日必勝的理性認識的建設，做出了重要的貢獻。

二、台灣問題研究的先驅者

一八九五年《馬關條約》割台，使台灣與祖國相分斷，而在日帝統治下，日本當局極盡透過教育宣傳破壞台民之漢族和漢文化認同之能事。對此，宋斐如先生為之痛心疾首。而若今日宋先生健在，眼看今日台灣在文化、思想教育上的「去中國化」，必更憤怒神傷。

自一八九五年割台到「東北事件」的一九三一年，兩岸隔絕已三十六年；到全面抗日的一九三七年，海峽斷絕已四十二年；到一九四五年台灣光復，台海阻絕已五十一年。因此，對絕大多數的大陸同胞，台灣的歷史、社會、產業、民情都很陌生。一心一意把打敗日本帝國主義和光復台灣、解放台胞密切聯繫在一起的宋斐如先生，在抗日期間，寫了不少有關認識台灣的文章。台灣光復不久即兼程回台的宋斐如先生，很快投入文化工作，勤奮地在惡劣的政治環境中辦刊物（如《人民導報》）寫文章，直到他在一九四七年二月事件中被殺，為重建台灣、振興中華嘔心瀝血。

一九五〇年以後，台灣與大陸又在國際冷戰和國共內戰的交疊結構下長期阻隔。一直要等到一九七八年改革開放後，大陸對台灣的研究才有長足的開展。但是，回看宋斐如先生在上世紀二〇年代以迄光復後的四〇年代中期的文章，竟以台灣問題始（〈王悅之氏之謬談與北大台灣同仁〉，一九二五年），以台灣問題終（〈台灣心理建設問題〉，一九四七年）！因此可以說，宋斐如先生是在大陸和台灣研究台灣問題的先驅性人物。

宋先生的學術專業是馬克思主義的政治經濟學，受其專業素養的影響，他的台灣研究表現了突出的科學性和他對故鄉台灣的深厚情感。

一九三〇年，他翻譯了日本有名的左派社會科學家、社會主義者山川均有關台灣的名著《日本帝國主義鐵蹄下的台灣》，從日帝下台灣社會、經濟、產業、階級和民族諸關係，分解日本殖民統治台灣的政治經濟學的構造，解析日本帝國主義支配台灣的原理。山川均這一著作和矢內原忠雄的《日本帝國主義下的台灣》，對當時反日反帝的台灣知識界起到重要影響。宋先生也寫《帝國主義下的台灣》，分析日帝統治下台灣農民的苦情，並且以日帝下台灣社會分析的基礎上，提出「台灣革命」的方策。

出身台灣而為抗日鬥爭活躍於大陸的宋斐如先生，對於為抗日投奔祖國，卻又因少數不良台民仗日人的惡勢力為非作歹、為虎作倀於大陸而影響大陸同胞對愛國台胞的猜忌、疑懼、反感，使愛國台胞飽受委屈之事深覺痛心。台灣老作家吳濁流在長篇小說《亞細亞的孤兒》中披瀝了愛國台胞在大陸生活的無限委曲，而宋斐如先生則以寫文章呼籲祖國當局在抗日戰爭末期，盡快公開宣布勝利後台灣復省，恢復台灣作為中國一行省的地位；也要求政府及早宣布勝利後台灣同胞恢復作為中國公民的身分，以穩定和激發台灣人民對自己未來地位與身分的信心，昂揚台民的民族主義感情，兼以促成抗日戰爭的勝利。

宋斐如先生在勝利後返台時，最關心的是台民在思想、心理上的去殖民化工程，要台胞自覺地「中國化」，要善於分別良性（進步的）中國和惡性（反動保守）中國，並「擇善而固執」之。要清算日本式小庭園格局，要進入中國長江五嶽的氣象。但在回歸過程中，台灣人也要講自信，講主體能動性，自主地完成自己的中國化改造，不怨天尤人，不依賴別人。

宋斐如先生十分注重教育和心理重建。他提出改進光復後台灣教育建設的方略。他也特別關心台民因失望於國民黨劣政而產生的省籍芥蒂，力言克服省內人與省外人的矛盾，彼此「融合在一起」。

今天讀他的文章最讓人感動者之一，是他關於推行國語的方案。今日「台獨」人士常常說光復後「外省政權」用強制教育「消滅」「台語」（即閩南語），使光復後一代人慘遭「失語」之痛。其實這是沒有根據的挑撥性謊言。光復後，包括宋斐如先生在內，都有一個賢明的推行國語的政策，那就是宋斐如先生寫的〈恢復台灣話的方言地位〉。推行國語不但不應歧視，甚至消滅「台灣話」，該禁止、消滅的是日本話和日本式的思維與表達方式，並且鼓勵、提倡、保存「台灣話」作為中國方言的地位，從而賦活「台灣話」中的中原詞彙和漢語的思維與表達方式，再學起國語，就容易得多！

宋斐如先生也寫文章講台灣史，講割台時台灣抗日臨時政權「台灣民主國」，講台灣的愛國民族主義傳統……。總之，他為台灣研究的領域開風氣之先，留下豐美的研究積累。

三、日本研究的先鋒

抗日民族解放鬥爭，少不了日本敵情的研究。日本研究，離不開日文資料和正確的研究功底。留學日本，精通日語，對日本研究有科學方法的宋斐如先生，就注定了要承擔民族和時代託付給他的重要任務。

宋先生在他一篇重要文章〈介紹「日本資本主義論戰」〉（一九三九年）評介了三〇年代日本左派內部就日本社會史、日本社會生產方式的演變，即日本資本主義發展的本質和歷史諸問題的理論爭鳴（主要以「講座派」和「勞農派」之間的爭鋒）。這個論爭，很像三〇年代的中國社會史論戰，也類似二〇年代台灣黨人許世昌和資產階級改良派陳逢源之間關於「中國改造論」的爭論。宋斐如先生抓住了研究日本問題的關鍵穴道，首先就認識了日本社會史和社會構造的基本理論，即以歷史唯物論的角度掌握日本社會性質理論。以此為基礎，宋先生的日本論就可免於「一般論」的誤謬了。

因此，他論及日帝侵華戰爭的政治經濟學根源，論及東北事件和上海事變與世界帝國主義戰爭的聯繫，論及戰時下日本的進步政黨，論及日本資本主義內在矛盾和九一八東北事件的關聯，分析戰時下日本資本主義社會的矛盾和危機，談九一八事變的政治經濟學的因素，分析日本戰時下資本主義經濟及相應的社會與政治危機，規定戰時下日本農業的「半封建」性質，闡述日本帝國主義的本質和戰時日本統制經濟的破綻，也透視日本中小企業在戰時獨占資本主義體制下沒落的宿命……。

開放改革以後，不可否認，馬克思主義的研究方法逐漸退出中國社會科學研究的主流。唯其如此，我們從宋先生豐富的日本研究積累中得到新的啟示。一九四五年日本的「戰敗」並不曾徹底清理日本的戰爭機制和戰爭責任。時移勢易，今日的日本右派再次翹起了尾巴，在我國東南海域爭資源主權，擅改侵略戰爭教科書，堅持參拜日本帝國主義的「戰神廟」靖國神社，中日關係戰後以來高度惡化。此時此際，重新倡導科學性的日本研究的必要性和重要性，再度呼喚著我們。而也就是在這個時候，我們迎來台灣人知識分子在抗日年月中為我們遺留下來的豐碩的日本研究的遺產，有重大現實意義！而宋斐如先生的日本論和日本研究，為他奠定了日本研究的先鋒地位。

四、結論

台灣同胞有光榮、偉大的愛國主義傳統。一八九五年割台之後，台灣人民反占領、義不從倭的鬥爭，不憚以原始刀槍面對侵略軍現代化武器的鋒鏑，至一九一五年屢蹶屢仆，屢仆屢蹶，留下了悲壯的光輝歷史。一九二〇年中期開始，台灣人民改變了抗日策略，改以社會、文化、思想、文學及政治運動從事反抗，至一九三一年東北事件，一九三七年蘆溝橋事件後而全面遭到鎮壓，但深藏在內心的抵抗之火卻從未熄滅。但由於台灣是日帝直接統治的殖民地，人民不能不受到日本戰爭政策直接、嚴苛的支配，比起空間相對廣闊的半殖民地大陸，後者的抗日鬥爭比前者要「開闊」得多。宋斐如先生的抗日實踐，因而能與全中國的抗日勢態，甚至世界反法西斯鬥爭的形勢相依恃，眼界開闊，可以盱衡全局，縱論偽滿、汪偽、華北和華南在全局中的位置，縱論美、英、蘇、德、日動向對中國抗戰的影響。相形之下，東北事件後，台灣的抗日全面遭到嚴酷的打壓，抗日知識分子無從得知祖國抗日的全局和世界反法西斯鬥爭的推移，只能做沉默屈折的反抗，度過戰爭末期漫漫長夜。

其次，恰恰是由於宋斐如先生經受了中國抗日民族解放鬥爭的全過程，他才能透徹理解「善的中國」（指進步的、民眾的中國）與「惡的中國」（指腐敗、反動的中國），從而善於「擇其善而固執」之。他因此能免於天真地寄希望於接收當局，堅定地走符合中國新歷史歸趨的道路，冒險犯難、堅持鬥爭，終於不幸地倒在反動派的刀鋸之下。

人們應該特別感謝宋斐如先生哲嗣宋亮先生及其夫人梁汝雄女士等多年來跑遍祖國的每一

個可能的角落，初步找到了宋斐如先生遺留在抗戰下中國各地的報刊雜誌所刊文章，也在曾健民先生幫助下，在台灣搜得了宋先生滯台短暫一年許時間中留下來的文章，並且在台海出版社的支持下付梓成書，為賦活一代台灣籍愛國的思想家、台灣研究和日本研究的先驅者宋斐如先生，也為保存與集中了宋先生畢生為抗日民族解放鬥爭留下的重要思想與研究積澱做出了重要貢獻。

蒙宋亮夫婦吩咐作序，遂不憚淺陋，敬謹覆命。

二〇〇五年五月二十六日

初刊二〇〇五年十月台海出版社（北京）《宋斐如文集·卷一》（宋斐如著）
另載二〇〇六年七月《夏潮通訊》第五期

潮湧海峽話風雲

台海形勢對談[1]

林田（以下稱「林」）：謝謝，陳先生！你途經香港，百忙之中，還特意安排時間和我們討論當前台海局勢問題。這次，台灣所說的「立（法）委（員）選舉」，塵埃落定，「泛藍」勝出，這與選前大多數人的預測不太吻合。為此，大家鬆了口氣，同時多少有些迷惑。國民黨與親民黨所聯合的「藍營」對「泛綠」的民進黨之「急獨」的陳水扁，以選票的微弱多數勝出，似乎統計上的意義大於政治實質，台灣「立院」的政治生態，未能根本改變……，請您評估和解析一下這一結果。

美國對華戰略下的對台戰術

陳映真（以下稱「陳」）：林先生的看法很對，選舉結果仍是「朝小野大」，但朝野沒有壓倒性的差距。然而，如果換一個角度看，若「泛綠」也掌握了「立院」的哪怕是少許的多數，局面就大不相同；他們可以在「朝大野大」的結構下，在「台獨」問題上鬧得無一寧日，海峽和亞洲的安全就要面對嚴峻的威脅。因此，「泛藍」勝出是有一定影響的。「泛綠」陣營對這次選舉期許很高，民進黨甚至視為今後長期執政的開始，而這一結果，對民進黨來說，不能不說是一個挫折。最近的「民調」就很能說明這一問題，選前「急獨」比例有較大幅度的提升，選後比例又有較大幅度的下降，說明這一結果告訴人們：「台獨」不是一件容易的事，危險很大，小心玩火自焚。

「泛藍」的勝出，也沒有過分樂觀的理由，它的一一四席，是微弱的多數，勉強過半。即便如此，也是經不起嚴格推敲的。這一一四席，就算再加上「無黨派結盟」與獨立人士的十席統統劃歸「藍營」，這裡面雖然有政治傾向慣性的合理因素，也有想當然的成分，而這部分人的穩定性仍是存疑的。再者，國民黨席位增加與親民黨席次減少是此長彼消的結果，這就必然損害兩黨合作的基礎。

理有必至，事有固然。它是各方面因素綜合作用的結果，是平衡被打破後尋求新的平衡結果。我認為也是美國面臨在台利益受損害的情況下，積極干預的結果。為了說明這一問題，有必要簡要地剖析美國對華戰略。

我認為，美國從來沒有什麼對台戰略，而只有對華戰略。美國對台政策只不過是對華戰略的戰術，充其量是整個對華戰略的一個重要組成部分，形象化、大眾化的說法，就是台灣是美國對中國的一張牌。這個問題，從美國對華戰略的形成史來看，一目了然。一九四三年後，「二戰」的走勢越來越明朗。當時活躍於台灣的「中國通」柯喬治就上書美國政府，要求「二戰」結束之後不將「台灣」歸還中國，建議以「公投」、「託管」、「獨立」等手段將台灣從中國分離出去，作為美國掌控、實現在亞洲利益最大化的棋子。一九四五年至一九四九年，美國在港、台的外交官員，眼見國民黨下了一坡又一坡，大陸的「赤化」已不可避免，他們又拋出了「台灣地位未定論」、「公投」、「聯合國託管」和「台灣獨立」等方案，不願將台灣歸還中共的訴求十分強烈和迫切，一九五〇年，「韓戰」爆發前，美國當局沒有採取把台灣從中國分離出去的建議，反而採取拉攏中共，企圖使中共「鐵托化」，離間中共與蘇共的政策，因此在一九四九至一九五〇年間發表了《對華白皮書》，怒責蔣政權無能，同時宣稱美無意占有台灣……。此時，美國想棄台，拉攏中共，以保其在華利益之計，則十分明顯。等中共宣告向蘇「一面倒」，斷然進行「抗美援朝」，美國才全面變更其棄台、棄蔣政策為保台、反華、遏阻中國，而又避免與中國交戰的政策。「韓戰」爆發，美蘇兩大陣營的對立開始加劇，台灣作為包括韓國、日本、菲律賓在內反紅色島鏈中的一個承上啟下的重要環節，美國加緊了對大陸的封鎖、遏制，第七艦隊進駐台灣海峽，就是一個重要的、標誌性的歷史事件。之後，一九五三年美台簽訂《協防條約》，其中，規定沒有美國的同意，台灣不能對大陸用武的條文，沒有對台灣人民公開。但「國府」當局二十年間（直到一九七二年美台廢約）一直欺騙台灣人民要「反攻大陸」，以維護其虛構的「正統」與統治合法性。冷戰時期，美國以其霸權抹殺新中國，分裂新中國，支撐國民黨繼續盤據聯合國的席位，以鞏固國民黨在台執政的基礎。上世紀七十年代，冷戰結束之後，美國推行聯中反蘇戰略的同時，重新審視了對華戰略，從自身利益出發，採取了與台斷交，廢除美台協防，從台灣撤兵，承認新中國，簽訂三個《聯合公報》，同時制定《台灣關係法》等措施，使台灣處於目前在以一個中國的前提下，不獨、不統，「和平分裂」的格局。這次選舉，一般不看好「泛藍」可以險勝。後來選情轉變，原因固多，但選舉前夕美國高層如布希、鮑威爾、阿米蒂奇迭次發表非常不利於民進黨企圖煽動「台獨」以取勝的選法之言論，甚至直言台灣不是主權獨立的「國家」，美國沒有義務協防台灣，並稱「台灣是中國的一部分」等。對此，有人不免有樂觀估計，以為美國從此要「反獨」、「促統」了。其實不然，他萬變不離其宗，仍以《台灣關係法》繼續干涉我內政，保持海峽「和平分裂」，同時避免與中共一戰。所以這次，美國辱責陳水扁「台獨」挑釁，應該看成美國以制止「台獨」挑釁，換取阻止中共武力統一台灣，保持「和平分裂」之長期化的一手，哪會想「反獨促統」？

此外，也要看到，近兩年，日本右翼政權與美國的軍事勾結，在東海資源問題、歷史問題、戰爭責任問題上對華強硬，尤其對「台獨」的溫存，都可看是美國對台的兩手策略，最近美國公然派遣現職軍人去台擔任「在台協會」武官之職，為中美建交以來之首見。

國民黨的質變

林：這可以說明，中國並不以美國辱責陳水扁而喜形於色，巡自審查《反分裂國家法》和發表《國防白皮書》，公開批評美國對台售武，破壞海峽穩定。

台灣問題，是中國內政，解決問題，基本上以我為主，台灣是我領土，台民是我同胞，在盡一切可能以和平方式解決的條件上，不惜一切代價也要完成統一大業。中國大陸對台早有既定方案，即使在最艱難的時代，也不以美國對台的親疏而憂樂。剛才您剖析了「立委」選舉結果的成因，我們知道，選舉激情還沒過，一會兒傳來國親兩黨要合併，一會兒又說選舉過後國親兩黨矛盾加深，甚至有傳言親民黨要與民進黨合併，現在，請你談一談選舉後台灣政治生態的變化。

陳：這須要回看一九四九年逃亡到台灣的國民黨歷史。「韓戰」爆發後，台灣正式編入美國東亞冷戰前沿，美國一改棄台而保台，國民黨一方面於政治、軍事、經濟、文化扈從美國，但蔣政權對內享有絕對的個人獨裁權力，黨內絕不許有黨派，個人不許有自已的圈圈。這固然鞏固了蔣氏中心，不料一九八七年李登輝繼政，整個國民黨成了無腳螃蟹，被黨內無派閥背景的李氏以大位整跨了黨、政、軍，使整個國民黨瓦解淨盡，眼看李氏專擅「台獨」，無計可施。至此，歷史上和中共打了仗，組成過統一戰線的國民黨消失了，中共遂面對一個與內戰歷史無關的「國民黨」，彼此失去了共同的歷史語言。

李氏繼政後，台灣政治由蔣氏個人獨裁一變而為台灣本地大資產階級共同專政。台灣大資產階級及其代表湧進立法院、黨中央，結成官僚、政客、財閥與黑道所結成的統治集團，因此，黨內派閥，暗潮洶湧，團體及其利益的爭持，早非鐵板一塊。

此外，由於蔣氏時代，黨內台籍人士長期被壓抑。一九八七年後，外省籍精英欲爭黨內及政權大位，因「歷史債務」未清，十分困難。因此，本地人的高層與宋楚瑜、馬英九之間也有不小的芥蒂。此外，「一人一票」的資產階級「民主」有其世俗的市場性。選舉時為了「騙取」人民手中的一票，可以說謊，放棄原則，改變立場。傳出民、親兩黨意欲苟合，傳出國民黨內有「本土派」，「藍皮綠骨」，傳出連、宋芥蒂，傳出馬英九又嚴詞批評《反分裂國家法》等等，就不難理解了。

林：親民黨的發展，要靠乘勢而上，現在看來，這種勢力似乎日益式微。隨著宋楚瑜離總統寶座越來越遠，年齡越來越大，若謂這個依賴宋楚瑜威望的黨有泡沫化的可能，絕非危言聳聽。應該看到，目前民進黨與國民黨勢均力敵的情況下，親民黨為了自身利益，不排除與國民黨以外，包括民進黨在內的第三者合作。親民黨會利用目前格局，努力使自己成為「槓桿」，謀求利益最大化。

民進黨倉促執政，實事求是地講，其五年的成績單，乏善可陳。它是一個在特定時期、特定地點執政，具體而言，能否長期執政，在特殊條件之下與其執政能力關係不大，因為很大程度上，取決於國民黨改革的成敗，與親民黨整合的程度，以及能否提出治理當前亂象的願景，和足以號召社會的方針政策。

五年前，選上陳水扁，並非台灣人對民進黨完全沒有認識，而是國民黨在位時欠老百姓的太多，討厭透了；這次「藍營」選勝，也不是台灣人相信國民黨會改邪歸正，立地成佛。而是非此即彼，別無選擇，陳水扁的「台獨」又搞得太囂張，老百姓擔心這個災星會給島內帶來更大的災難之所為。他們，顧全大局，臨投票前，許多人不是在這兩者之間做選擇，而是以選後的結局為抉擇。外因是以內因起作用。有些看來一時的、偶然的、外在的，乃至戲劇性的過程，最終皆取決於內因。有的由群眾團體推薦的參選者，最後設法讓出一些選票，請原來要選自己的選民另作選擇，也是這樣。台灣問題，最終要靠台灣人民解決。當現有的政治格局還是以兩「營」的競選為其「民主」時，人民還是需要在現有的政治格局中，有代表自己利益的政治派別和政黨躍上政治的、選舉的舞台。為此，我個人期待著第三種力量迅速成長。目前形勢最大的轉變機會，是在美國掌摑「台獨」，「綠營」立院敗選下，「台獨」勢消，而反「獨」非「獨」之勢長的時代。這是島內評論家南方朔提出的觀點。

在第三個政治力量選擇尚未形成之前，大陸應有對民進黨長期執政的應對之策。我們不可寄望民進黨內訌來削弱「台獨」勢力。即便它的可能性很大，我們也不能坐等，掃帚不到，灰塵不會自動跑掉，不打擊「台獨」，必然坐大。

美國玩兩手政策

陳：上世紀八十年代中、後期，五十年代白色肅清刑餘的前輩，結合一些進步的中生代、青年代組建了「勞動黨」，走的是左派統一派的路。由於反共反華的大氣候，加上主觀上方針政策的不足，很難發展，目前倒是個好機會，「勞動黨」應該出來抓台灣具體社會運動，並在新的方針政策上，團結百分之五十「反獨」、「非獨」民眾，形成一股社會政治力量。

林：根據您的判斷，這次台灣「立委」選舉結果，客觀上得益於美國的干預，但是選舉結束後，美國派現役武官到台任職，這是公然違反中美三個《聯合公報》的，也是自《公報》發表以來的首次，似乎與阿米蒂奇的講話相互矛盾。您是如何看待這一問題的？

陳：選舉結果，如前所述，外部戲劇性的過程，仍然取決於內因。共產黨有唯物辯證法，擅長「兩手策略」，善於在矛盾中看統一，也善於分辨統一體中存在的矛盾。但戰後的美國對華政策，似乎也學會了「兩手」。五十年代《美台協防條約》既圍堵中國的軍事攻勢，蓄勢待發，一面又嚴阻蔣介石「反攻大陸」。七十年代，又以《台灣關係法》干涉中國內政，發揮了不下於《美台協防條約》所分裂，遏制大陸的作用。

美國對台方針，是要「和平」分裂中國，使分裂狀態在「和平不戰」中長期化和永久化。這次布希、鮑卿、阿米蒂奇連續打陳水扁耳光，不是促統，而是遏制陳的冒進「台獨」，保證美國和平分裂中國的方針。從美國的兩手看，美國派現職軍人來台，和在日本組建一支一旦大陸攻台時用的「快速反應部隊」，與日本簽訂《安保條約新指針》、《周邊有事立法》，加入美國ＴＭＤ導彈防禦體系，都是以崛起的大陸中國為未來的假想敵。

馬關割台賠款與日本工業化

林：日本作為二戰戰敗國，今日竟成了與美國聯合遏阻中國的國家，我們應該審視這一段歷史……。

陳：關於日本的工業化，我們有必要簡要回顧甲午海戰以來的中日關係。明治維新，使日本有了近代國家框架，但日本的資本主義的工業化還遠遠沒有成熟。尤其是經濟實力，根本無法與中國相提並論。而且舊的問題尚沒完全解決的同時，新的問題又出現了，農業稅負居高不下，導致農民暴動不斷；黃金不足，導致幣值大幅波動，金融危機突顯；教育資源嚴重缺乏，國民素質低下等問題，使天皇和其身邊重臣，不得安枕，急謀出路。在這樣的情況下，福澤諭吉力主進行東洋攻略，向中國發動戰爭，轉移國內的矛盾。

同時，中國在思想上麻痺大意，不把這蕞爾小邦放在眼裡。日本通過自強和向外舉債加強海軍投入，上下同心，打贏了甲午海戰。《馬關條約》簽訂後，朝鮮獨立，台灣割讓。賠款兩億三千萬兩白銀。以這強盜搶掠自中國的白銀為日本的原始積累，使得日本幣值穩定，金融危機消除，經濟平穩發展；一些重工業項目得以開工，啟動了日本由農業國向工業國轉化；教育投入大量增加，教育迅速普及，增加了發展後勁；軍事上控制了朝鮮和台灣兩個戰略高地，成為發動侵略戰爭的跳板。總之，日本和其他帝國主義一樣，都是通過海外侵略，完成近代化原始積累的。這也為日本後來發動太平洋戰爭種下了野心和準備了條件。這一甜頭對於一個資源貧乏的島國是不會輕易忘記的。

林：三千年來，日本受惠於中國極厚，而報之極酷，除了日本資源貧乏的因素外，還有日本文化方面的原因。「二戰」之後，像德國從總統到一般平民都經過了深刻的反省，向受害國表示了誠摯的歉意，得到了世界人民的諒解。對比德國，日本右翼勢力的所謂「反省」，很大程度上是迫於形勢的敷衍，近兩年包括慰安婦、毒氣彈、教科書等事件，彰彰明甚。台灣光復後，日本覬覦台灣之心不死，一直沒有放棄在台灣找利益代理人。一有風吹草動，就按捺不住。近年來在台灣挑起的美化「皇民文學」的陰謀，日本右翼文人就是「搞手」。在很多事情上，日本都不甘寂寞，無奈形格勢禁，只能幕後干預，不能走上前台。台灣問題上，他是有所等待的。一旦條件具備，逢時對景，定會攘臂一爭，這一點，我們不能不正視和警惕。這次美國只給了一個眼神，日本就立馬跟上，就是一個很好的例子。

「二戰」以後，日本率先恢復現代化，相當一段時間，處於亞洲經濟「龍頭」地位，但日本對亞洲缺乏應有的擔當，「歷史債務」加上現實的「脫亞入歐」對亞洲人民的感情傷害很深，使得很多亞洲人民對日本缺乏好感和信任。近幾年中國經濟迅速發展，尤其是九七年亞洲金融風暴，中國出於道義，堅持人民幣不貶值，有力促進了亞洲經濟局勢的穩定，緩和了危機，贏得亞洲人民的尊重和信任。這樣，日本日益感到其亞洲霸主地位的動搖。近年又受到美國攻打伊拉克的刺激，益發感到油路是「生命線」，而台灣又是這條「生命線」的咽喉，為了保住亞洲霸主地位，想透過美國甚至公然干預台海局勢就不奇怪了。在共同的利益驅動下，已是同盟國的日美，在對台灣的干預上保持一致性和相互配合，也是題中應有之義了。

陳：林先生的分析很深刻。這裡順便再提一下，一個世界資本主義發展史上的大事，即「亞洲資本主義」(工業化)的勃興。很長的時期,日本被看成資本主義工業化運動最後一個國家。但戰後在「反共獨裁工業化」的冷戰地緣政治結構下,從上世紀六十年代開始,有「亞洲四小龍」的發展,但沒有料到八十年代,尤其是一九九二年後,亞洲的中國,以大面積、大體積快速發展,接著印度、馬來西亞的工業化著有發展。亞洲結束了一個緊跟美歐、不屑與亞洲為伍的日本一極獨自工業化的歷史。討論美國、日本對華戰略,不能沒有亞洲在世界經濟史上之巨變的視角。亞洲的地殼變動,反映到國家地緣政治,就可能有「新冷戰」、「新中日衝突」的潛在因素,中國,應未雨綢繆。

牢記台灣人光輝的愛國主義傳統

林:轉一個話題,我們知道自李登輝執政開始,「台獨」分子不斷抹殺台灣的愛國主義傳統,與此相應的,是張揚所謂的「日本情結」,這對未遭受過殖民地統治的新一代產生了不小的誤導,請你談談這個問題。

陳:大陸常說,台灣人民有光輝、偉大、悠久的愛國主義傳統。這絕不是空話。從一八九五年割台,台灣農民和日帝進行長達十五年的「武裝抗日」運動,以最原始武器,堅決對抗日本占領軍，死傷無數，氣壯山河。一九二〇年「西來庵抗日暴動」失敗，農民武裝抗日的運動被鎮壓下來。一九二五年左右，台灣人民展開現代意義的反帝抗日組建「台灣文化協會」，展開啟蒙抗日運動，後來組建「民眾黨」，師法大陸國民黨左派的主張，並開展工人運動。一九二八年，在國際和中共的幫助下組建「台灣共產黨」。一九二六年，台灣農民也組建「台灣農民組合」（「組合」意為「工會」，即「農會」之謂）。這些社會的階級運動風起雲湧，皆本於漢族誓不事倭之心所進行的民族民主鬥爭。

一九三一年，日本進軍東北，強化對島內反日鬥爭的鎮壓，抗日的社會運動被壓下來後，鬥爭轉移到文學戰線，展開大眾文學、大眾語、無產階級文學運動。一九四一年日本發動太平洋戰爭，日帝推動「皇民化運動」，全面壓制台灣的抗日思想和文學運動。一九四五年光復，日帝敗走，一九四七年因國民黨劣政，爆發「二二八」不幸事件，但，以台灣著名作家楊逵為中心，在全台省內外籍者之間，力爭團結，呼應戰後全中國的民主、和平、建國的運動。但，一九四九年四月，這一呼籲，也被國民黨鎮壓，楊逵被捕。一九五〇年開始，國民黨發動「清共」恐怖，槍決八千人，關押一萬二千人。加上上世紀五十年代以降極端反共教育宣傳，再加上六十年代後台灣經濟發展與大陸完全脫勾，以及一九七九年「美麗島事件」後，海外「台獨」滲入台灣，一九八七年李登輝繼政，逐步推動「台獨」，二千年民進黨執政，「台獨」政治益烈。另外一點，是日據下愛國抗日力量，絕大部分和左翼有關，光復後，尤其一九五〇年後，冷戰局勢形成，在冷戰與內戰格局下，台灣愛國的左派大量遭到迫害屠殺，日據時代的親日派因其自來反共，遂與國民黨苟合，榮華富貴。台灣歷史上愛國勢力受到重創。

最近，台灣辜振甫過世。他在促進兩岸統合上，做了不應被遺忘的努力。但他的尊翁辜顯榮卻是因為引領日軍進城有功，受日本侵略軍賞識，給予經濟特權而累致巨富的人。一九四五年的「台灣」光復，辜振甫曾發動親日性的「台獨」失敗。一個人的評價，看一時，也要看一世。對辜氏上一代要有明確的是非評價，對辜振甫為兩岸統合的努力及其對中華文化的修養，應予肯定評價。

總之，不能因一九八〇年後「台獨」氣勢盛，對台灣人的愛國主義失去信心，把台灣同胞一竿子打成「台獨」。台灣有悠久、光榮的愛國主義傳統，對此我深信不移。至少台灣「親日派」勢力，我以為遠不如台灣「親美派」勢力大。李登輝、許文龍、金美齡等醜陋的「親日派」，在台灣人數不多，年事已高，後繼無人。突出某些親日「台獨」，容易觸動中國人民反日歷史傷痕，也容易產生台胞＝親日＝「台獨」之誤解。

林：近年來，「台獨」分子不遺餘力推進「文化台獨」，分割歷史，將台灣史與中國史分立，將閩南話作為官方語言，淡化中文教育，諸如此類的措施，令人十分擔憂。

滅國先滅史，文化「台獨」是「台獨」反民族活動的思想、意識形態鬥爭的重要舉措。在這一點上，島內無論是「急獨派」，還是「緩獨派」，認識和行動上高度一致，因而危害深遠而巨大。有關具體詳情願聞其詳。請你談談這方面的看法。

「文化台獨」的嚴重性

陳：您說得很對。尤其生活在台灣，這種擔憂是日常性的，「台獨」派很知道思想、意識形態工作的要害性。我簡要談一談「文化台獨」的幾個主要方面：

（一）宣傳「台灣民族主義」，說四百年台灣史形成了一個獨立於中華民族的新民族，即「台灣民族」，以此宣傳「愛台灣」、「台灣人自主性」和「主體性」。

（二）宣傳台灣新文學與中國新文學相互獨立，近年各高校廣設「台灣文學系（所）」，積極發展「獨立」於中國文學的台灣文學論，並勾結日本右派學者擴大國際宣傳。

（三）掌握扶植「台獨」大眾傳媒，報紙、無線電視台、地方電台，每天宣傳「台獨」反華，又利用今日台灣媒體財務困難，出大錢收買，使之不能不為「台獨」政策宣傳，造輿論。

（四）以「多元族群文化平等」之名，企圖將閩南話（「台灣話」）提升到獨立的「民族語」。在小學、初中語文課中，強加閩南語、客家語的方言教學，破壞中國普通話語文教育。
（五）以威脅利誘使軍、公教人員互相猜忌對立，鼓動「台獨」民粹暴力，製造「台獨」在文化、教育、政治、文學上的霸權。
（六）修改台灣歷史教科書，扭曲台灣史，為「台獨」服務。
總之，情況嚴峻，而「統」、「獨」雙方力量懸殊。「獨派」有政權及豐厚資源。統派勢單力薄，但是我們堅持鬥爭，在文化領域上，我們沒有戰敗，頂得住，可以發展！

擴大政策宣傳　爭取台灣民心

林：十二月二十六日《反分裂國家法》（草案）已提請十屆全國人大常委審議通過，即將提請十屆全國三次會議審議通過，從目前的情況看，大陸各個階層都有很正面、積極的反應。台灣則不同，有相當一部分人還不理解，甚至部分人有牴觸情緒，馬英九公開唱了反調，就是例子。
到目前為止，我們還沒看到這部法律具體內容。我想這部法律形成是嚴格遵循「以最大的誠意，盡最大的努力」的原則來立法的，應該在以下幾個方面體現：一是直接針對「台獨」；二是劃清「台獨」底線，也就是使用非和平手段的底線；三是外國插手我國分裂活動時，我們的底線及原則；四是在劃清「台獨」底線的同時，對和平統一的強烈訴求。這部法律，是包括台灣在內的廣大群眾、社會各界人士和海外僑胞的意志，將對遏制「台獨」分裂國家活動，實現祖國統一產生重大而深遠的意義，十分必要，也非常適時。

陳：這十幾天來，大陸連續啟動《反分裂國家法》審議，發表年度《國防白皮書》，以及美國宣布售台先進空對地飛彈四百枚等事端，都說明大陸對扁政府甘為外國勢力的僕傭，背反民族利益。然而，美國一面強調以和平方式解決兩岸紛爭，一面又不斷強售高檔次強大武器給台灣反民族政權，鼓動民族內戰和民族相殘，斷絕民族和平與團結的選擇。致使海峽不能平穩，對這一形勢，應有高度警覺。

島內人不能理解《反分裂國家法》和《國防白皮書》，是意料中事。前者，將大陸對台長期以來的原則、方針、政策，正式法律化，取得了對台行動的主動權；《國防白皮書》把中國國防方針，特別是對「台獨」危害國防主權的認識予以明文而透明化，今後一定要對台、對海內外加大力度深入宣傳，一面表現依法處理台海問題的決心，一方面也深切表述力求以和平方法解決及萬萬不得已時不惜一切代價解決國家完全統一的問題。既然表達不惜一切代價，必要時用「非和平手段」，就要同時強調另外的選擇可能性，即以和平方式解決的可能性。這些都要設法深入宣傳周知，特別要對台灣同胞和人民做好宣傳。

宋楚瑜提倡「兩岸和平協商特別委員會」，離當初被李登輝毀棄的「國家統一委員會」很遠。另馬英九惡言批評《反分裂國家法》，說明撤台「外省人」的某些第二代精英之歷史的、階級的局限性。在一定程度上和他們交朋友可以，但對他們抱幻想則大可不必。我們的結論是，反「台獨」，也要「反美國霸權主義」。想借老美之手打「台獨」，是空想。台灣問題的禍根，主要是美國霸權主義，其次，才是甘為人驅策的「台獨」反民族分子。近來，台「行政院」出台諱莫如深的《公投法草案》，說明「台獨」陰謀和外國勢力千絲萬縷的關係。所以，到目前為止，以我為主，對同胞仁至義盡，對反民族分子和外國霸權主義絕不手軟的這一政策，我是擁護的。

初刊二〇〇五年春季號《海岸線》（香港）

1　對談者：林田（《海岸線》編委）、陳映真。

紀念花岡蜂起事件六十年[1]

今天在座，除了在京、來京的中國同胞，還有遠道從日本來的、十幾二十多年來關懷和支持為一九四五年的花岡暴動主張正義、討回公道的日本朋友和在日僑胞，共同紀念花岡蜂起事件的第六十個週年。

早在日本打響了全面侵華戰爭開始，日本軍部就以「獵兔作戰」之名，展開強擄中國農民、軍人、百姓到日占區廠礦、軍事工地當奴工的行動。到了四〇年代，因戰局延長和擴大，日本國力不支，日本境內勞動力嚴重短缺，由東條內閣正式決議強擄中國民伕押送日本各廠礦企業，從事奴隸勞動。

一九四四—一九四五年，有九百多名華北中國農民、民伕、軍人和知識分子被日軍強擄到日本北海道秋田縣花岡礦區從事奴隸勞動。在無盡的重勞動、飢餓、寒冷、虐待、拷打下，中國人伕每天大量死亡。

眼看著被推向死滅的唯一的未來，以耿諄大隊長為中心的中國人奴工，就在六十年前的今天——六月三十日深更，密謀一場在敵國他鄉絕無勝算的、為了捍衛人和民族尊嚴的、自殺性暴動。暴動在惡劣條件下失敗，被拷問致死者多達百人。到了一九四五年八月日本戰敗，花岡礦區九八六個中國奴工只有五六八人得以生還。史稱「花岡事件」。

緬懷花岡事件英雄的鬥爭，有幾點值得人們深思：

(一)強擄中國勞工到日本境內從事死亡勞動的罪行，是當時東條內閣的決議，證據確鑿。而企業體的鹿島組是此一戰爭與人道犯罪的共犯。而直到倖存奴工長期鬥爭後，日本當局和鹿島建設才不情不願地承認歷史事實和犯罪責任。但其他一樣強擄了華工的一三五個日本戰時下廠礦企業的犯罪事實至今一仍未被究明，有待中國有志者做鍥而不捨的鬥爭。

(二)在戰後的冷戰體制下，日本的戰爭勢力受到美國的庇護、縱容、提攜，不徹底追究和清理日本的戰爭責任，從而使日本軍國主義政客、軍部、財閥得以免罪延命。到了今日，這些不知悛悔的日本右派、舊軍國主義者，已變本加厲，與美國進一步形成反華反共同盟，干涉海峽事務，悍然主張釣魚島和東海陸棚主權，逐年竄改教科書，堅持參拜日本軍國主義神廟即「靖國神社」，囂狂之極。沒有經過清算的歷史，終將為禍於今日。紀念花岡暴動，因此有重要現實意義。

二〇〇五年六月

（三）善於區別日本人民和日本軍國主義政策。

在花岡暴動中，耿諄大隊長和暴動者為了不殃及平素對工人較仁慈的日本輔導員而延緩了既定的暴動日期。他們也相約一出奴工營，對日本農民要秋毫無犯。花岡暴動的中國人知道要區別日本人民和日本軍國主義，團結前者，反對後者，在艱難中堅持了國際主義。

二十多年來，為花岡事件討正義公道的鬥爭，如果沒有一些如今天在座與不在座的日本正義與和平人士不遺餘力的介入和勞動，我們就走不到今天這一步。

（四）只有在善於區別日本人民和日本軍國主義的正確態度上，才能既嚴格、不含糊地要求嚴肅處理戰爭和人道責任，又真誠追求中日兩國人民世代真正的友好和世界長久的和平。而這正是耿諄先生幾十年來不變的風骨與原則。

現在，中日兩國因為歷史問題和東亞戰略問題而陷入一九四五年以來少見的困難局面。我們也應該既在歷史問題上和其他原則問題上嚴肅地堅持是非，也要在堅持原則的基礎上展望中日兩國人民世代和平與友好。

今天，耿諄先生不能到場，自八〇年代，我有幸跟隨耿老先生過，幾次目睹他正直、正氣又和藹可親的風采，十分懷念。我們祝願他老人家健康長壽！

謝謝大家！

二〇〇五年六月二十八日於北京

本文依據手稿校訂

1 本篇為二〇〇五年六月「紀念花岡蜂起事件六十年」活動之發言稿。

「中國人民不能因怕犯錯而裹足不前」

讀《中國與社會主義》

在《批判與再造》二〇〇四年八月起連載的M. Hart-Landsberg與P. Burkett的大作《中國與社會主義》[1]，是久已期待的論文。讀後，有一點膚淺的，甚至出乎自己意外的感想。

對於一個在一九三七年台灣出生的知識分子，對社會主義理想的嚮往，和對於在冷戰與內戰疊合構造下被分斷的祖國的嚮往，是相互血肉相連地相結合的，也從而使我度過了飽受各種壓抑和坎坷的半生。因此，我的思想和感情不免隨社會主義祖國的道路之起伏而起伏。一九九〇年以後，我一次又一次在親眼目睹中國社會經濟的巨大變化而為之欣慶之餘，心中也不免留著一個急待回答的問題：怎樣理解中國的發展和「社會主義」原則理想的距離？

讀了《中國與社會主義》，一方面感到中國關心的知識分子應該自覺地超越官式的「中國特色社會主義」的框架，擴大世界發展社會學的視野，另一方面也要從中國人民尋求自我解放的歷史，和當前美日新保守主義極端敵視中國發展，中國和日美軍事同盟對峙甚至交戰的可能態勢，去看待問題。

人云云殊的評價

關於中國大陸迅猛的、大面積和大體積的經濟發展的報導與評論，自《中國與社會主義》發表前的十多年及其後至今，更是成篇累牘、無日無之。

中國的經濟在不斷發展。但發展的性質是一時性的還是持續性的？是社會主義性質的發展，還是新自由主義「左」派認為的資本主義發展？眾說紛紜，人云云殊。右派認為中國的發展是邪惡的威脅，必須遏制；認為貧困落後基礎上的中國的發展，必然會遭逢致命的矛盾而導致全面崩潰——在這一點上，和極端「左」派認為中國「資本主義發展」會遭到世界資本主義不可克服的內外矛盾的拖累而崩解之論，異曲同工。當然，更多像《中國與社會主義》的作者一樣，指出中國的發展被新自由主義的「左」派視為資本主義勝利的樣板。左派的評論，不少人認為中國當前的發展是「向資本主義倒退」，是「修正主義」，是對毛主義的背叛。正如《中國與社會主義》指出，世界左翼論壇中，更有不少人認定中國的發展是「市場社會主義」、「中國社會主義初階段」性質之發展的成功範例，而給予充滿期待的評價。

新的生產方式之物質條件

《中國與社會主義》的作者們說，一直到一九七六年毛澤東主席去世時，「中國人民還遠未實現社會主義的希望」。這使我不斷想起馬克思著名的陳述：「任何生產方式，在與之相應的物質條件出現之前，是絕不會產生的。」如果，即使推倒了「三座大山」，打倒了帝國主義和封建主義，進行了相當成功的土地革命，建設了保衛革命所不可少的現代軍事工業和基本的重化工業，到了一九七六年，「中國人民還遠未實現社會主義的夢想」，則只能說與中國社會主義生產方式相應的物質條件（物質生產力），至少在一九七六之前尚未「出現」吧。那麼累積了一九二〇年代到一九七八年曲折經驗的中國共產黨決定在黨的領導、控制、監督下進行「類資本主義」的生產方式，全面提高生產力，為中國真正向著社會主義這一新的生產方式過渡創造充足的物質條件，怕也難謂沒有理論上的正當性。

從勞動力轉化為買賣對象的市場商品，據以創造價值並剝削之；中國革命使勞動從封建、半封建宗法枷鎖中解放而成為在「新時期」中可資自由出賣的商品；「非公有」企業的出現使勞動和勞動工具分離，並使勞動工具部分集中在「非公有企業」的工廠主手中，僱傭勞動體制的形成……，一九七八年以後的這些劃時代的變化，客觀說，是向著資本主義生產方式發展的變化。國有制、集體所有制、國家宏觀調控與調節的存在和成功的操作，當然使大陸經濟有一定的「社會主義」性質。但從資本主義生產方式推移的世界史看，不同形式的國家介入下的資本主義化，早在舊俄彼得大帝的資本主義化和明治日本的資本主義化就開始了。俄日兩國的資本主義工業化，都缺少強大成熟的資產階級推動，都是國家政權為了模仿西方，走上資本主義化並在遠遠尚未成熟的資本主義社會條件下，對外軍事擴張，強以帝國主義的掠奪完成原始積累。這第三波（英國為第一波、美法德為第二波）資本主義工業化，沒有資產階級革命來建立資產階級國家，只有受到模仿西方的自由主義思潮影響的少數上層階級精英。兩國的資本主義工業化都是由上而下、由模仿西方的帝國主義「富國強兵」的志向的皇室、官僚和精英階層推動，卵翼了資本主義和資產階級。

第四波資本主義工業化

而戰後先以「亞洲四虎」代表的「第四波資本主義工業化」，由於受到殖民地歷史的影響，台灣地區、南韓、（殖民地）香港和新加坡都沒有強有力、成熟的資產階級出而推動資本主義生產方式。作為冷戰和內戰前線的台灣地區和南韓，資產階級民主化運動既薄弱又飽受親美反共獨裁政權的鎮壓。香港的殖民體制下沒有資產階級市民運動，更沒有資產階級民主。新加坡在李氏獨斷統治下亦然。「四小虎」戰後的加工出口資本主義化，也是在美援、外資推動下由上而下，由反共獨斷政權，在東亞冷戰的地緣政治下發展的。和第三波不一樣的是，戰後世界已被新老帝國主義瓜分淨盡，無法也無力進行以帝國主義擴張遂行掠奪性積累。

所以一九七九年後中國大陸的共產黨領導下的「類資本主義工業化」，經過革命的洗禮，中國的資產階級更為勢單力薄，一直到今天，他們都不可能是承擔中國一九八〇年後類資本主義化的階級。發展的承擔者，更其明白地落在國家政權和黨的肩膀上。沒有資產階級，沒有資產階級的政治運動，沒有「自由」、「民主」那一套資產階級口號，在一九二〇年代到一九七九年工農革命經驗的明暗和坎坷基礎上，中國共產黨採擇了吾人今日所見、由國家和黨指導監控下的「類資本主義」的全面提高物質生產力的工程。

而中國的工業化不能、從原則上也不允許第一波至第三波西方工業化之以殖民掠奪、不正義貿易秩序進行積累，就必須清醒而有原則地援引外資，來縮小與發達資本主義國家之距離，並以正常的國際貿易輸入石油、礦物、農畜產品，輸出輕工產品，甚至在第三世界投資，逐漸成了推動世界經濟的富有潛力的增長點與火車頭。

中國大面積和大體積的工業化

手邊有一份美國的日本研究所主任、前加州大學柏克萊分校中國研究教授、主任查默爾・詹森(Chalmer Johnson)的論文,可以從中概括中國在開放改革以來的發展。據詹森的研究,二十年來,中國經濟以平均每年九・五%的速度增長。中國超大面積和體積,超多人口的快速、持續、高額工業化增長,是世界發展經濟史上空前的事態。其性質、影響力,絕非上世紀五〇年代、六〇年代和七〇年代分別在香港、台灣、韓國展開的資本主義工業化所可比擬。上世紀八〇年代和九〇年代中國和印度的工業化,改寫了幾個世紀以來由西方主導和獨占的經濟發展。中印的相繼發展,改寫了日本在亞洲獨自工業化,無與匹敵的歷史。許多研究者開始觀察一個「亞洲資本主義工業化」的世界經濟構造的可能性。

詹森指出,以一般計算方式(匯率和物價等),中國已是世界上第六大經濟體。但如果以產值、購買力等之計算,中國是今日世界第二大經濟體。二〇〇三年,中國GDP是美國之半,即相較於美國一萬零四百億美元的五萬四千七百億美元,但分攤在十三億人的人均GDP為四千三百八十五美元。中國對外貿易額二〇〇四年為一千兩百億美元,居世界第三位。同年中國對美貿易額驟增三四%以上,使美國西岸頓成為美國最繁盛的港口。不少進步人士批評中國加入世界貿易組織(WTO)——在十五年艱苦的自衛性談判之後。但英國《金融時報》評論，中國在二〇〇一年進入世貿，其影響「不只是重要的，甚至是關鍵的」。在中國生產、組裝的電腦、DVD機、電視機洪水一般流入美國量販店售出。

二〇〇四年，歐盟成為中國最大的貿易經濟夥伴。中國與歐盟間貿易額早已超過了中美、中日間的貿易總量。中國與歐洲的強化中的經濟紐帶，顯示出共同持有反對單極獨霸的世界秩序，尋求多極和平共榮世界秩序之理想的中國和歐洲的戰略聯合，直接掣肘了美國和追隨美國的日本之霸權體系。

另據美國CIA研究，二〇〇五年，中國國民生產毛額將趕上英國，二〇〇九年，趕上德國。到二〇四二年，中國GDP將與美國匹敵。詹森引述前世界銀行副總裁布爾其(S. J. Burki)保守的估計(以六%為中國經濟的年增長率)，到二〇二五年，以產能與購買力等評估，中國將躍居世界最大的經濟體。而屆時日本將因生產人口嚴重下降而難逃沒落的命運。

關於外債問題，詹森認為中國外債將控制在易於償還的範圍。美日外債都在七萬億左右的赤字。人口為美國一半的日本，外債問題更為嚴重。

嚴重關注發展的人的與社會的後果

當然，尤其對中國左派而言，上世紀八〇年代以來的「類資本主義」發展的社會後果，一直是關切的焦點。持續的階級分化，發展不平均帶來的地區經濟格差，貧困和失業問題，相應於類資本主義生產方式之發展，而在黨內外強力滋長的資產階級思維、價值和生活方式、教育、醫療、保健甚至司法領域的資本主義市場商品化，知識分子意識的脫群眾化和個人主義精英化，以及蛀蝕官僚體系的貪腐痼疾，不加以嚴重關切和處理，終將深刻破壞廣泛生產者、中間知識分子與黨的關係。胡錦濤的黨中央，再次要求黨政靠近人民；要求重振黨員的先進性，要求強化馬列主義的教育，都是有見地的措施，但也要充分估計到作為資產階級思想之物質基礎的類資本主義生產方式的作用。殘酷、甚至血腥地犧牲農民，達成資本原始積累，是資本主義發展史上不可避免的命運。擁有九億農民的中國，在改革開放的過程中，也形成了複雜、難解、甚至是慘痛的「三農問題」。近年來中國政府推行了多項針對「三農問題」的改革政策，包括取消農業稅、加大國家預算對農業的投入、鄉鎮機構調整、農民工權益保護等等，以目前中國的經濟發展水準，如此堅決推動諸多大手筆的改革措施，是其它資本主義國家發展史中不曾有過的事情，有限度地說明黨和國家的干預在解決「類資本主義發展」中社會正義和福利問題上的可能性。但是，經濟發展過程中人的價值，人的自由發展和嚴重社會公平正義的問題，應該受到不懈的、嚴格的監督與關切，是關心中國社會主義，中國經濟發展的討論中不容忽視的焦點。

改變既有單極獨霸、美國中心的世界秩序的可能性

當前中國的發展在規模、本質上與上世紀中後「亞洲四虎」的發展完全無以比擬。後者規模小，香港是特殊意義上的英殖民地。台灣地區和韓國是美國東亞冷戰前線美國新殖民地附從政權。新加坡則是現代官僚管理下的商業金融經濟下的小城邦。但，雖有關心的左派認為中國正一步步陷入「國際獨占資本體系的操控」，但是更雄辯的事實是，中國正清醒明智地利用她猛爆性的產業化經濟發展，將不斷巨大化的綜合國力，翻轉成世界上舉足輕重的政治、外交、經濟和文化力量，以和平共處五原則，和第二及第三世界國家發展貿易和投資，逐漸在歐洲、中南美洲——甚至非洲和東南亞各國結成交易夥伴與戰略夥伴關係，竟而隱約中形成針對單極獨霸的政治經濟秩序，推動以多極、和平與發展為核心價值的新世界秩序。而這一切發展與成就，離開中國「開放改革」的獨立自主的類資本主義的工業化發展所增大的生產力，是難以想像的。

為了推動多極、和平與發展的世界秩序，中國的外交經貿工作成就非凡。二〇〇五年，中

國在APEC中的影響力令人矚目。中國和伊朗、和歐盟關係的顯著發展也是世界外交上的亮點。為了保證中國發展中急需的油源，中國介入日本和伊朗的油貿。二〇〇四年，中國和伊朗簽定了七十億及一百億美元合同，使伊朗獲得有史以來最大的買賣，除了保證二十五年期內向中國供應每天十五萬桶原油，中國還協助伊朗建造運油到中國所需的大油輪。伊朗公開宣稱，他將以中國取代日本為最大的原油顧客。在這故事的背後，美國向來因伊朗核武開發而主張對伊朗施加懲罰性禁運。但中國一貫不贊成動輒對人施加禁運而主張以和平談判解決問題。中國的立場深得伊朗人心，加上中伊油貿中還附帶協助伊朗發展貨運汽車、修築鐵路及鋪設輸油管，使中伊兩國經濟夥伴關係緊密化。

由於對以多極、和平與發展的世界秩序之推動有共同語言，歐盟與中國的貿易、外交關係有迅速的發展。到了今年，歐盟輿論主張解除對華自一九八九年以來長期武器禁運之聲甚囂塵上。雖然美國以禁運解除將「破壞台灣海峽的軍力平衡」力阻，一般估計禁運的解除近在眉睫。

在美國視為其獨占的禁臠的後院——中南美洲，中國也老實不客氣地展開商貿和外交攻勢。二〇〇四年十一月，胡錦濤到巴西做了為期五天的訪問，簽定了十幾個巨面額的貿易等合同，擴大巴西對中國市場的出口和中國對巴西的投資。中國同意資助一億三千萬美元修建輸油管，以利對華輾轉輸出原油。兩國同意建立戰略夥伴關係，將兩國貿易自二〇〇四年的十億美元增加至二〇〇五年的二十億美元。

就是在這次成功的訪問中，胡錦濤指出，「中巴戰略夥伴關係象徵一個有利於發展中國家的國際政治秩序」。

在接下來的幾個星期中，中國與阿根廷、委內瑞拉、玻利維亞、智利和古巴簽定了重要投資計畫。二〇〇四年十二月，委內瑞拉領導人訪中，同意中國在委國廣泛開採油田的投資。需知向來委國原油的六〇％都賣給美國。中國將依約投資七十億美元在委國開採原油。

在亞洲，二〇〇四年十一月ＡＳＥＡＮ十國開會，有中、日、韓領導人參加，但美國卻沒有受邀。會中同意在二〇〇五年召開東亞高峰會議，為最終形成「東亞共同體」做好準備。二〇〇四年，中國與ＡＳＥＡＮ十國同意在二〇一〇年成立東亞自由貿易區。中國與ＡＳＥＡＮ各國間的經貿，自一九九〇年後，每年以二〇％的比率增加，迄二〇〇四年貿易額已高達一百億美元。

亞洲的這一態勢，使日本處境尷尬，美國憤怒。在台灣海峽，中國布署了目的在防禦美國干涉攻擊的大量飛彈及其它軍備，是今天全世界唯一以美國為目標的武裝布建。但中國也明確表示中國只求保衛自己的領土主權的獨立完整，反對台灣從中國分離出去，但絕不求戰，而一心謀求和平解決台海問題。由於中國在外交、經貿上互利共榮的政策，中國的和平立場受到國際社會的理解。

如果中國以不斷增大的生產力，把第二世界和第三世界的貿易及戰略夥伴關係連接起來，中國以發展中國家的歷史意識，推動反對單極獨霸的世界秩序，建立一個多極、平等、和平、互利和共榮的世界新秩序，美國就不能不被邊緣化而日本則不能不陷於孤立。美國低估了亞洲經濟危機中對亞洲頤指氣使，狹隘意識形態的姿態在亞洲人記憶中的負面影響，而日本也長期以傲慢、不屑悔過的態度面對它在亞洲、特別是對華十五年侵略戰爭和五十年殖民統治台灣的責任，都將使美國和日本在新世紀「亞洲資本主義發展」過程中失去霸主的地位。

如果中國的工業化逐漸顯示對世界外交、經濟、政治的舊有秩序的挑戰，也許提醒人們不能習於來自右派和左派對中國發展的，不免受到意識形態左右的過低評價。對中國發展的批評和低度評價由來已久，但至今十幾二十年來這些批判與負面預測，沒有一條成真。科學、富有創見的評估和認識中國的工業化之發展社會學的意義，成為急迫的理論課題了。

美日新保守派對中國的威懾

二十世紀末蘇聯瓦解後，二〇〇一年美國和日本的極右保守派執政，美國把原先瞄準蘇聯的核武器改而瞄準新中國。美國悍然違反三個公報，公然恢復美台高階軍事商談和討論關於「防衛」台灣時的軍事補給政策。美國在東亞擴充軍事人員的配備，重新布置美國在日軍事基地，更重要的是，美國大力推動大膽的日本再武裝計畫。

二〇〇一年四月美國間諜飛機悍然在中國領海挑釁，造成中國一架飛機和一位機員的毀殤，雙方一時劍拔弩張，至九一一事件後才緩和。

二〇〇四年夏天，美國大艦隊在太平洋地區舉行Operation Summer Pulse '04的軍演，大力炫耀美國武力，大有對華重演艦炮外交的態勢，同年底，陳水扁以推動台獨的激烈言論競選，都引起中國高度戒備。大約有鑑於此，鮑威爾在台大選前於北京公開聲言美國對台政策是「台灣不是獨立的國家」、「台灣不具國家主權」；「美國不期望兩岸採取軍事行動，以免阻礙雙方尋求國家統一的共同目標」。但另一方面，美國情資機關多次評估中國武力現代化速度遠高於一般的設想。二〇〇五年二月美日新的《安保條約》將台灣列入「美日共同戰略目標」。這是一九四五年日本戰敗後第一次公然表示要武力干涉中國的內政，情況是嚴重的，使中日關係緊張，海峽危機加深。此外，從小泉就任首相後，就執拗地堅持每年親自「參拜」日本軍國主義戰爭象徵的靖國神社，羞辱遭到日本戰禍最為慘重的中國，直到最近，小泉迫於中國的壓力下，才公開口是心非地重複了前社會黨村山首相的為戰爭負責任聲明歉意的講話。

小泉的鬆口，另一方面源於二〇〇一年到二〇〇四年間日本對華出口猛增三七〇%，對激活日本資本主義長期停滯起重要作用。日本經濟越來越依靠中國經濟成長的活力，已是不爭的事實。

中國的經濟發展——我不想套用「中國的崛起」的說法，在美國極端右翼保守勢力當朝下，能否和平地容納中國的和平、低調的發展，是個很大的疑問。如果不能，像美國這空前巨大、傲慢、貪婪的戰爭機器，會不會為中國和世界帶來戰禍，查默爾．詹森教授是悲觀的。

結語

在這樣的態勢下，中國左派要怎樣正確的看待祖國的「類資本主義」及其發展，除了人云亦云，是不是有可能尋求科學的、獨自的理論上的探索？

馬克思曾對波蘭和愛爾蘭的同志們說，共產主義者應該義無反顧地先投身於重建飽受到列強分解侵凌的祖國的強盛統一，則無產階級才能在一個統一強大的祖國社會中成長為一個強而有力的階級，為自己的解放鬥爭。台灣的左派又怎能將強權下民族分裂，追求祖國的強大與統一的問題束諸高閣，視如無睹？

二〇〇五年六月

正如前民主德國駐華大使羅．貝特霍爾德在他的《中國正走社會主義道路》一書中說，中國共產黨領導的革命，成功地推倒了新老殖民主義的統治，走向社會主義。「但社會主義是人類社會在生產力高度發展之後出現的社會」，要向社會主義過渡，執政的共產黨必須先為社會主義制度的實現建立穩固的物質經濟基礎。

如果中國把當前階段的奮鬥目標擺在全力發展生產力，建設高度發展的產業體系，是為向未來社會主義階級打好物質基礎——而且現實上中國不僅為自己的發展而努力，並且現實上運用自己的發展形成中等發達或欠發達社會共同發展，塑造一個多極、和平與發展的新的世界秩序，萎縮單極、戰爭、霸權主義的世界秩序，人們是不是需要尋求一個新的思維的維度來加以評價呢？

貝特霍爾德說，中國當前的道路不免引來惡意和善意的批評。「但看來建設社會主義沒有現成的答案。也許有些政策在日後看來是錯誤的——而也有些是正確的，但中國人民卻不能因為擔心犯錯而裹足不前……」

而在「不能裹足不前」之前，歷史正召喚著全中國的左派，從自己自求解放的偉大歷史中反思，看清眼下的道路，總結經驗，探索一條被壓迫民族尋求獨立自主的發展的理論體系。

初刊二〇〇五年六月《批判與再造》第二十期
收入二〇〇六年八月批判與再造社《中國與社會主義及評論》（哈特—蘭茲伯格、柏克特等著，杜繼平、林正慧、郭建業譯）

1 Martin Hart-Landsberg, Paul Burkett. 2005. *China and Socialism: Market Reforms and Class Struggle*. New York: Monthly Review Press.

勿忘昨天．寫在卷首[1]

一八九五年日清戰爭中中國戰敗，台灣在《馬關條約》中屈辱地割讓給日本[2]。然而，英雄的台灣人民並未屈服。除了組建短暫的抗日臨時政權「台灣民主國」外，一直到一九一五年，台灣人民以落後[3]的槍戟刀竿面對日帝最現代化的槍砲，從事反占領的激烈鬥爭，長達二十年之久！

從一九二〇年代開始，台灣人民改變了反帝抗倭的策略，展開了以文化啟蒙、社會和政治鬥爭的「非武裝抗日」運動，先後推動了「台灣議會」的設置、組建「台灣文化協會」、「台灣民眾黨」、「台灣農民組織」、「台灣共產黨」和各行業的工會，[4]從各自的戰線上開展台灣的民族．民主鬥爭。

一九三一年，日本侵攻我國東北，並於翌年成立偽「滿洲國」，從而加強了對殖民地台灣的鎮壓，一舉檢舉、解散了上述文化、政治和階級的反日組織。然而，[5]台灣人民的抵抗並未終結。一九三〇年代開始，抗日的戰線轉移到台灣文學界，開展活潑的大眾文學內部關於文學語文策略的論爭，即白話文路線和台灣話文的爭鋒。到了戰爭末期的一九四三年，以楊逵為首的台灣作家，在艱困的環境下，猶就日寇「皇民文學」問題、就台灣新文學堅持批判現實主義問題，勇敢地與以西川滿為首的戰爭協力派[6]進行尖銳的理論鬥爭。

一九四五年抗戰勝利，台灣光復。一九四七年爆發反國民黨的二月民變。在三月大屠後的第八個月，台灣作家、評論家和旅台進步文化人，以當時《台灣新生報．橋》副刊為平台，開展為期一年許的「重建台灣新文學」的論議，皆異口同聲強調「台灣和台灣文學是中國和中國文學不可分的一部分」，並且系統地介紹了三〇年代以降的「無產階級文學」、「大眾文學」等左翼文論。[7]這場論議在一九四九年「六四」事件中同時遭到全面鎮壓，從而展開了台灣漫長的「白色恐怖」時代，徹底禁絕了大陸和台灣在一九三〇年代以來的文學與文論的閱讀和出版。五〇年代到一九七〇年間的台灣文學中，官方的「反共抗俄」文學和現代主義文學成為主流，支配台灣文壇長達二十年。

一九七二年，由關傑明、唐文標發難，開展了對極端西化的「現代主義」詩的反思與批判，反響很大。一九七七年到七八年，國民黨發動了圍剿「鄉土文學」的鬥爭，堅持中國大眾文學和民族文學傳統精神的鄉土文學一派，在惡劣政治氛圍中因社會的支持而獲勝。

一九七九年，高雄「美麗島事件」標誌了台灣資產階級反蔣民主運動的頂點。一九八〇年代，「台灣獨立」運動乘民主化運動而崛起，以「台灣民族」論、「台灣主體性」論等推向主流的政治、文化論述。在台灣文學論領域，「台獨」文論也躍居於主流，而大批台灣作家也向「台獨」的政治和文學論述轉向。世紀之交，「台獨」政權廣設台灣文學系所，大量培養傾向「台獨」的教師和學生，成為四〇年代日據下「皇民文學」論以來對台灣新文學的靈魂的重大挑戰。

然而，繼承台灣新文學史中綿長堅定的愛國主義傳統並未中絕。自一九七六年以來，台灣文壇關於台灣文學之民族屬性；關於對「皇民文學」的本質評價；關於台灣文學史的分期之方法論；關於日本東京大學中文系主任藤井省三有關台灣文學之支「獨」暴論，統一派都做了及時、有力的批判與爭鋒。

前文說過，八〇年代後，台灣作家大面積向「台獨文學」轉向。本專號選刊若干作家的作品應是「轉向」前的作品，也是台灣文學傾向演化的紀錄，有歷史意義。

二〇〇五年七月十日

敬啟者：文章寫長了一點，恐不便照相刊出，還是打字刊出，只保留署名部分。文中如有不妥，可逕行編輯處理。　耑此　頌

安

陳映真

〇五・七・十

初刊二〇〇五年八月《台港文學選刊》（福州）總二二五期

本文依據手稿校訂

1 本篇手稿篇題為〈寫在卷首〉，後以〈勿忘昨天・寫在卷首〉為題初刊於《台港文學選刊》，為「昨天——紀念抗戰勝利台灣光復六十週年作品專號」卷首語，由於《台港文學選刊》版多有刪節，篇題從初刊版，內文則依手稿收入，列出初刊版異文。

2 「台灣在《馬關條約》中屈辱地割讓給日本」，初刊版為「在《馬關條約》終將台灣屈辱地割讓給日本」。

3 「落後」，初刊版為「簡陋」。

4 「展開了以文化啟蒙、社會和政治鬥爭的『非武裝抗日』運動，先後推動了『台灣議會』的設置、組建『台灣文化協會』、『台灣民眾黨』、『台灣農民組織』、『台灣共產黨』和各行業的工會，」，初刊版為「掀起了以文化啟蒙以及社會和政治鬥爭為主要內容的『非武裝抗日』運動，」。

5 「對殖民地台灣的鎮壓，一舉檢舉、解散了上述文化、政治和階級的反日組織。然而，」，初刊為「對殖民地台灣的政治箝制、經濟壓榨與文化滲透。」。

6 「以西川滿為首的戰爭協力派」，初刊版改作「殖民文化勢力」。

7 手稿版此下「這場論議……有歷史意義。」至文末的段落文字，初刊版為「此後不久，便遭致當局鎮壓，從而開始了台灣漫長的『白色恐怖』時代。七十年代末，八十年代初，台灣政治環境急劇變化，台獨思潮泛起。一群作家轉向。面對『去中國化』的濁流，繼承台灣新文學始終綿長堅定的愛國主義傳統並未中絕，中華文化的生命力依然強盛。／在風雲激盪的今天，《台港文學選刊》推出『昨天——紀念抗戰勝利台灣光復六十週年作品專號』，作為一種見證和紀錄，自有其歷史意義和現實意義。」。

突破兩岸分斷的構造，開創統一的新時代[1]

一、冷戰與內戰造成兩岸分斷的構造

二戰結束前夕，以美蘇兩極為中心的世界冷戰態勢逐漸形成。及至到了一九五〇年韓戰爆發，把世界東西冷戰推向最高峰。與韓戰爆發的同時，美國以軍事力量介入台灣海峽，中國在外力干涉下，兩岸分裂對峙，同族而相仇，形成國際冷戰與國共內戰互相疊合的構造，深遠地影響了兩岸人民的命運。

在台灣，冷戰和內戰意識形態無限上綱，極端化的反共仇共意識和宣傳統治一切思維。台灣是「自由中國」，而大陸則是「匪區」、「共產中國」；台灣是「安和樂利」之土，大陸則「赤地千里、哀鴻遍野」。台灣是反共、民主、自由世界之一員……大陸是「蘇俄赤色帝國主義集團」的一員……而對於兩岸分裂對峙的展望，一方面是「漢賊誓不兩立」，宣稱台灣在政治和主權上的

「唯一正統」，一方面誓言以武裝「反攻大陸」、打敗「共匪」而完成「中華民國之統一」。

一九五〇年後，這種冷戰加內戰的意識形態，是絕對性霸權表述和霸權意識形態，攖之者必遭獨裁政治的強壓而破身亡家。其結果是兩岸分斷構造之固定化和長期化，以及祖國統一論、統一方針論只允許國府的「勝共統一論」、「反攻大陸統一論」一家獨占，不許有分號！

二、一九七〇年的釣運舉起了第一面祖國統一論的旗幟

但一九七〇年保衛釣魚台運動的一聲春雷，首先打破了這冷戰思維的霸權性。在冷戰年代，台灣的中國想像是「自由中國」、是「中華民國的正統」。有少數自由主義派雖然不滿蔣介石的獨裁與「不民主」，但基本上是反共、反大陸、親美的改良主義。台灣曾在一九四六－一九四九年間呼應大陸同一時期的「和平建國」、「民主改革」、「反對內戰」的民主運動，到一九五〇至一九五三年全島性白色恐怖時，台灣這一波民主運動在一九四九年的「四六事件」及其後展開的「肅諜」行動的大逮捕、大屠殺中，徹底被鎮壓。於是光復後這第一波民主統一建國運動，被冷戰歷史所湮滅。

一九七〇年的保釣運動不久發生左右分裂。其中的左翼，在一九七一－一九七二年間，突顯

了在祖國分裂的當下，台北和北京對保衛釣魚島的方針完全不同：台北宣稱以美日反共同盟為重，視保釣運動為「敵人」的「統戰技倆」，在北美橫加鎮壓；北京以釣魚島為中國神聖領土，誓死保衛。於是保釣左派首次提出了海外中國人「認同」北京的中國或「台北」的中國的課題，是為「認同運動」，即全面再思冷戰歷史下的中國想像的劃時代的運動。

「認同運動」很快在同一時期向祖國統一運動飛躍，於是進入了保釣運動和統一運動並舉的新階段。一九七一年八月布朗大學的美東討論會和九月安娜堡的國是大會，正式宣告「中華人民共和國政府為代表中國的唯一合法政府」。這是一九五〇年在新帝國主義干涉下中國民族分裂對峙以來，第一個由海外愛國主義運動正式提克服民族分裂構造，並呼喚民族的團結的先聲。一直到今天，民族統一的言論與行動不曾中斷，至最近的二〇〇五年三月《反分裂國家法》的通過，我們的民族統一運動又進入新的階段。但歷史不會忘記，海外的統一運動是釣運，早在一九七一年開始提出的。

民族統一運動的提出，自然涉及民族統一的具體方略，一九七三年，釣運中以《橋刊》和《野草》為喉舌的中間派提出了並得到左翼支持的國共第三次和談的呼籲，要求國共雙方主要以和平談判的方式，尋求祖國統一的方策。前文說過，國民黨在宣傳上只講「勝共統一」，只講「消滅共匪統一」，把國共兩次和談的歷史徹底妖魔化，渲染成中共以和談搞「統戰」和「欺騙」，把國民黨在大陸內戰失敗的責任，全推給了中共的「和談」宣傳。國共再和談之說，成了戒嚴體制下台灣的大忌。

然而，事隔三十年，海峽兩岸的對峙成為全球矚目的戰爭危險區。大陸基本上在堅決反對台獨基礎上，表示盡一切力量促成兩岸和平談判，在「兩岸均屬一中」原則上完成祖國的完全統一。這項政策，相應於中國綜合國力之日升，得到世界多數國家的支持。

三、對「台獨」運動和理論的批判

講民族統一，倡國共第三次和談，當然就反對當時以北美洲為中心的所謂「台獨」運動，這是理有必至的。保釣運動中一開始就觸及反「獨」，從文獻上看，一九七〇、一九七一－一九七五都有研究和反對「台獨」的評論、理論文章。和統一運動合起來看，以今日的語言說，釣運從一開始就抓住了「反獨促統」的大義，這是至今都有重要歷史和現實意義的思潮。一九七一年到七五年的「反獨促統」論主要以比較「自由」的北美為討論的場域。到了一九七六年，台灣遭逢一九七〇年以來最大的外交危機：一九七二年，被逐出聯合國的台灣，面對一波又一波國際外交上許多國家與台斷交，改與北京建交的風波；尼克森、季辛吉先則秘密，繼則公開訪華，島內人心惶惶不安。在此背景下，台灣長老教會在戒嚴體制下發表《人權宣言》，力言台灣應進行民主化改革，並建立台灣為一個「新而獨立的國家」，向美國訴求不要讓台灣被「國際政治」出賣，並保護推動《人權宣言》的相關牧師不受國府鎮壓。美國國務院公然以信函保證保護「台獨」牧師。

一九七八年，台灣《夏潮》雜誌披露長老教會的《人權宣言》事件，同時由陳映真、王曉波寫文章批評長老教會充當分裂主義急先鋒。長老教會與島內台獨勢力相結合的問題，至今更為明顯。一九七八年的論爭場域主要在台灣，美國釣運也寫了不少文章支援。今天的長老教會，已成島內「深綠」、「急獨」的宗教勢力，問題和矛盾依然存在。一九七八年島內外批判長老教會「台獨」的鬥爭，至今仍有先驅性的意義。

四、重新見證和認識中國革命和新中國的運動

台灣長老教會的「人權」論，不及於主張統一和左派人士的「人權」。對於一九七四年的台大哲學系肅清事件、一九六八年的陳玉璽被台日特務聯合綁架回台受審的監禁事件、一九七六年陳明忠被捕拷問判刑事件、一九八〇年留美學生葉島蕾被拘捕事件等，台灣長老教會的「人權」不聞不問，但卻受到北美釣運左派的聲援，從而掀起反對美蔣校園特務對釣運人士的監視、偵

查的運動（一九七五—一九七六）。

海峽的民族對峙和極端化的片面反共宣傳，在釣運中崩潰。親訪親歷新中國，究明中國革命的真相，重新認識新中國，在一九七四年至七七年蔚然成風。旅美著名的科學家、學者、詩人、作家如楊振寧、何炳棣、王浩、吳健雄、袁家騮、謝定裕、葉嘉瑩、於梨華等，以及釣運的學者、學生幹將紛紛回國參訪闊別多年的祖國。回美後將耳聞目睹巡迴放映幻燈片、做報告發表感想，把被冷戰宣傳妖魔化的祖國形象顛倒過來。

當然，也有個別觀察敏銳的人，在回國參訪中，察覺了中國革命走過彎路，隱藏著不幸的革命的暗部。他們的觀察不受容於當時滿腔火紅的革命派，也是容易理解的。文革結束後，中共中央基本上承認了走過的彎路，存在的暗部，但在釣運內部卻一直沒有做過客觀、科學、公正、健康的總結，而釣運風潮則基本上隨文革的終結而雲淡風清……

五、釣運的文藝運動

在殖民地、半殖民地的反帝、反封建、反殖民的民主民族運動中，總是伴隨著思想、文化和文學的啟蒙運動。反帝國主義的五四運動綻開了中國新文學運動；一九二〇年代中期後台灣

「非武裝抗日運動」，萌芽和發展了台灣新文學運動。但出人意料的是為期不長的釣運中，竟也孕生了新的文藝運動（一九七三—一九七七）。

重新認識新中國運動，除表現為回國探訪—採訪—報告（報導）的形式，還有一個重要形式：（一）搜閱祖國三〇年代左翼文學作品；（二）閱讀並自導、自排、自演三〇年代的進步話劇，如曹禺的《日出》和《雷雨》；（三）新編新劇，或改編當代島內文學作品演出，以及（四）搜集一九四九年以來新中國的紀錄片和劇情片，在北美釣運團體間巡迴放映觀賞。《東方紅》、《創業》、《中國農村水電站》、《紅旗渠》、《毛澤東》、《周恩來》等等影視作品激起釣運嚮慕新中國的熱情。據資料，新創作劇有《胸懷祖國，放眼世界》、《桂蓉媳婦》、《洪流》、《阿慶嫂》、《我愛夏日長》等；小說改編有《將軍族》。看得出釣運的文藝創作潛力之活潑。可惜在異鄉他國，運動不久退潮，釣運文藝的成果不免飄零了。

但是在釣運中，重讀台灣戰後文學而發為評論時，發表在一九七四年香港釣運刊物《抖擻》上的羅隆邁（現經《抖擻》創辦人證實為最近故世的小說家也是釣運的健將郭松棻）的〈談談台灣文學〉，直接影響了一九七七年當時尚未轉向於「台獨」的王拓所寫的鄉土文學論戰文章〈是「現實主義」文學，不是「鄉土文學」〉。

王拓在下列幾個論點上直接一字不易地抄用羅隆邁的文字：

——五〇年代後台灣美援經濟使新興商人登上舞台。而昔日軍裝的日本軍閥如今易裝為平民商人，手提〇〇七公事包，進入台灣，進行經濟侵略，台灣乃淪為美日經濟殖民地，以廉價勞動獲致經濟成長。

——台灣社會經濟的新殖民地化，造成思想文化的全面西化，學舌「個人對集體、民主對專制」的二元對立論，盲目模仿西方，割斷反帝民族主義。

——批評台灣流行的艾略特、卡夫卡、奧登、卡繆、海明威這些「現代」派，實則他們無非是西方資本主義高度發展時期吟唱西方文化之輓歌的絕望的歌人。

——但在台灣新文學隊伍中，仍然有堅守他們生長的泥土及賴以生活之鄉土，在作品中反映了社會與生活，並以之為背景，襯托近代中國民族的坎坷……

除了以上直接抄引的部分，其他引用原意而改寫的也不少。但因時代背景特殊，雖王文沒有標明出處，今人也不便以為「剽竊」，因為註明引用香港左刊文字，在當時只有自找麻煩。而王拓引用以為對付壓迫鄉土文學的武器，是可以理解的。

釣運中評論台灣當代文學，評論「鄉土文學」的文章不少，但直接地易裝上場，直接成為王拓的「殖民經濟」論、現代主義批判論、現實主義文學論，參與了鄉土文學論爭者，只有羅隆邁的文章可以證明釣運對鄉土文學論爭的直接影響。

本書第三章所收關於台灣鄉土文學的討論文章比較多，時間跨度也長，但畢竟篇幅所限，難於做有序、有綱目的編輯，不過鑑於當前台灣文學的統獨鬥爭激烈，甚至有日本支獨學者介入，該章所收文章，仍有重要參照價值。

六、保衛西、南沙運動和悼念巨人的殞落

對於在台灣的關心釣運人士，一九七四年在北美展開的「保衛西、南沙」運動是最不熟悉的部分。一九七四年，西貢政府和馬尼拉政府，對於中國固有領土南沙群島和西沙群島提出了「主權」要求。中國以史籍所載和外交軍事交涉對應，在北美釣運界掀起了「保衛西、南沙」運動。和釣運一樣，在北美各地之愛國留學生也搞有關西、南沙歷史、地理和資源的調研和報告會，並且發乎宣言，繼之以遊行示威。

今天看來，我國東南海域富含石油資源的島嶼，隨著中國經濟的發展，需油孔急，東南海島嶼礁棚之爭日烈。日本近年來對釣魚島的「主權」要求更形強烈，就是明證。中國改變政策，

不以武力占有資源，而以「擱置爭議、共同開發」的方針對應，在西、南沙問題上取得了和平與進展。但對於日本再軍事武裝化的狼子野心，中國在堅定保衛自己的主權基礎上，不放棄可能的對話，「軟硬兼施」。最近突然取消吳儀副總理與小泉的會晤，表現了硬的一手和決心。

保衛釣魚島，反對美日強權把釣魚島拿來私相授受，保衛中國對釣魚島的神聖主權——這當然是民族主義的發露。

然而，在冷戰思維下，美國是主子，日本是台灣「反共的盟友」。釣運的針對面美日帝國主義卻在台灣成了不准反對，不准批判的敵人。於是在一九七二年至七三年，台灣有「民族主義爭論」。主要論者有陳鼓應、王曉波和洪三雄，站在中華民族主義的一邊發言。今日回眸，除了國民黨的監視，中國民族主義論還要應對來自「自由派」的質問：民族主義偏狹論，民族主義即義和團主義，偏執而落後；民族主義是共產黨煽動青年的工具，講民族主義容易為共黨所用。於是王曉波不能不從孫中山的國共第一次合作期的民族主義論中借取政治上「安全」的理論資源。有人出來為「義和團」的歷史辯誣；有人從自由主義立場提出「自由民族主義論」。被西方「自由主義」荼毒已久的台灣知識界——有時包括「左」派知識分子，皆至今嘲笑民族主義，誇言階級主義和「國際主義」，一九七二年台灣釣運提出來的民族主義論，至今猶待深入論證，而有現實意義。

釣運的左翼，打破了自一九五〇年至一九七〇年間禁錮了整整一代知識分子對於中國革命、對於新中國、對於中國人民前仆後繼取得勝利的新民主主義運動的認識之枷鎖，奮力衝破了冷戰與內戰意識形態的桎梏，自我清除了美國和國民政府的教育宣傳中的中國與中國革命的想像，從斯諾和史沫特萊著作，建國後的紀錄影片、戲曲電影，更從三〇年代左翼文學和四〇年代的革命抗日文學去重新探索與認識新生的中國。而這樣的過程，就必然地和人民中國革命史無數的傳奇相會；而其中最不能不遇見的，是毛澤東和周恩來的傳奇；前者的高瞻遠矚、過人的膽識和魄力，一心一意以人民的解放為終極顧念；後者之忠誠敬謹，為人民、為革命鞠躬盡瘁，都使得釣運一代由衷的愛戴和敬仰。一九七六年，文革接近了尾聲，不料在這一年周恩來、毛澤東相繼辭世。美國釣運界在震悼之餘，全面發動和展開追思、悼念的儀式，發表哀思追慕的文章。著名華人科學家、文人、教授、釣運團體和海外華人社團紛紛發表弔唁文章。這在國民黨尚在施加反共法西斯統治，在海外國民黨和美國情治特務虎視下，是一個歷史性突破，不能以一般對政治名流的弔唁視之。

七、結論

不同於前一本的《春雷聲聲》之側重釣運的編年史為軸心，本書《春雷之後》則以釣運重要文獻，總體地呈現了一九七二年到一九七八年間海外（包括台灣和香港）進步派釣運群體，特別是其中的左翼的思想、政治和文化運動，在民族分裂和冷戰–內戰交疊構造下，表現為突破凍土，萌發思想意識形態新芽的重要意義，是海外戰後思想運動史上一頁史詩般的突出篇章。

保釣思潮，有破舊立新的一面，也有向上承接中國三、四〇年代激進思潮的一面。而由於很多問題——例如民族統一問題久懸不決，也就有尖銳及時的現實意義。

一九一九年五四運動提出「反帝、反封建」，提「內除國賊，外抗強權」。釣運也提出反對美日帝國主義撥弄我釣魚島主權問題。時至今日，美日軍事結盟遏制中國，日本狂妄插手釣魚島主權，修改歷史教科書，參拜靖國神社等，都是當年釣運鬥爭留下的問題的惡化，突出了當年反日保釣的先驅精神。

釣運提出了「民族主義」問題。今日自由派知識分子仍然跟著外國人鄙視和誣蔑民族主義為「偏狹」、為「保守」、為「反階級主義與國際主義」，卻對日本在靖國神社、教科書、和美國侵略伊拉克問題上保持沉默。所以，當年釣運提出的民族主義問題毫不過時，今天必須更堅定地為反帝民族主義而鬥爭。

釣運在內部分裂的祖國前呼喚「認同」與「統一」，與一九四六–一九四九年間全中國「反內戰」、「和平建國」的民主和平統一運動相承接。今天，在《反分裂國家法》的法律下，時代要求在一中原則下，保持與反獨促統、和平統一的歷史方向相一致。釣運當年向「認同」、「統運」飛躍，富有鮮明現實意義。

一九七七到七八年，台灣鄉土文學論戰，引起釣運左派的關懷。鄉土文學論戰的一部分理論思想資源，受到釣運影響已如前述。鄉土文學論的現實主義、民眾文學說、民族文學——反文學西化說，既是中國三〇、四〇年代進步文學的遺緒，也是這遺緒在七〇年代台灣的回聲。今天，包括大陸研究台灣文學的圈子中，不大關懷台灣文學論述中激烈的統獨對立鬥爭，不注意一些日本右派支獨學者在台獨文論中煽風點火，要火線上的人講溫良恭儉讓，要和「國際」學者保持友好關係……真叫人哭笑不得！

釣運論壇中有幾篇文章談到七〇年代台灣資本主義經濟性質，除了羅隆邁（郭松棻）簡單說到美日「新殖民主義經濟」對台灣的統治外，其他有關七〇年代台灣經濟（生產方式）論的文章基本上比較弱。事實上，直到今天，台灣經濟史除了劉進慶、涂照彥、陳玉璽在六〇年代的業績外，很少從歷史唯物主義、政治經濟學的角度，給予台灣經濟論以科學的答案。問題提出來了，是釣運遺留的課題，有待今後俊才加以發展。

一九七四年到八〇年代持續不斷的保衛西、南沙鬥爭，在今日中國全面和整體地快速崛起的形勢下，亟需油源和大量其他原材料之時，釣運所高舉的「保沙」旗幟有極其突出的現實意義。中國不以對外軍事擴張保衛工業化所需原料，則「擱置主權，共同開發」是非常明智的政策，深受越南和菲律賓的歡迎，只有日本悍然與我頂牛。在保衛我國東南沿海陸棚資源問題上，保釣、保沙都有先鋒性的意義。

但也必須指出，一九七〇—一九七八年的釣運，在世界冷戰和國共對峙造成分裂的祖國這樣的條件下，有它宿命的極限性。在北美為主的這個「借來的土地」、「借來的空間」進行中華民族的思想文化啟蒙運動，先天就帶有不可克服的弱質。它在台灣開花為以《夏潮》為中心的進步思想文化運動，但在八〇年代的「台獨」狂潮中被「邊緣化」。北美的釣運雖然有若干個人仍然一本初衷，繼續堅持，但作為運動的釣運已經成為昨日黃花。

但我深知這套書——加上上輯的《春雷聲聲》——的出版，不在為了對過去的悼念，而在為未死、將生的一代人留下比較清晰的腳蹤，以便為未來的跋涉者知道有先驅的餘音舊蹤，知道有未竟的思想和實踐的課題，等候雪融土破後另一次行軍的號角。

本書繁重的資料蒐集和編輯工作，主要落在龔忠武、葉先揚、周本初等同志們的肩膀上。沒有他們艱苦的勞動，這本書的成形是不可能的。特筆在此誌謝。

二〇〇五年七月

二〇〇五年七月

初刊二〇〇六年七月人間出版社《春雷之後・壹：保釣運動三十五週年文獻選輯——覺醒・決裂・認同・回歸（一九七二—一九七八）》（釣統運文獻編委會編）

收入二〇〇六年七月人間出版社《人間思想與創作叢刊11・日讀書界看藍博洲》（人間出版社編委會編）

1 本篇為《春雷之後・壹：保釣運動三十五週年文獻選輯——覺醒・決裂・認同・回歸（一九七二—一九七八）》的「前言二」。

藍博洲的報告文學和詹澈的詩[1]

首先我要感謝全國作協、台海出版社邀請我來參加藍博洲兄和詹澈兄的作品集和詩集在祖國大陸正式發行的首發式。這兩位作家是台灣當前報告文學界和詩壇上知名的、優秀的作家，都是我的老朋友，因此沒來得及開完在北京的一個中國社科院的會，就飛來長春參加兩位作家朋友的首發式，向他們表達誠摯的祝賀——覺得十分高興。在兩岸還不能完全統一之前，讓這樣的會使兩岸學者、文壇得以交流，增進彼此的理解與團結，是非常有意義的。

現在容我先介紹報告文學作家藍博洲。

三〇年代，台灣文學進步的先驅者楊逵先生，在日據下的台灣，極力宣傳提倡過報告文學。光復之後他也提倡由大眾自己寫自己生活的紀實文學，但從整體台灣文學史看，直到七〇年代之前，報告文學一直是缺席的文類。七〇年代，雖然仍在嚴酷的戒嚴政治之下，台灣的文學和文化界有新的胎動。

六〇年代末有史惟亮、許常惠的台灣民歌採集運動。七〇年代初有一場反思和批判惡質西化的現代主義詩運動，有林懷民「雲門舞集」的創立，有民眾藝術家朱銘和民眾音樂家陳達的發現，有一九七七到一九七八年的鄉土文學論爭。就在這樣的七〇年代，著名編輯人高信疆先生在台灣《中國時報．人間副刊》上開闢了「現實邊緣」的報導文學欄目，提倡「報導文學」，自然有一定收穫，但畢竟格於戒嚴政治，作品一般地缺少批判與抗議的特質。

八〇年代中期，《人間》雜誌提供了一個發表深度調查報告的平臺，培養了幾個優秀的攝影與文字報導創作家。藍博洲君是其中傑出的調查報導文學作家之一。下面談談藍博洲調查報告文學的特質：

(一)題材上全部集中在五〇年代初在台被捕犧牲的一代中共地下黨人的生活史，描寫他們對真理、對新生祖國的嚮往；描寫他們對於人的終極解放與自由的執念；描寫他們對廣大被侮辱、被剝奪者之遭遇的義憤；描寫他們如何將一生只許開花一次的青春與生命，為了社會正義和人的尊嚴而破身亡家。

從一九五〇年代開始，這些崇高的人的形象與歷史，遭到反共恐怖政治的徹底湮滅和全面汙名化。八〇年代中期，《人間》雜誌對於這一段歷史的調查報告，尤其是藍博洲的密集、嚴謹、客觀而體系龐大的調查研究所結晶的報告文學，不但還原了一段令人戰慄和激動的歷史，並且徹底而有力地重新顯影了四〇年代末到五〇年代初台灣熱血青年熱愛新生祖國，並不惜為之犧牲的顛撲不破的史實，使台獨反民族派至今無從操弄、偽造和歪曲這一段中國新民主主義革命在台灣留下的艱辛卻光榮的史跡。

(二)報告文學的力量來自對客觀事實的嚴格的遵守。藍博洲的報告文學，隨著他調查報告實踐的積累，不斷強化了資料的實證性與科學性，不但掌握細節，也善於掌握不同案情的相互關聯和當時的歷史形勢，態度嚴謹，材料詳實。藍博洲不僅在題材和寫作上對台灣報告文學做出了特殊貢獻，對甫告光復階段的台灣史，甚至中共在台地下黨的歷史研究也做出了重要貢獻。

(三)藍博洲是在上大學的時代以小說創作接觸了台灣文壇。這自然有益於他在報告文學寫作時刻畫人物，以及結構的安排、情節的發展和中心思想、感情的表現。當他越來越能把握寫作的審美要素，他的作品的藝術性就明顯地加強。當然，有些時候，因為力求實證材料信而可證，書寫不免偏於瑣細，自然就影響了作為文學作品的豐盈和潤澤。然而總體來看，藍博洲的報告文學，基本上都能兼顧真實性的雄辯和藝術性的審美。作品質量加上數量，藍博洲的作品大大填補了現代台灣文學史中報告文學的空白。

今天，藍博洲的作品以選編六卷本的形式在祖國大陸出版，對藍博洲固不待言，對台灣文學界來說也是十分可喜可賀的事。儘管我們在台灣風聞大陸上逐漸也有「逢左必反」的「自由知識分子」，但我們還風聞大陸上也有重新在現實生活的反差中認識中國革命，認識追求正義和解放的事業的一代。那麼，就讓藍博洲的這六卷本作品獻給凡不能、也不願輕易糟蹋中國革命的不朽的歷史的大陸讀者。

再次向藍博洲兄道賀，也再次向全國作協和台海出版社表示誠摯的感謝。

二〇〇五年八月

其次，介紹詩人詹澈兄。

我沒寫過詩，對台灣當下詩壇也不熟悉，但又很關心詩。原因是台灣報紙的副刊常刊詩作，總是要看一下，但短短十來行的詩，卻往往讀不完就不讀了。這當然和我缺少詩的修養有關。不過常常覺得很多詩沒有內容，沒話找話，硬生生擠出來湊數似的。

讀詹澈的詩感受最大的不同，是他很言之有物。在他的詩中，充滿了飽滿的生活。他在農村成長、勞動、工作和生活，寫農民，寫農業勞動，寫風土，寫所謂「土地」和人民都很生動、真實、可信而且動人。因此，他的詩不見得是字斟句酌、精工巧筆的雕琢，但往往有令人驚喜的比喻、象徵、意象、對比、敘說，自然天成，不假刻意地搜盡枯腸的修辭，因為詹澈的詩句來自他豐饒的生活本身。

詹澈總是有話要說，有思想感情要表達，而不是心中無物卻要以空虛的語文強說的那種詩人。因此他寫長詩，寫敘事詩的作品不少。他以人物刻畫、情境描寫、對話、情節鋪排，寫老兵、寫少數民族，寫不幸的女人，寫自己那極富移民拓荒精神、懷抱宗族家庭之愛、勤勞勇敢的祖父，寫獨守西瓜寮的種瓜勞動的日日夜夜。這樣的詩，台灣很少人寫，寫小說的我愛看，相信一般人也喜歡看用詩寫的故事。這是一種有發展前途的詩創作方法。

詹澈在最近出版了一本專寫台東蘭嶼島雅美族的詩。在工作中，詹澈常去蘭嶼島，熟悉其生活，也熟悉其生態環境。島上的蟲魚鳥獸、樹木花草皆入詩中，洋溢著他對雅美族人民的深厚情感，也表達了歷史上漢人對少數民族歧視的反省。這是第一本以平等的視角，以專集形式寫台灣原住民的詩集。詩也寫得好，在台灣新詩史上做出了貢獻。

當然，正如其它評論者指出的那樣，詹澈的有些詩因為急迫地要說話，有時就顧不上審美性和藝術性。只要將藝術性當成手段、策略，不當成目的去崇拜，藝術性正是使作品加大戰鬥力的不二法門。

藍博洲寫報告文學，詹澈寫詩，但兩人有共同點。一是他們都從豐實的生活出發：藍博洲透過嚴格的調查、採訪；詹澈透過勞動和生活，深入地貼近了生活與人民。其二，是兩人都對於社會的公義和人的解放，對真理和人最終幸福懷抱著憧憬和執念。

這樣的作家，不要說在台灣文壇上少了，我想在大陸文藝界中也少了。

但我希望兩位深入生活現場和歷史縱深，深入民眾苦樂而後發為創作的創作方式，能夠扭轉台灣文學界自一九七七年鄉土文學論戰後日漸荒廢的文風，重新鼓動新的文運，則今日二位的首發儀式就更有意義了。

初刊二〇〇五年十二月《世界華文文學論壇》（南京）第四期、總五十三期

1 據《「詹澈、藍博洲作品研討會」論文彙總》會議手冊，本篇初稿寫於二〇〇五年八月十三日，為二〇〇五年八月二十四－二十九日長春「詹澈、藍博洲作品研討會」的會議發言，篇題為〈藍博洲先生和詹澈先生作品在祖國大陸首發式上的發言稿〉，後篇題改為〈藍博洲的報告文學和詹澈的詩〉刊載於《世界華文文學論壇》的「詹澈、藍博洲作品研討會特輯」。會議論文初稿版與初刊版標題位置和段落分行略有差異，本文據會議論文稿版補上內文標題「（二）」和「（三）」。

中國文學在台灣的發展[1]

與會者中，陳映真是唯一有殖民地背景的中國作家。在日治的台灣成長的他，中國文學是如何闖進他的生命的？

——編者

殖民地的孩子

我生於一九三七年。中國人對一九三七年記憶的就是抗日戰爭，可是我的一九三七年是日本人還在統治台灣的年代，我是殖民地的孩子。第一次寫作的時候，大概是二十二、三歲吧，我現在記得不太清楚。這樣的一種生命歷程，怎麼使我變成一個中國作家？我在一九四五年台灣光復的時候，已經念了一個學年的日本書。此後，我跟和我同時代的人一樣，受過完整的祖國語文教育，小學到中學到大學畢業。我們都知道，一九五〇年以後，是冷戰的時代，因此，我們的語文教育也是非常枯燥無味的，可是我初中的時候，學校還教大陸運過來的中華書局的語文書。裡面我還記得很清楚，有魯迅的〈鴨的喜劇〉、朱自清的〈背影〉、巴金的〈繁星〉，我們還可以讀到上世紀三十年代的書。

台灣的語文教育

台灣的國語文教育從五十年代開始，但教材完全禁了台灣二十年代初、中期以後展開的日治時期的文學，也禁了大陸的三十年代到四十年代的文學，即三十年代的左翼文學、四十年代的抗日文學。現在台灣有很多人說，國民黨政權歧視台灣文學，不教台灣文學，這不符事實。他們不教台灣文學，也不教三十年代、四十年代的文學，其實是反共意識形態的問題。因此，不但禁台灣人的作品，更禁絕大陸的左翼文學。

現在出土的資料告訴我們，一九四五到四九年，兩岸之間文化、文學的來往是非常熱鬧的。三聯書店曾經要在台灣設立分店，後來因為受到國民黨的注意而沒有設立。進步作家像歐陽予倩，都到過台灣，而且他還演過戲。在一九四五到四九年的這段時間，大陸三十年代的文學，或者四十年代的文學，很多也流到台灣來。當時的台灣人，主觀上有一種熱烈地想要學習中國文化、文學的願望，所以，實際上一九四五到四九年之間，讀中國的文學作品、雜誌、書刊的台灣知識分子非常的多。這就形成了「二二八」事變以後，還有很多的知識分子擁護當時在台灣的地下黨，到了五十年代被完全地掃清，大概關了八千到一萬二千人，槍斃的人數大概是四千人。他們都是受到一九四五到四九年這段時間兩岸之間來往的書刊、雜誌、思潮各種各樣影響。

魯迅的影響

講我自已，就要講到我的父親那一代人。我父親是台灣知識分子，也很熱心追求祖國的知識，所以在他的書櫃裡面有很多關於中國的書。在五十年代白色恐怖的時期，他燒掉很多左翼的書。可是，我在他的書櫃裡面，發現書架背後有一本書，紅皮的，叫作《吶喊》，就是魯迅的小說集。我就拿來看，那個時候我大概是初一吧，不十分看得懂，就只有那個《阿Q正傳》覺得很好玩，這本書一直陪著我長大，我受到這本書的影響非常大。後來，我到舊書店裡面找到很多其他三十年代的書，像茅盾、巴金這些人的書。

所以，即使從台灣在殖民地時期的歷史來看，對我來說就是這些我偶然碰到的三十年代中國的文學，成為我的教師，對我影響很大，特別是魯迅對我的影響特別大，所以文化傳統這個東西就像剛才白先勇提到是非常自然地滲透到我們的血肉、滲透到我們的靈魂、滲透到我們的精神的一個東西。

再說一下台灣的新文學。大概在二十年代就緊跟著中國五四運動後展開的。郭沫若、魯迅的作品很早就介紹到台灣來，所以**台灣的文學在日本語言統治一切的時代最早萌芽的，是用中國的白話文寫成的文學**。那麼，這恰恰是知識分子堅持自己的民族文化傳統的一個表現，他們沒有用日文寫，也沒有用台灣的方言寫，而是用中國的白話文來寫。

所以說，雖然在座的所有中國作家中，我是唯一有殖民地背景的中國作家，即便是這樣，中國的文化傳統還是以這樣的方式影響了我。

中華文化在台灣民間

漢字在有眾多不同方言的漢族中形成強大的民族凝聚力，不僅是民族凝聚力，在鴉片戰爭以前的漢語文化圈，它帶給了東亞、東北亞，法國占領以前的越南的語文思維重要素質。在中國，不同方言區的人，平常不能以說話語溝通，而是以方塊字為中心形成的文學典章、文物典籍使民族凝聚起來，而且成為一種有力的文化傳統。

至於台灣文學，恰恰是受到這種不能摧毀的、深深根植在民族靈魂和民族精神的、以漢字為基礎的漢文化所影響的。一八九五年台灣割讓給日本，立刻出現禁止漢語、推行日本語，要培養殖民地中低級的土著幹部。但日本人推行了五十年，完全沒有同化台灣人。現在台獨人士推行的「去中國化」令人很擔心，他們主張盡量拋棄所謂的中國白話文，以台灣話，閩南話寫作，而且在沒有統一標準化的標音和表記下，已經開始推行了。在初級教育便教小孩子閩南話、客家話，甚至是山地九族話，小孩子讀得很辛苦，家長也怨氣沖天。

台灣政府這種「去中國化」是強迫上馬，令人憂心新一代漢語文能力就這樣給破壞了。雖然，「台灣主體性」、「台灣獨立」、「台灣主體意識」鬧得非常囂張，但民間還是有一種力量，組成了讓孩子背誦唐詩的組織，傳授漢古文學。目前台灣政府的做法是傷害了一代學子的語文能力，當局不明白，不僅是讀語文的，就是讀科學、工程、哲學的學生都應該掌握良好的漢語文能力。

初刊二〇〇五年八月《明報月刊》（香港）第四十卷第八期、總四七六期

1 本篇為《明報月刊》「新世紀華文創作與傳統」專題文章。

「八・一五：記憶和歷史」題解

六十年前的八月十五日，日本宣布無條件投降，世界反法西斯戰爭結束，中國人民歷時多年的艱苦抗日戰爭勝利，遭日帝殖民五十年的台灣回歸祖國。世界反法西斯主義戰爭，即通稱的第二次世界大戰，按西方說法，大都以一九三九年九月三日，德國入侵波蘭，英法對德宣戰視之為戰爭的開端，而以一九四五年五月八日德國投降，為歐洲戰場的結束。

中國人民抵抗日本法西斯主義侵略的歷史則長得多。中國戰場在一九三七年七月七日「蘆溝橋事變」時就已經全面展開，比歐洲爆發全面戰爭早了兩年多。事實上早在一九三一年「九・一八事變」之後，中國和日本已經分別在中國東北、上海、華北附近爆發過軍事衝突，所以，中國人民的與法西斯主義侵略者鬥爭的歷史，還應追溯到歐洲戰場開始的八年前。若再往前看，自一八九五年《馬關條約》割台，在台灣的中國人的抗日運動就不曾停止過，前期的英勇武裝抗日，後期頑強的政治、文化鬥爭，反抗未曾停歇。日據五十年，台灣同胞「壯烈犧牲，前仆後繼」（林獻堂語），犧牲人數達六十五萬人，終於迎來「八．一五」勝利和解放時刻的降臨。

六十年過去，當世界人民為反法西斯戰爭勝利大舉紀念、反思之時，台灣漠然；亞洲各國為日本拒絕面對侵略歷史而嚴厲譴責之際，台灣竟有人跑到靖國神社參拜；當多數中國人隆重慶祝抗日戰爭勝利之日，台灣卻少有人記起這一天。難道這是個特別健忘的島嶼？這裡是歷史虛無的荒漠？

人民的記憶、民族的歷史，往往遭當下政治意識形態的擺弄操縱。「二．二八」事件遭曲解成為台獨運動的肇始，三十多萬具亡魂為證的南京大屠殺，被日本右翼妄言為虛構，即是典型。但是，我們不相信人民沒有記憶，我們不接受消極的虛無史觀。我們期待，通過實事求是的歷史實證研究，找回遭扭曲、遭湮滅的人民記憶與斑斑史跡。本期專題「我的八．一五」，即是通過林書揚、陳明忠、吳澍培等幾位歷經白色恐怖牢獄之禍的宿老的回憶，重現台灣光復前後的日夜，人們的思想、心理轉折；另有，陳映真採訪的「台灣人原日本兵」，通過他們口述歷史，台灣人遭受日本殖民統治及隨之而來冷戰構造複雜、矛盾的心靈史與創傷。並在台灣文學史資料專欄刊載曾健民通過史料挖掘、梳理而作的「台灣作家的八．一五」，披露了五位台灣作家，在破曉的時刻，他們對解放了的島嶼之所思、所想以及所為。

「特輯」專欄則刊載今年初發生在大陸文壇，圍繞張煒〈精神的背景〉一文所引起的爭論，各方觀點代表性文章。或許這場論戰在近年思潮紛歧的大陸思想文化界並未特別突出，但我們抱著深切關注大陸思想動向、企盼兩岸知識界能有更多的交流、理解的初衷，向台灣讀者引介。

另特別向讀者推薦，台灣文學研究界富有盛名的施淑、呂正惠兩位教授的論文，分別針對台灣文學史上重要的「台灣話文論戰」學術討論和台灣文學界「後學之風」的精采批判。另有本刊固定欄目如：「東亞冷戰與國家恐怖主義」刊載有關美國韓半島戰略與朝鮮分斷歷史論證詳盡的論文、青年學者劉孝春對日據時期台灣作家朱點人的研究，以及報導文學、詩、散文、雜記等文學創作。

值「八・一五」六十週年，感念之餘，組專題以為紀念。

初刊二〇〇五年九月人間出版社《人間思想與創作叢刊9・八・一五：記憶和歷史》（陳映真編），署名編輯部

回憶沈登恩[1]

第一次認識沈登恩兄，是在結束七年囚繫生活回家的一九七五年。也是政治犯釋放的獄友陳玉璽先生約了沈登恩在台北許昌街ＹＭＣＡ見我。萬沒想到的是，眼前這位年輕的出版社長竟要求我能答應將囚繫前寫的小說交給他結集出版！

我在二十出頭歲時，在好友尉天驄兄激勵下開始寫小說，在同人文學刊物上發表，原是一群圍繞在天驄兄周邊的文學青年自娛的寫作，沒有、也不求得到當時「主流」文壇的承認。一九六八年我忽然被迫有一趟流放的「遠行」，寫作自然終止。在那個時代，我自己都無法決定以後還寫不寫作。而今竟有人要求將我往時作品結集付梓，對我是難於思議的——首先我就考慮到出版一個甫出獄政治犯的書會給出版社帶來很大的麻煩，從而也造成完全可以預見的虧損。

當我把我為他想到的顧慮告訴了他，委婉拒絕他的好意，他卻堅決要出書。「書出了被禁也不要緊。」他說。好友玉璽兄也慫恿我出書。就這樣，在一九七五年十月，由遠景出版社出版了

二〇〇五年九月

《將軍族》和《第一件差事》兩本小說集。出書沒幾個月，《將軍族》被警總查禁了。

這以後直到八〇年代上半，我的書也在遠景出版。如果警總禁止發行一本書所造成的出版社的損失，只要沈登恩還想出，讓他出版是我樂盡的義務，以為補償。

沈登恩作為一個出版家，有他的長處。第一，是眼光快捷，第二，是行動也很快，看準了就上。七〇年代上半，台灣的文學出版市場遇上了至今不遇的榮景。使「遠景」的業績和聲望都上來了。八〇年代初，沈登恩來說要出版一套《諾貝爾文學獎全集》五十餘卷，要我掛名編輯。其實他早已將歷年得獎的作品與相關資料都蒐集編齊了。對於這麼有意義的大計畫，我自然贊同，但在實際工作上，我只為這套書寫了一篇長序。其他艱難的編輯實務，全是出版社裡年輕編輯完成的。

然而，由於我於今已忘卻的理由，這套大書的預約完全沒有如預期的好，造成比較沉重的資金壓力。遠景的社務，似乎自此逐漸往下滑坡。雖然只是個掛名的編輯，我還是不免覺得抱歉。

另外想要一提的是，我有一個從初中時代訂交的畫家至交吳耀忠兄。他是寫實功底十分結實，思想上進步的畫家。我們因同案而繫獄七年。由於藝術家纖細的感性，出獄後因排遣出獄後的苦悶，飲酒成癖，難於找到正常工作。沈登恩接受我的央託，請耀忠為「遠景」出版的書畫封面，為《諾貝爾文學獎全集》畫作家肖像，對解決耀忠的工作與生活幫了大忙。怎知酗酒已深，有時「眼高手低」，自己對自己的作品不滿意，有時因酒誤事，沒有辦法配合出版的日程，弄得沈登恩也生氣。我在一旁自然覺得抱歉，卻也無計可施。現在耀忠兄也作古十多年了，他交給沈登恩的那些小封面畫，也許在藝術上價值不大，但作為他的至交和他的家人，在沈登恩兄已經歸於大化之後，不知能否物歸故人家屬，以解思念親人的哀想。

總之，為了在我囚繫後不久找上門來結集出版我的作品，使我復出文壇，為了曾經具體幫助過摯友吳耀忠兄的種種，對我來說，「沈登恩」是難於遺忘的名字。至於後期沈登恩兄的種種，固然頗有人議論，但為故人諱，我是無言的，並且祈願他的冥福。

初刊二〇〇五年九月遠景出版社《嗨！再來一杯天國的咖啡》（應鳳凰、葉麗卿編）

1 本篇篇末附有原刊編輯所加作者簡介：「陳映真：原名陳永善，祖籍福建安溪，一九三七年出生於台灣竹南。主要著作有：短篇小說集《將軍族》、《第一件差事》，中短篇集《夜行貨車》、《華盛頓大樓》（第一部）、《山路》、《孤兒的歷史·歷史的孤兒》等，早期皆由遠景出版社出版。」

楊逵對台灣光復之形勢的洞見[1]

一、前言

台灣作家楊逵（一九〇五－一九八五），是享譽海峽兩岸文學界的批判現實主義作家。他的著名作品〈送報伕〉早在一九三二年獲得日本著名左翼文學雜誌《文學評論》徵文比賽的第二獎（第一獎從缺），後來又經我國著名文論家胡風漢譯編入弱小民族小說集《山靈》中公刊，成為中國進步文壇所熟悉的少數台灣作家之一。

楊逵不但是一位傑出的進步作家，他還是一位身體力行的社會運動家。自一九二七年結束在日本勤工儉學，他即奉當時不斷高漲的台灣島內反日社會運動圈的呼召，回台參加「台灣文化協會」、「台灣農民組合」的組織、領導工作和鬥爭。一九三二年，日帝全面鎮壓島內抗日社會運動，楊逵立刻拿起創作之筆，轉移到反日文學戰線，而以〈送報伕〉一作，躍登台灣反帝抗日文壇的重要作家。

由於長期受到科學性進步思想的薰陶，再加上長年革命實踐的鍛鍊，也造就了作為思想家的楊逵，使他善於把握一個時代的形勢，看清歷史發展的趨向，預知環境中隱著的問題與機會，因而使他在任何形式與環境中，都能及早掌握正確的方向，堅持戰鬥，永保革命的浪漫主義熱情，不懈地前進。

據最近發現的資料，在日帝戰敗的一九四五年八月分，由於殖民地統治體制在台灣死而未僵，「台灣總督府警務局」還在編發《本島治安報告書》，其中將楊逵列入「思想要注意人物」而加以列控。對於面向日本戰敗的楊逵，上述《治安報告書》對楊逵有這樣的觀察：

> 楊逵預想到接收後重慶軍閥政權的專恣橫暴，認為作為牽制策略，必須先鞏固同志間思想上的基盤。在這種意圖下，（楊逵）有少許的行動……
>
> ——曾健民《一九四五破曉時刻的台灣》（聯經出版社，二〇〇五），頁一一五—一一六

自一八九五年台灣割日後五十年間兩岸的隔離，儘管島內抗日愛國運動不曾中斷，但畢竟對整個半殖民地．半封建的中國缺乏深入系統的認識。所以一旦光復而復歸於中國，解放的狂喜徒然煽起對充滿矛盾的祖國的不切實際的憧憬和美好的祈望。而在千萬人不可避免的陶醉在

光復解放的美夢時，楊逵一人獨醒，竟「預想到接收後重慶軍閥政權的專恣橫暴」，而思有所牽制！曾經有豐富的大陸經驗、於光復不久回台的台灣知識分子宋斐如當然也明白重慶國府當局的「專恣橫暴」，所以返台不久，也極力宣傳袪除日本統治殘餘影響的「中國化」運動時，也不忘宣傳要分別「良性的中國化」（民主的、進步的中國化）和「惡性的中國化」（指的便是消極落後、極「專恣橫暴」的中國化），但畢竟是暮鼓沉鐘，而宋斐如不久就在一九四七年的二月事變中被陳儀接收當局所殺。

二、克服一九四七年二月事變後省內外人士的裂痕，力爭民族理解與團結

上述日帝《治安報告書》上說，楊逵為了「牽制」「專恣橫暴」的台灣接收當局，採取一些「鞏固同志間思想基盤」的行動。但我們在有限的戰後台灣政治社會資料中，除了發現他參加過以「三青團中央直屬台灣區團籌備處總幹事」身分返台的台灣進步人士張士德在台開展工作的「三民主義青年團」之外，沒有在光復後民間政治社會團體如「人民協會」、「台灣文化協進會」、「台灣政治經濟研究會」和「台灣民眾協會」等出面或活動過。這些帶有進步色彩的民間團體，包括「三青團」在內，不久都被陳儀當局解散而非法化了。這恐怕正是楊逵早已看透了陳儀集團的

「專恣橫爆」性而來的警戒心使然。

然而面對敵人專恣橫暴，絕不能使楊逵退卻。一九四七年二月流血抗爭事件，在島內的省內和省外人士之間造成了深刻的不信、憎惡和對立的裂痕。在這嚴峻的社會和政治形勢面前，楊逵以他在島內的省內和省外文化圈中的信譽和威望，促成以《台灣新生報・橋》副刊為論壇、以「重建台灣新文學」為題目的、為期長達一年許的討論，提出了以下主張，受到島內省內外人士的一致共鳴：

（一）日據台灣五十年，台灣在政治、社會、文化上發生了一定變化。本來，台灣因光復而重歸中國，是修補兩岸隔閡、民族重新整合的良機。不幸的是國府接收集團「不肖貪官奸商」的惡政敗行，反而擴大了橫在兩岸同胞之間的「澎湖溝」（台灣海峽）！

（二）為了消除兩岸同胞間的隔閡與誤解，要島內作家和文化人學習台灣歷史，到台灣人民的生活中去，和台灣人民站到一起，寫出反映台灣人民思想感情的「台灣文學」，藉以弭平省內外同胞間的相互隔閡，增進相互理解與親睦。

（三）「台灣是中國的一省，台灣不能切離中國」，而台灣文學也是中國文學的一部分，共有「反帝反封建、民主與科學」的指導精神。

三、洞察島內外民族分離主義的陰謀，不憚予以撻伐和批判

二戰結束前的一九四三年，美國在港在台的領事館情報人員，就不斷向華府建言，在戰後阻止台灣復歸中國，而以國際託管、公民投票和「台灣獨立」方式，把台灣從中國分離去。一九四九年一月，中國內戰形勢預見中共的勝利。在國際冷戰態勢形成局面下，美國當局主張「鼓勵」成立從中國「獨立」出去的反共親美政權。

楊逵看到外國勢力分裂祖國的危機，也看到在「專恣橫暴」政權支配下的同胞憤而附和外國勢力的陰謀，起而厲聲斥責外國分裂勢力和少數島內的附從者。在楊逵一篇重要講話〈「台灣文學」問答〉中，楊逵指出：「如其台灣的託管派或日本派、美國派得獨樹旗幟而生產他們的文學的話，這才是（與中國文學）對立的。」但楊逵嚴厲地稱託管派文學、親日派文學、親美派文學為「奴才文學」，不得人心，「總有一日人民會把它棄之不顧。」

一九四九年一月，楊逵在台中發表《和平宣言》，呼籲在國共內戰的最後關頭的當時，「和平建設台灣」。而欲達到此目的，首先就要「請社會各方面一致協力消滅所謂獨立以及託管的一切企圖」，以「避免類似『二二八』事件重演」。在上述〈「台灣文學」問答〉重要談話中，在一九四九年就批評美國式民主的虛偽性。楊逵說道，「有人說美國很民主。但它對黑人，對第三黨（美共）

華萊士是不是民主？它在中國養成了一大批的買辦，它在扶植日本帝國主義，想利用它來壓服日本人民，甚至東亞諸國的人民……」。即使用今天的眼光回顧，楊逵當年的預言和警告是多麼富有睿智預見和驚人的現實意義！

四、極力呼喚分裂民族雙方相互交流，力爭民族理解和團結

在日本帝國殖民統治和「專恣橫暴」的國府支配下，兩岸人民、省內外同胞間發生了隔閡，誤解甚至同族相仇。究其原因，楊逵認為出於兩個原因：一是日帝殖民統治下，台灣社會和生活發生較大變化；二是國府當局「專恣橫暴」的專制統治，不允許台灣人民正確了解四〇年代中後的中國具體變化和形式。因此，楊逵極力主張，人民要力爭兩岸間「切實的文化交流，把內戰對立中同胞雙方的文化交流，看成台灣的省內外文化中作者的任務」。

一九四九年四月，楊逵在「四六事件」中被當局逮捕入獄，判處徒刑十二年之久，一九五〇年以後，兩岸人民在美國霸權主義干涉下，使兩岸分裂構造長期化，兩岸同胞之間的「澎湖溝」更見擴大，至一九八〇年代之後，反民族的「台獨」政治和文化、文學有所消長。此時此地，回看台灣光復後不久的楊逵先生的思想和實踐，對於他力爭化解和克服省內外同胞的隔閡、促進

民族和睦與團結；對於他厲聲斥責外國干涉主義和島內一小撮民族分離主義者，反對和批判反民族的政治與文化；對於他大聲呼喚力爭在國內外反民族勢力的干預下，力爭分斷民族雙方同胞的各種交流，我們都無法不對他銳利深邃的眼光和勇敢堅毅的實踐所折服，更不能不從他許多富於當前現實意義的思想和論述得到豐富的啟發和教育！

二〇〇五年十月九日

本文依據手稿校訂

1 本篇發表於二〇〇五年十月二十三日「紀念台灣光復六十週年」座談會（北京）。

為反對霸權主義，達成民族真正統一而努力[1]

一、前言

一九四五年日帝戰敗，淪為日本殖民地長達五十一年的台灣，依一九四二年中國宣告廢除包括《馬關條約》在內的一切不平等條約，也依一九四三年十二月中美英三國簽訂的《開羅宣言》，與一九四五年七月中美英蘇四國發布的《波茨坦公告》，明文規定日本將「竊占自中國的東北、台灣、澎湖列島歸還於中國」。一九四五年八月十五日，日帝在《波茨坦宣言》基礎上宣告無條件投降。十月二十五日，中國代表正式在台北接受日本投降，並向國內外宣告台灣收歸中國版圖。

一九五〇年一月到二月間，美國當局重申《開羅宣言》之宗旨，即日本將竊占自中國的東北、台灣和澎湖列島歸還中國管轄，強調美國在《開羅宣言》和《波茨坦公告》上簽字是「實踐上述宣言及公告，台灣應即交還蔣委員長[2]……而其他盟國皆承認中國對台灣行使權利。美國國務院亦確認《開羅宣言》中所規定「自一九四五年台灣即歸中國管理，台灣……已成中國之一省。對此盟國皆無異議……」。台灣作為從中國割讓的失土，於日帝戰敗後失土重光，回歸祖國，是再理所當然不過的事了。

然而戰後不久，世界冷戰風雲驟起，在國際霸權干涉主義百般蠻橫插手下，使兩岸長期遭受民族分裂之苦。我們的民族尚未完全統一，而祖國領土台灣尚未完全光復[3]。

二、「台灣地位未定論」：霸權干涉主義的強盜邏輯

早在戰爭尚未結束的一九四三年，美國的帝國主義論者柯喬治不斷向華府建言，美國應阻止「經日本殖民主義現代化了的台灣回歸中國」，因為台灣對美國而言的戰略地位太重要了。

一九四七年後，國際冷戰體制形成。眼看著美國百般支持的國府當局在內戰中節節失利，美國在台、港的情報外交人員密切地和台灣少數反民族士紳接觸，煽動和宣傳「聯合國託管」，「美國託管」，甚至「台灣獨立」，藉以阻止「台灣赤化」，但沒有效果。

上文提到一九五〇年一月至二月間美國上層有關尊重《開羅宣言》宗旨，保證遵守將台灣交

由中國管理的談話，據研究，是出於美國幻想中共「鐵托化」，防止中蘇共結盟。然而，朝鮮戰爭使這幻想破滅，使美國對台政策發生根本性轉變，從三個方面炮製「台灣地位未定論」，蠻橫干涉中國內政。

第一，美國悍然破棄一九四二年同盟國之間的協定，強行包辦《舊金山對日和約》起草，無理排除新中國參加《對日和約》起草、議定和簽約過程，並迫使日本在一九五四年片面與台灣當局簽定雙邊媾和條約。

第二、美國利用和約條文，將「台灣之前途，俟西太平洋局勢穩定後，在《對日合約》中另訂」之類列入[4]，坐實「台灣地位未定」的法理基礎，從而完全否認《開羅宣言》、《波茨坦公告》的共識。

第三、美國以這「台灣地位未定論」保護國府當局，繼續排擠新中國[5]，並為武力干涉台灣海峽、「協防」台灣取得強盜性的「合法性」。因為美國不能出兵「防衛」一個主權上明確屬於中國的領土台灣島。

而國民黨當局對美國這些嚴重破棄《開羅宣言》，破壞中國領土主權完整的謀畫，幾乎一概欣然配合。

三、美國推動各種形式的「台獨」二十餘年

為了使台灣脫離新中國，成為一個「獨立」、「親美」、「反共」的政治實體，一九五三年，美國務卿宣稱美國正在策畫使台灣「獨立」或交由聯合國託管的辦法。一九五五年，美總統艾森豪宣稱美國考慮以「兩個中國」的辦法解決台灣問題。一九五八年，杜勒斯以在台灣的「中華民國」稱呼台灣，企圖造成「兩個中國」。今日李登輝說的「中華民國在台灣」，陳水扁說的「中華民國就是台灣」，無非是當年杜勒斯的餘唾。一九五九年，美國發表《康隆報告》，擬改稱台灣為「中台國」，而使台灣成為美國實際上的「保護國」。一九六〇年，肯尼迪總統公開主張使台灣「獨立」。一九六一年，美駐聯合國大使呼籲讓台灣在聯合國監督下以公民投票決定台灣前途。

二十多年來，美國為將台灣從中國分離出去，推翻《開羅宣言》的原則，可謂興風作浪、處心積慮。但由於中國戮力自強，加上國際上反霸權國家的支持，一九七一年十月，新中國進入聯合國安理會，台灣被逐出這個國際組織。一九七二年，中美發表《聯合公報》，迫使美國放棄「台灣獨立」、「兩個中國」和「一中一台」，明確承認一個中國，台灣是中國的一部分。同一年，日本與新中國建交，《日台和約》作廢。至一九七九年，美中建交，《美台協防條約》等作廢，美軍事力量撤出台灣。

四、美國違反三個公報繼續干涉台灣事務

寫在紙上的「公報」不能代表具體的政治。八〇年代以來，美國霸權干涉主義者以《台灣關係法》繼續維持與台灣的政治和軍事關係，干涉中國內政。美國迭次公然違背三個「公報」的承諾，阻礙解決台灣問題，並以訛詐性軍售強加於台灣，製造民族間[6]的不安。

所幸十多年來，中國國力大面積快速崛起，和世界上珍愛和平、反對單極獨霸的各民族、國家與人民一道，反對霸權干涉主義，為建設多極、和平、平等、發展的世界新秩序所做的努力，顯著提高了中國的國際地位和影響力。

二〇〇四年，美國當局被迫在陳水扁大搞「台獨」挑釁時公開指出美國反對台獨、「台灣不是一個主權國家」的話，以穩住台海危機。二〇〇五年，新中國頒布《反分裂國家法》，以法律形式向世人顯示既堅定反「獨」，又力求和平解決台灣問題的決心。

但是面對中國的大崛起，美國仍然在暗中強化與台灣的軍事關係，更與右傾化的日本再武裝勢力勾結，公然以中國為其假想敵，形勢還是嚴峻的。

五、結論

台灣問題一日不解決，我們的民族就一日無法安枕。《反分裂國家法》頒布後，接著幾度國共接觸，台灣農產品免稅登陸，以及頒布台灣青年留學大陸優遇辦法等，為兩岸民族[7]交流和相互理解起了新的促進作用。在此基礎上，把民族交流、互利和相互理解的工作深化下去，增進民族和睦與團結，是對抗外來分化和挑戰的必要辦法。而為了克服我們民族分裂，堅定反對霸權唆使的民族分離主義，就得從戰後歷史上中國革命、世界冷戰和民族內戰錯綜的結構，地緣政治和霸權主義的支配中，看清問題的癥結，以自立自強的精神，進一步提高我們的綜合國力，團結世上一切反對單極獨霸的各國各民族，共同奮鬥，為實現一個多極和平、共同發展的親的世界秩序而努力[8]！

二〇〇五年十月十五日

初刊二〇〇五年十月二十三日「華夏經緯網」

收入二〇〇七年十二月華藝出版社（北京）《回眸：獻給台灣光復六十二週年》（中華全國台灣同胞聯誼會編）

本文依據手稿校訂

1 本篇為「紀念台灣光復六十週年座談會」之發言稿，會議主辦：台盟中央、全國台聯；時間：二〇〇五年十月二十三日；地點：北京人民大會堂台灣廳。後經刪修發表於「華夏經緯網」，並於二〇〇七年收入《回眸》一書。本文依手稿完整版收入。

2 「蔣委員長」，初刊版為「中國政府」。

3 「而祖國領土台灣尚未完全光復」，初刊版為「祖國領土台灣與祖國大陸還處於分離狀態」。

4 「將『台灣之前途，俟西太平洋局勢穩定後，在《對日合約》中另訂』之類列入」，初刊版為「只規定日本『放棄』台澎，而不明言將台澎歸還中國」。

5 「新中國」，初刊版為「中國」。

6 「民族間」，初刊版為「兩岸」。

7 「兩岸民族」，初刊版為「兩岸」。

8 初刊版此下有「，並從而和平統一中國，使中國領土台灣真正復歸於中國」。

楊逵與台灣報導文學[1]

報導文學的進步傾向性和改造論固然不見容於反共戒嚴體制的意識形態，報導文學干預生活、改造生活的特質，自與倡言反對文學表現任何思想、內容和意義，一味追求技巧的玩弄的現代主義格格不入。自一九三七年楊逵倡導報導文學以來，由於這些特殊的時代、歷史和政治條件，台灣的報導文學的作品和理論，呈現長達三十餘年的極度沉寂、不發達和荒蕪的景況……

從台灣新文學史來看，相較於小說、詩歌、散文等表現形式，台灣的報導文學不能不說一直是發展不足的文類。一直到今天，雖然台灣的兩大報紙副刊都曾以重金公開徵求過報導文學作品，由於一直缺乏深入人心、廣為愛讀的典範性作品，由於有關報導文學理論處於比較混亂、貧乏、莫衷一是以及其他時代和歷史原因，台灣的報導文學至今一般地很不興旺繁榮。

但是令人極為訝異和讚歎的是，早在一九三七年，台灣著名文學家楊逵先生就曾在理論上和實踐上不遺餘力地呼喚過報導文學。從資料上看，楊逵在一九三七年二月五日的《大阪朝日新聞．台灣版》上發表了〈報告文學是什麼？〉。同年四月二十五日，又在《台灣新民報》發表了〈報導文學問答〉。同年六月，楊逵在他自己主編的《台灣新文學》雜誌（二卷五號）發表了〈實在的故事問答〉。光復後的一九四八年，楊逵在台灣的《力行報》副刊「新文藝」發表〈實在的故事問答〉。「實在的故事」，其實就指著「報告文學」。引起人們注意的是，楊逵把法文的reportage同時譯成「報導文學」和「報告文學」。光復後，他又顯然要以「實在的故事」代之。在此一特殊文類在台灣的命名上，楊逵也是先鋒的存在吧。而畢其一生不憚於理論與實踐之統一的楊逵，當然不以報導文學理論之宣傳為已足。在上述一九三七年六月《台灣新文學》上，楊逵不但發表了很富於理論指導性的〈報導文學問答〉的同時，也刊登公開徵求報導文學作品的啟事。可惜的是《台灣新文學》出刊幾期就夭折了，沒有收穫到具體創作成果。一九四八年，楊逵在《力行報》的「新文藝」副刊上刊了〈實在的故事問答〉時，也同時公開徵求了「實在的故事」作品，獲得初步的、未熟作品的反應。楊逵並寫了文章品評了兩篇「實在的故事」來稿。

關於楊逵報導文學的理論性認識，我們試以他的〈報導文學問答〉加以概括和整理：

（一）楊逵認為報導文學的要素，是「思考與觀察」的辯證統一。楊逵說，理論與抽象（＝思考）雖然是認識「社會事物」的基準之一，但是千變萬化的生活中，充滿了抽象與具體、理論與實踐的錯綜。只是關在書齋中搞理論和抽象是不行的，那就還要對具體事實和現實進行「即物」和「即實」的「觀察」和實踐（＝觀察）。用現在一般的報導文學理論來說，楊逵說的「思考」指的就是報導文學的「思想性」，而「觀察」指的就是報導文學的「紀實性」了。從而，我們就能更好地了解楊逵之所以說：「思考」與「觀察」是報導文學的「基本要素」，而報導文學是藉由「思考」與「觀察」去「把握社會事物之樣貌」的。楊逵認為，對於報導文學，思考與觀察、亦即思想性與紀實性是「兩位一體」的，是辯證統一的。這就使報導文學與一般文學發生了差別。楊逵說，對於一般文學，沒有嚴格的思考與觀察的壓力。但是思考與觀察、即思想性與紀實性是報導文學不可或缺的基本「要素」了。

（二）楊逵說報導文學和一般文學一樣要講形象思維，要講作品的結構，但必須絕對性地排除虛構。

一般的文學理論告訴我們，所謂（小說）結構，指呈現整個「故事」敘述的方式／形式而言。結構的作用和目的，在呈現「故事」的發展、即呈現「故事」起伏、迭宕、高潮的形式或方式。一般而言，結構可大概分為（故事）概貌、矛盾對立、危機、高潮和結局。

因此楊逵說，「沒有結構就沒有文學」，而「報導文學是文學的一種」，就要講結構了。楊逵說報導文學不否定結構與描寫。但報導文學卻「必須根除虛構」。

一般的文學理論告訴我們，文學最重要的特徵恰恰是虛構。這虛構是通過創造一個非事實的情節，經由人工經營的形式(即結構)加以呈現。對於一般文學作品，虛構的情節靠結構呈現和發展，虛構與結構是互相依恃的。但是，報導文學有異於一般文學的，是它對「紀實」的嚴厲要求，容不得絲毫虛構。楊逵所說的是：一般文學與報導文學一樣，要講形象思維和形象表現，也要講藝術的、文學的敘述結構和描寫。而兩者間尖銳的不同，在於一般文學是虛構的創造物，報導文學是客觀事物的紀實報導。所以楊逵說「廢除虛構與架空，即『即實』性，是報導文學的生命」。

(三)據此，楊逵主張報導文學是「報告要素與文學要素的統一」就不難理解了。與一般新聞寫作比較時，楊逵說新聞寫作「是事實的羅列」，而報導文學因為是一種文學寫作，有「一定程度的形象表現的必要」。這一點是楊逵討論「虛構」與「結構」問題時說過了的。這裡，楊逵又進一步主張報導文學不以「事實」的所謂客觀中立的「羅列」為滿足，而要以對事實、事件的「動態的」、dynamic(強有力的)表現來打動讀者。前面說過，楊逵強調報導文學的思想性和紀實性。思想性自然要求在充滿矛盾的現實中採取立場，這就自然形成了某種「傾向性」。楊逵幾次以dynamic來強調報導文學的紀實性，應該理解成報導文學的強烈傾向性——批判性和鬥爭性。而楊逵所說報導文學的、有別於一般新聞寫作的「事實的羅列」的「報告要素」，就是指紀實性加上dynamic的傾向性了。所以當楊逵進一步說明報導文學是「報告要素和文學要素」之「渾然一體」，楊逵的報導文學論的輪廓就極為鮮明了。

（四）順便提到：楊逵提倡報導文學於一九三七年，有另外的目的，即促使台灣文學的思想和內容更提高，「即物」與「即實」的技巧更得到鍛鍊。

楊逵說，「文學藝術絕不是雕蟲小技。」作家太著重技巧「使文學窒息」。文學的生命，在「思想與內容」。因此，提倡報導文學可以使台灣新文學「從窒息性的表現技巧」中得解放。楊逵因而說，「報告文學是（進一步）開拓台灣新文學時根基牢固的一種文類。」只要縱觀作為台灣無產階級文學家楊逵那思想與創作實踐相統一的一生，就能體會到楊逵以提倡報導文學來促進台灣新文學的革命化和戰鬥化的文學思想了。

初刊二〇〇五年十月二十二日「夏潮聯合會」網站

1 本篇發表於「夏潮聯合會」網站，為「楊逵百年誕辰紀念專輯」文章。

〔訪談〕專訪台灣著名作家陳映真教授紀實[1]

二〇〇五年(十月二十三日)下午四時許，中國台灣網在京西賓館採訪了來北京參加紀念台灣光復六十週年活動的台灣著名作家陳映真教授。下面是訪談紀實。

本網副總編武世明(以下簡稱「武」)：陳老您好。我們知道您是著名的作家，您的作品在大陸有很大的影響力。因為您很忙，時間很寶貴，我們想請教您幾個問題。今年是台灣光復六十週年，我們感覺這是兩岸人民的大事情。大陸方面對紀念台灣光復六十週年非常重視，隆重地舉行了一系列紀念活動。島內民間也開展了一些紀念活動。當然陳水扁當局對此很漠視、淡化，企圖否定歷史。我們首先想請陳老談談對台灣光復這一歷史事件的看法。

陳映真教授(以下簡稱「陳」)：台灣的光復是一件大事情。在第二次世界大戰以前，全世界七五%以上的地方，由於帝國主義的發展，都淪為殖民地，在二次大戰以後，才逐步得到解放。台灣也是在第二次世界大戰，反法西斯鬥爭，中國抗日戰爭取得勝利以後，從殖民地解放出來。不過台灣跟別的殖民地不一樣，別的殖民地是自來獨立的國家和民族，比如朝鮮，朝鮮也被日本合併過，可是它的被合併是一個民族的整體的淪亡，一個國家的整體的消滅，殖民主義垮了以後，它又回復到原狀，就回復原來的獨立的狀態，原先朝鮮是一個獨立的民族，經過日帝的統治變為殖民地，日帝失敗以後回復到原來的現狀就是獨立。

台灣不存在這個問題，因為台灣從來沒有建立過一個獨立的國家，它自古以來都是中國不可分割的一部分，它是作為中國的一部分被割讓出去成為殖民地，恢復原狀就是回復到中國主體的一部分。所以為什麼別的民族的去殖民地化，是慶祝他們的重新回到獨立。我們台灣呢，殖民地結束以後大家歡慶的是回到祖國。我們今天這麼多老前輩講，日日夜夜地思念著祖國，日日夜夜地想辦法怎麼樣投奔祖國，參加祖國的抗戰，參加祖國自救解放的運動，今天台盟的老前輩都是這樣。所以我們叫光復，光復就是光復失土，回到原來作為中國的一部分的台灣的地位。這是第一點。

武：陳老講的這一點非常重要。

陳：第二點，我上午也講過，台灣的光復很曲折，很複雜。外來的力量干涉的比較多，特別是美國，一直要把台灣從中國分離出去，使它成為一個不是中國的、親美的、反共的、從中國分離出去的一個政治實體。一直都是這個指導思想。特別是中國共產黨一九四九年在內戰當中取得勝利以後，美國越想要保持台灣作為遏制中國發展的一個基地。因此在戰後做了很多的手腳，包辦對日和約的起草條文，為什麼它要包辦這個條文呢，就是不讓在對日和約的條文裡規定台灣按照《波茨坦公告》、《開羅宣言》規定的那樣，已經說清楚了要歸還給中國。它要耍賴，它要賴掉，所以它操縱整個對日和約，排除新中國，不讓參加和約的起草、討論、決議和簽訂。排除新中國，不讓它簽字，美國操縱簽訂所謂的《舊金山和約》，背著新中國單獨地簽約，其中的一個重要的因素就是在和約裡有一條，日本只宣布把台灣跟澎湖列島放棄，而沒有明言要還給中國。沒有說這個是我從你那偷來的，對不起，還給你。

美國為什麼要這樣做呢？理由很簡單，因為它想霸占台灣，想占領台灣作為反對新中國的基地。如果明言台灣是屬於中國的，它就沒有權利派軍隊來所謂「保衛」一個不屬於它的土地，必須要使台灣地位未定，開這個口來做文章，所以它用了很多惡劣的、蠻橫的手段，千方百計地在對日和約裡面不列入台、澎歸還中國。台灣和澎湖列島既然不是明確地要歸還中國，那可做的文章就多了，「台灣獨立」是一個文章，「兩個中國」是一個文章，「一中一台」是一個文章，「聯合國託管」是一個文章，還有「公民投票表決」，這都是對於一個主權未定的地方才能做的事情。那剛才我講過，在一九五〇—一九六〇年美國就大做文章，歷屆的總統、國務卿一會要讓台灣「獨立」，一會要讓台灣叫聯合國託管，所以台灣的光復也在國共內戰上蒙上了一些複雜的因素。

第三，現在的「台獨」派，也跟「台灣地位未定」一樣。他們如果慶祝台灣光復，就等於承認台灣是屬於中國的，所以用「終戰」、不放假，這種形式抵制、淡化，這個是很要命的。日本占領台灣的時候也通過教育手段來抹消你的民族意識，現在「台獨」當局呢，也是用教育、社會輿論的方法來淡化你對中國民族歷史的記憶。剛剛聽到很多老一輩的人對中國刻骨銘心的感情，不可否認，對於現在比較年輕的一代，已經比較淡漠了。

不過我有幾個看法：第一個，民族意識、民族連繫、民族文化的連繫沒有那麼容易抹煞掉。我們過的日子、講的話、寫的文字，都還是中國的，我們中國民族的傳統。日本統治了五十一年，它沒有辦法把這些東西完全抹消掉，「台獨」派的倒行逆施，肯定也不會成功。台灣的民間信仰裡面所拜的那些神明，九五%以上都是大陸來的，用他們的話說：媽祖是中國人，不是台灣人。還有許多神明也是中國的，關公就更不用說了。至於說省籍，哪一個是台灣人？都是移民帶過來的信仰。所以中國文化在台灣日常的生活裡面底蘊很深。在意識上面，受到「台獨」政權的反面教育，情況是比較嚴重的。大陸最近一些措施頗有立竿見影的效果，比如對年輕一代台灣人來大陸求學給予方便，給予台灣農產品零關稅，像這些都是很好的。總而言之，我個人認為，要有幾個團結。第一，當然要團結兩岸的同胞，第二，要講究團結大陸自己的同胞。隨著經濟的發展，有一些社會的分化，這個問題也要解決，我們自己要先團結，然後才能團結對岸的同胞。要解決我們發展過程中所不可避免的比如貧富差距等問題。大陸和諧社會建立起來就是一個榜樣，相對於台灣的亂，相對於台灣的貧富差距，對島內比較有吸引力。這是兩個團結吧。

我們主張中國統一的人，當然不會去分你是外省人還是本省人。可是，從做工作的角度來說呢，要比較多地注重所謂省內人士的工作，我們現在說都叫作台灣來的同胞，都叫作台胞。可是呢，我們做工作時要比較多地關注土生土長的台灣人，比方說他們父親那一代非常愛國，受父親那一代的影響呢，第二代也一直在講。所以工作的重點，也應該相對多地做本省籍人的工作，我們不是要分省籍，可是從工作上說呢，團結誰，依靠誰，要做一些思考。

我這個人很不愛出頭，我在八八年，成立統一聯盟的時候，他們要我做第一任的創盟主席，我就堅持不做，後來胡秋原先生跟我講了一句話，這種工作要本省人比較有影響力的人來做才有意義，外省人來做統一運動，意義就不一樣，我聽他老人家這一講，沒有第二句話，就承擔下來，他老人家知道這個問題。他老人家很了不起，當時鄉土文學論戰的時候，國民黨要抓人，他以他老人家的地位立刻召見我，讀我的東西，然後就力勸國民黨不要動刑，可以說用他老人家的衣袖把我遮住了。入獄將近十年，本來判的是十年，後來蔣介石死了，按照封建帝王的風俗，大赦天下，減刑三分之一，剛好我已經做了七年多牢了，就放出來了。所以其實，在台灣的有很多真正優秀的、進步的外省人都非常愛護本省青年，都非常愛護鄉土文學。保護了鄉土文學，不只保護了這些作家。

所以對我們來說沒有本省、外省之分。我們在工作的時候，我覺得我們應該默默地放在心上，更多地照顧那種真的，或者是被聳動的委屈感比較重的本省人。帶著感情來做，不要把這種工作當成一種日常的形式上的。要帶著一份理解，一份親情，一份尊重。因為我們中國這麼大，我們要的是人心。我們需要把走失的孩子、迷失的孩子，重新再抱回來，痛哭一場，重新回到民族的團結跟和睦，這才是我們統一工作最重要的工作。

戰略上台灣也是很重要的一個地方，台灣哪一天不回來，哪一天我們就不能安枕。很麻煩的。現在又加上日本攪和，日本、美國攪和。我覺得我們的最高領導一定會有智慧來化解這個問題。實話說，日本的軍事力量還真不小。日本軍事預算世界第二，美國之後就是它了。它們向軍事轉軌非常快，就像當年的美國一樣，它要麼就不打，賣武器賺錢，要打一下子就出動多少飛機、航空母艦。我們中國人不缺少智慧。

武：陳老，您能否再談談紀念台灣光復六十週年的重要意義。

陳：我的體會，它的意義首先就是重申台灣是中國領土，雖然目前暫時兩岸之間還沒有達成形式上的完全統一，還受到外國力量的干涉，他們利用島內一小部分反民族的「台獨」分裂勢力在那裡搞鬼，可是這個沒有辦法改變台灣已經是中國的神聖不可侵犯的領土的本質跟事實。因為《開羅宣言》、《波茨坦公告》，還有一九七二年蔣介石政府也向全世界宣告，廢除一切不平等條約，其中包括《馬關條約》在裡面，只不過是在戰後，因為我剛剛所講的關係，冷戰的因素，美國的因素，美國也是不斷地破壞三個公報。雖然是這樣，我們今年在紀念反法西斯鬥爭勝利六十週年之餘，同時也紀念抗日戰爭的勝利，紀念台灣光復六十週年。我想這是以全國國民的意志跟國家的意志去紀念台灣光復的一個重要的意義，對於我們主張祖國統一的台灣同胞來說也是一個支持和鼓舞。對於今後台灣問題的研究、台灣歷史的研究，對團結台灣同胞的工作還有很大的發展空間，紀念台灣光復，也可以進一步促進這些工作的開展和加強。

武：謝謝陳老接待我們的採訪，您談的這些問題使我們受益匪淺。歡迎您訪問我們中國台灣網，並歡迎您能夠提出寶貴意見。春節時我們會給您發賀卡拜年。

初刊二〇〇五年十月二十五日「中國台灣網」

1 本篇為二〇〇五年十月二十三日的訪談文字，以〈本網副總編武世明專訪王曉波、陳映真〉為題刊載於「中國台灣網」，為「紀念抗日戰爭勝利暨台灣光復六十週年——人物專訪」專題文章，整理：李立、張立霞。全文前半段為王曉波的訪談報導和訪談實錄，後半段為陳映真的訪談報導和訪談實錄，本文僅摘錄陳映真訪談實錄部分，並以原刊編輯所擬訪談實錄的標題「專訪台灣著名作家陳映真教授紀實」作本文篇題收入。

東望雲天

紀念劉進慶教授[1]

十月二十六日，在北京旅次，輾轉傳來了劉進慶教授遽逝的消息，十分震悼。這是自二〇〇一年春，尊敬的戴國煇教授逝去以來，台灣左翼統一派學界又一次痛徹心膺的悲傷和無法估計的損失。

六〇年代以後，台灣社會學界淨是從美國打折輸入的「現代化」論

我絕不是學界中人，但少時讀過一九三〇年代關於中國社會史論爭文獻的一鱗半爪；讀過胡秋原、鄭學稼甚至陶希聖、馬秉風諸先生相關文字的一小部分，對社會生產方式論及社會生產方式推移史有了朦朧、膚淺的興趣。然而，一九五〇年以後，台灣社會科學界不談也不允許談歷史唯物論基礎上的社會史，無從系統、深入蒐讀。六〇年代以後，台灣社會學界淨是從美

國打折輸入的「現代化」論，絕口不論社會經濟的本質、構造、及其運動的政治和歷史條件。

八〇年代初，我因為《人間》雜誌到韓國採訪當時鼎沸的韓國學生運動和工人、文化、文學運動，才知道整個激進學園的學生在運動之餘，正熱烈地討論當時社會科學界如火如荼地展開的「韓國社會構造體論爭」。在論爭中，也提到三〇年代中國社會史論爭的材料。我不諳韓語，幸好有韓國友人把「在日朝鮮人」同胞翻成日本語的文獻影印給我，讓我窺知論爭內容的一二。

台灣鄉土文學論爭在躲過一場筆禍之後而結束不久，不諳日語的畏友唐文標沒來由地送我兩本日文舊書，一本是尾崎秀樹先生的《舊殖民地文學之研究》，另一本是劉進慶先生的名著《台灣戰後經濟分析》。從韓國採訪回來，我開始正襟危坐地拜讀劉進慶先生的書，之後，又入手了涂照彥教授的《日本帝國主義下的台灣》。涂教授和劉教授系出同門，都是著名的、比較開明的「殖民地政策」論的開山學者新渡戶稻造、矢內原忠雄諸教授門下的隔代桃李，但也都能自覺地超克「殖民地統治術」的局限，辯證地發展出以殖民地人的主體地位開展殖民地台灣和殖民地後台灣社會經濟發展的構造和性質推移的歷史規律，最終為這社會的民主、正義和解放的實踐做出貢獻。

「幸好有劉進慶教授和涂照彥教授的兩部著作，否則後世學子將如何看待台灣戰後社會科學界在對於台灣的自我科學認識的研究上的長期荒廢？」這是當年捧讀完兩位教授的大著後湧上心頭的無限感喟。

劉進慶教授是第一個以「新殖民地半封建社會」規定一九四五年到六五年的台灣社會性質的學者

兩本書在方法論上都是採取歷史唯物論的科學方法。在戒嚴體制下，政治上不可能漢譯出版，在知識上絕難找到有能力漢譯的人。一九八〇年下半年，忽然聽說有一群年輕朋友自行漢譯，驚喜之餘，未經校讀，就籌錢買下了譯稿。結果一經校讀，果然多有誤差。我理解到在台灣的日語教育和社會科學環境下，譯稿的缺失是絕不可免的。於是又請人校訂，第二刷出版前又通卷再校，經人間出版社出版。

後來，人間出版社得以幸運地陸續出版了陳玉璽教授的《台灣的依附型發展》，以依賴理論為方法，論述台灣戰後資本主義；出版了隅谷三喜男、劉進慶和凃照彥師徒三人合著的《台灣之經濟》；出版了當時廈大台研所教授段承璞編的《台灣戰後經濟》；也出版了著名發展經濟學者E. A. Winckler和S. Greerhalgh編著的《台灣政治經濟學諸論辯析》，合成七卷本的系列，受到台灣社會學界廣泛的注目。其中，劉進慶教授和凃照彥教授的書，影響較大。

劉進慶教授的《台灣戰後經濟分析》，是第一部台灣戰後資本主義發展史，也是第一部戰後台灣社會生產方式性質理論著作。他首先分析台灣光復後，國府接收當局接收了龐大的日本獨占資本主義產業，化為國民黨的「國家資本獨占體系」，又以「農地改革」過程，將土地資本轉化為民間私人資本，從而形成「公業」（公營企業資本）與「私業」（民間私人資本）對立矛盾的二元，而國民黨歷史的封建性，與五〇年代迄六〇年代封建性實物租稅，對農村的剝奪，並支援軍事財政，規定了國民黨在台統治的（半）封建性。「公業」與「私業」辯證統一形成「官商資本」。此外，戰後台灣對美日經濟的高度依附，又規定國府統治的「新殖民地性」。因此，劉進慶教授是第一個以「新殖民地半封建社會」規定一九四五年到六五年的台灣社會性質的學者。這個社會受到「官商資本」的統治，而以廣泛工資勞動者和農民為社會的底邊，又對外扈從於美國和日本的國外獨占資本！這是日據下台共在一九二八年與一九三一年的綱領中把台灣社會定性為「殖民地半封建社會」以來，以同一個方法論對台灣社會所做的新的性質規定。

絲毫沒有「大學者」的架子，永遠以一副溫藹親切的笑臉迎人

早在一九七一年，劉進慶就以至今不為人所知的美日「新殖民地」——即經濟、政治、外交、軍事和文化的扈從——規定了台灣的經濟性質。至於台灣社會的「封建性」，今天看來，應該還有討論的餘地，但即使依劉進慶教授的台灣經濟性質規定推衍下來，台灣改革的性質也應

是反對新帝國主義（美日）（即民族主義）和民主主義（反封建）的。台灣在戰後東亞冷戰局勢下幾十年來反獨裁（民主主義）不反帝（親美日而反中）的歷程，看來正是台灣戰後民主主義長期跛行而不徹底的根源所在。

劉教授的書在台灣出版以來，頗受重視，在各種論文中被引用得也越來越廣泛。但無如長期戒嚴帶來的思想的白痴化，至今還沒有能與劉進慶教授對話的論著。據此，也說明真正理解劉教授思想的社會學家在台灣還絕無僅有吧。

記得近半年前，在台灣偶遇劉教授，他興奮地說，最近他有機會和幾位韓國社會學者見面，都異口同聲鼓勵他進一步發展台灣社會構造體論，進一步寫台灣資本主義發展史。他頗為亢奮地告訴我他準備全力以赴……而如今，和戴國煇先生一樣，他不能不在大限之前被迫放下未竟的事業，歸於大化。

劉進慶先生的學術成就是蜚聲國際的成就。這樣的學者，對待任何人——包括不學的門外漢如我，態度永遠謙和親切，絲毫沒有「大學者」的架子，有所求教，必不厭其詳地教示，永遠以一副溫藹親切的笑臉迎人，為人留下無限的思慕與悲懷。

而這樣一位望重士林、為人謙抑到身後不舉行任何公開追悼儀式，似乎唯恐驚擾了他無數故舊門生的人，幾十年來，在促進中國統一的運動中，幾乎無役不與，甚至在二〇〇一年出面在東京的「全球反獨促統」大會中出面擔負秘書長的工作，率直地表白了他在反對反民族的分裂主義問題上堅定不移的立場。在民族問題上充滿機會主義的台灣學界，劉進慶教授又謙和又堅毅的風格是教育、是典範、也是力量！

東望雲天，虔敬地遙祝先生的冥福！

初刊二〇〇五年十一月二十日《聯合報．副刊》E7版
另載二〇〇六年一月《夏潮通訊》第四期
收入二〇〇六年七月人間出版社《春雷之後．叁：保釣運動三十五週年文獻選輯》（釣統運文獻編委會編）

1 本篇初刊《聯合報．副刊》，篇末有劉進慶教授追思紀念演講會資訊，時間：二〇〇五年十一月二十日下午一時三十分；地點：台灣師大教育大樓二樓國際會議廳。本文另載於《夏潮通訊》，篇題始改作〈哀悼劉進慶教授〉，《夏潮通訊》版無初刊版的小標題，文末有寫作日期「二〇〇五年十一月九日」。

盼望日本大眾端正對台灣的視角

祝賀藍博洲《幌馬車之歌》日譯本的出版

上世紀的九〇年代前後開始，隨著日本政治全面保守化的趨勢，產生了一股憎厭中國，親近台灣的思潮和社會心理。不少日本文化人、言論人甚至學界開始津津樂道日本對台灣五十年的殖民支配如何為台灣島帶來「迅猛的現代化」，使台灣和台灣人擺脫了前現代的境況，並且使台灣居民產生了與中國分別的、「與台灣等身大的『台灣民族主義』」。他們相信這種因日本殖民統治而形成的「台灣民族主義」，發展了離脫中國的、獨自的「台灣意識」。一九四五年，台灣雖依《開羅宣言》和《波茨坦公告》復歸中國，但「台灣民族主義」和「台灣人意識」，使台灣人民對自大陸來台的外省籍中國人產生互相格格不入的疏離感甚至憎厭感。而一九四七年的「二・二八」事變便是經過日本統治而改造成的「現代化」台灣人與前現代中國大陸人的衝突。

他們也宣稱：日本對台統治是「好的」、「有良心的」殖民統治；經過日本現代同化教育而在意識上「現代化」的台灣人，早已拂拭了傳統的中華民族意識，受到「日本精神」的涵養，對戰後來台接收、進行排他性強權統治的大陸在台政權，則視為繼日本之後，卻遠不如日本文明開化的另一個「外來政權」的統治者。上述這些刻板的「錯誤意識」（ideology）不僅僅來自日本右翼文化人的偏見，也因為類如李登輝、許文龍、金美齡與其他「台獨系」台灣人的露骨的反民族言說而火上加油。

然而由台灣和日本保守系人士所一再渲染和再生產的上述言說，歸根究柢，都沒有實證的、學理的、歷史事實上的根據，而多半止於低層次的「次文化」（subculture）的水平。

以記錄阻止記憶的風化

一九八八年，台灣傑出的、勤於科學性調查研究，又堅持進步與批判的、年輕的報告文學者藍博洲，在當時仍在反共戒嚴體制下，以費時一年餘的調查、採訪寫成了《幌馬車之歌》，描寫了五位受過殖民地高等精英教育（台北高校、護士學校，甚至台北帝大醫學科）的台灣男女青年，受到熾熱的中國民族主義的驅動，組成了一個「醫療小組」，迂迴渡航到祖國大陸，超克殖民地體制的枷鎖，而以中國人的自覺，執意為參加抗日民族解放鬥爭做貢獻的故事。在一九四〇年以迄一九四三年間的政治和軍事形勢極端複雜的中國，這五位純真的台灣青年歷經艱難險阻，在廣東迎來抗日戰爭的勝利。一九四六年，他們先後回到台灣，在一九四七年的二·二八事變前後，他們先後加入了當時中共在台灣的地下黨組，為包括台灣在內的全中國的改造而奮鬥。一九四九年十月，這些青年所為之奮鬥的新中國宣告成立。然而勝利的革命與他們擦肩而過。他們在一九四九年的《光明日報》事件為起點的一場全島性捕殺共諜風潮中在台灣故鄉被捕、監禁、槍殺。

藍博洲的《幌馬車之歌》，以台灣光復前後的民眾史的高度，深入調查與記錄了上世紀五〇年代國府發動的「國家」恐怖主義（"state" terrorism）驚悚的記憶，防止其在「次文化」水平的一般論、欺罔和錯誤意識的荒煙蔓草中風化甚至消失。

中國民族主義

《幌馬車之歌》中的五位青年從殖民地下的台灣奔赴祖國抗戰時，年齡最大的不過二十五歲（鍾和鳴），最小的只有十八、九歲（蔣碧玉和黃素貞）。而一九四〇年當時，距日本割據台灣已長達四十五年。四十五年的日本「現代同化教育」和「現代化」，不但拂拭不了這些殖民地精英青年們強韌的中國民族意識，反而使他們在中國民族意識強烈的驅策下，熱心地避人耳目勤學漢語，和暗中流行於台灣的抗戰歌曲，耽讀改造版的《三民主義》。正如書中的蔣碧玉（蘊瑜）所說，促使鍾浩東帶領其他四個青年奔赴祖國、參加抗戰的動力，是強烈的中國「民族情感」。如果要問當年鍾浩東們的民族主義感情是否只是特殊的例子，可以看一看出版於一九三八年的《台灣總督府警察沿革誌》第二卷卷首的序言中，有這樣的一段：

> 關於本島人的民族意識問題，關鍵在其屬於漢民族系統。漢民族向來以五千年的傳統民族文化為榮，民族意識牢不可拔……雖已改隸四十餘年，至今風俗、習慣、語言、信仰等各方面仍沿襲舊貌，可見其不輕易拋除民族意識……本島人又視（福建、廣東）為父祖墳塋所在，深具思念之情，故其以支那為祖國之情感難以拂拭……故自改隸後……仍有一些本島人頻頻發出不滿之聲，以至引起許多不祥事件，此實為本島社會運動勃興之主要原因……
>
> ——漢譯本《台灣社會運動史．卷一》（台北：創造出版社，一九八三）

所謂日本的殖民統治為台灣帶來「迅猛的現代化」，為台灣人塑造了「與台灣等身大的台灣民族主義」和與中國人意識相對立的「台灣意識」之說，絕不足徵信。而若有人疑心《幌馬車之歌》中五位台灣青年的中國意識是少數特例，則只要看一九四五年解放後大量出現的文學作品（包括舊體詩）、報刊雜誌上的言論和文章以及報導中所表現的、從殖民地桎梏中解放的狂喜，去殖民化的決意和面向未來新生時的自我期許和建設新台灣、新中國的宏偉抱負（曾健民編著《一九四五：光復新聲——台灣光復詩文集》，台北：印刻出版公司，二〇〇五），就能理解五十年殖民統治所不曾消蝕的台灣人的中華民族意識之儼然的存在。

「台灣民族主義」論為戰後冷戰意識形態服務

世界反法西斯戰爭的末期，同盟中美英三國在一九四三年發表《開羅宣言》，明言規定日本在戰後將「竊占自中國的台灣、澎湖歸還中國」。一九四五年的《波茨坦公告》重申《開羅宣言》在戰後處理台灣的原則。八月十五日，日本天皇依照上述《宣言》和《公告》宣布無條件投降。十月廿五日，中國代表在台灣正式接受安藤總督投降並對國內外宣告台灣光復，中國接受台灣一切政事與行政，而世界各國均無異議。一九四九年十月，新中國成立。一九五〇年，美國出於促使中共走向民族共產主義，防止其與蘇聯結盟，在一、二月間由杜魯門總統迭次宣布恪守《開羅宣言》的原則，將台灣復歸中國，公開表示美國對台沒有軍事、領土上的野心。

一九五〇年朝鮮戰爭爆發，形勢為之一變，美國以第七艦隊介入台灣海峽，公然破棄自己恪遵《開羅宣言》的宣示，拋出「台灣地位未定」之說，蠻橫一手包辦《舊金山和約》的草擬、協商與簽訂過程，在和約條文中只承認戰敗的日本「放棄」台灣與澎湖，卻絕口不明示將其「歸還於中國」，另一方面並脅迫日本拒絕與新中國簽署和約而改與甘於喪權自保的蔣介石在台政權簽定不明言日本把台灣歸還中國的《日台和約》。

而正是在這「台灣地位未定論」下，美國取得了干涉中國內政的偽「合法性」，藉以將台灣從中國分離出去。於是「一中一台」論、「兩個中國」論、「聯合國託管台灣」論、「中華民國在台灣」論、「公民投票決定台灣前途」論乃至形形色色的「台灣獨立論」，便在「台灣地位未定論」的強盜式邏輯上滋生。而「台灣民族形成論」、「台灣意識論」和「與台灣等身大的台灣民族主義生成」論，都是為美國干涉中國內政、分裂中國民族的冷戰意識形態戰略服務的。

克服「白薯的悲哀」省內外同胞為「打倒美蔣」而協同鬥爭

台灣傑出作家鍾理和與吳濁流，都突出地描寫過從日本殖民地時代就懷抱著中國民族意識的熱情，投奔到被日帝凌虐的中國大陸時，被大陸同胞懷疑為「日本間諜」而不被同胞所信賴，進而遭到自己同胞歧視的深沉的悲哀。《幌馬車之歌》也描寫了投奔祖國抗日的五個熱血青年，幾乎一進大陸不久，就被國民黨軍部以日諜的嫌疑拘捕、監禁，甚至在被處死之前僥倖獲釋的情節。而在帝國主義下，台灣人和大陸同胞間的民族不信、疑心甚至歧視和迫害，歸根結柢，畢竟是日本帝國主義所造成。眾所皆知，日本招募台灣人的市井遊手和流氓到福建、汪偽南京和偽滿等日統下的大陸，當日本憲警爪牙，並許以開娼館、鴉片煙館、賭場的特權，荼毒和魚肉日統下的中國人民，結果自然招來中國人民「以偏概全」的誤解，終至造成同胞間的不信和憎惡。

但這究竟不能解釋台灣人和大陸同胞間宿命的矛盾。在《幌馬車之歌》中也出現了從南洋投奔祖國抗日戰線的華僑，因被懷疑有「共產黨關係」而被捕監禁的描寫。如果擴而大之，在「文化大革命」、在南朝鮮左派「越北」投奔北朝鮮而遭到懷疑甚至遭到無情的彈壓的悲劇，就能深刻明白，在前殖民地為自求解放的人民必須在革命與反革命、侵略與反侵略的激烈陣痛和掙扎中奔向現代的複雜的歷史運動中，付出沉重的代價。「與台灣等身大的台灣民族主義」云云，對這段歷史的奧義是完全沒有理解力的。

《幌馬車之歌》中的五位台灣青年在大陸中國的六年經驗，有迷惑、懷疑、失望甚至幻滅。但是他們畢竟在這六年中親歷了新中國分娩時的疼痛和血流，接近了中共的地下組織，並且在一九四六年返台後，先後在台灣參加了地下黨組織，克服了皮相的所謂「白薯的悲哀」，以新而深邃的目光瞭望新的歷史遠景，以滿腔的熱情工作和鬥爭。而這新的目光和鬥爭，則表現在二·二八事變中出現街頭的一張精簡的政治傳單〈二·二八事變告同胞書〉（見《幌馬車之歌》，頁一四四－一四五）。

傳單首先擴大了民眾的歷史視野，指出二・二八事變是全中國的「四萬萬五千萬中國人的絕大多數，在全國範圍內不分省域，正為反對封建獨裁政府作殊死戰」的鬥爭之組成部分，而絕不是大陸同胞對台灣同胞的壓抑。

接著，傳單抓住了鬥爭中「誰是我們的敵人，誰是我們的朋友」的根本認識，說「六百萬同胞（台灣省民）所受痛苦與壓迫，是少數反動巨頭的貪汙枉法橫暴所造成的」——而不是所有來自大陸、生活在大陸的全體「外省人」所造成。

傳單又明快地指出了鬥爭的性質：「高舉民主的旗幟」，即傳單確立了二・二八鬥爭的性質是市民階級的民主主義鬥爭。傳單指出，二・二八鬥爭絕不只是「六百萬」台灣同胞與少數來台外省籍貪官汙吏的鬥爭，也是受到全國四億人民「熱烈同情」的、抵抗「反動封建獨裁」的陳儀政府的鬥爭。因此，傳單要求民眾認清真正的敵人，不要不分青紅皂白地「毆打外省來的中低級公務員」，要「停止毆打無辜外省同胞」、「不分本省外省、全體人民攜手，為政治民主奮鬥到底！」

傳單中絲毫沒有對中國、中國人的「民族憎厭」，沒有本省人和外省人之間機械的、被誇大的矛盾對立，有的只是包括台灣人民在內的全體中國被壓迫民眾對國府「反動封建獨裁」統治的民主主義的抵抗的團結。

〈二‧二八事變告同胞書〉是依據事變爆發「三天來」的觀察的情勢所寫成、並散發的指導綱領性文件。雖然署名組織是「台灣民主聯盟」，但從標語的高度政治認識和戰略認識，應該出自在台灣中共地下黨的手筆。這說明，自事變爆發之初，圍繞在中共「台灣省工委」周邊的地下核心及群眾就具備了超克地方主義，引導民眾從當時全中國新民主主義鬥爭的高度去逼視事變性質的能力。也正因為如此，在事變慘遭血的鎮壓之後，「省工委」在組織上快速成長，吸收了大量本省籍知識分子、市民和工農——雖然也因而最終在五〇年代的「共諜肅清」運動中，慘遭國府「國家」恐怖主義的無情的撲殺而犧牲。

詩的真實和歷史的真實

台灣傑出的電影導演侯孝賢先生，在戰後台灣電影史上第一次以台灣四〇年代末以迄五〇年代初的「國家」恐怖主義的法西斯抑壓為主題（雖然為了避開台灣的電影政治檢查，侯孝賢不能不以「一九四九年」、即國府全面退據台灣之年為電影情節的截止期）而拍攝的電影《悲情城市》，一舉榮獲一九八九年威尼斯影展最佳影片金獅獎，揚名於島內外。卻不料在一九八〇年代末「統‧獨」意識龜裂下在台灣引發了一場不大不小的爭論。爭論的內容主要有兩個方面。一是侯導演否認《悲情城市》是單純表現二・二八事變的電影。他的創作意圖是要「表現台灣人的尊嚴」，而拍出表現了「中國風格」的電影。這種說法引起在一九八〇年代中後期逐漸高漲的「台灣主體意識」論說的批評。另一方面是侯孝賢導演為了躲避思想檢查，而將《悲情城市》故事中的時間跨度從一九四五年到一九五〇年初幾年縮短到一九四九年截止所引起的歷史認識的混淆，即二・二八鎮壓史與五〇年代「共諜肅清史」的混淆。

但是今日看來，當時的紛爭已不重要了。作為一個傑出的電影導演，他的《悲情城市》和《好男好女》都生動而深刻地表現了在上世紀四、五〇年代之交、台灣的「國家」恐怖主義的暴風下，一批把自己一生只能花開一次的青春獻給祖國和人民的解放事業的激越青年的生與死。歷史考證固然重要，但不同於文學藝術所表現的「詩的真實」。歷史和學問探索的是史的、知的真實。而文學、藝術則以形象思維（或「映象」思維），而歷史與學問則以實證和邏輯思維。因此古希臘的哲人乃有「詩比歷史更為真實」的話，也無非在說明通過形象（或「映象」）和審美所表現的現實，既來自具體的現實，結果卻高於具體現實。因此，與其詰問侯孝賢對具體二・二八史和五〇年代國府殘暴的肅清共諜史的研究，我們倒覺得更應該嚴厲責備台灣和日本的台灣社會科學界和歷史學界長期以來被台灣反民族派瀆玩而滿足於類如「日本殖民為台灣帶來迅猛的現代化」，從而培育了「與台灣等身大的台灣民族主義」之類的「次文化」層次的刻板言說。

結語

一九五〇年代初期，在世界冷戰的高峰期，國府在台灣以扈從於美國的「國家」安全體制，大規模、有計畫地肅清了一批為祖國的解放、獨立和統一而鬥爭的青年，其中有本省「台灣人」、省外人士甚至少數的台灣原住民。屠殺者在事後密密實實地掩埋了犧牲者的屍體，清除了血跡，企圖永世湮滅這一段激動的歷史。

一九八〇年代，彷彿受到某種無法抗拒的呼喚，陳映真開始以寫小說的形式，詩人鍾喬以長詩的形式寫了五〇年代白色恐怖的故事。一九八八年，藍博洲從〈美好的世紀〉開了頭，展開了他堅持至今的，挖掘冷戰和民族分斷的凍土下之英靈屍骨的一系列台灣民眾史，糅和了歷史與詩的真實，砌成了一座再也不容許「次文化」層次的謊言蜚語爭辯和歪曲的、巍巍矗立的英雄的豐碑。當然，這也令人想起旅居日本的韓國作家金石範在今年殺青的，描寫一九四八年濟州島四・三屠殺事件的七卷本《火山島》長篇歷史小說。

現在，藍博洲以《幌馬車之歌》為中心的作品集三卷，在畏友橫地剛先生、和間ふさ子、塩森由岐子和妹尾加代子辛勤認真的編譯勞動下，由深懷文化關懷意識的草風館在日本出版，不只是藍博洲個人可喜可賀之事，也是在台灣凡是藍博洲的朋友所喜所賀之事。藍博州以報告文

二〇〇五年十一月

學的形式所記錄的歷史，發生在一九五〇年代極端不毛的冷戰時代。對於日本的讀者而言，如果能因而記得戰後的日本曾追隨美國，背向著中國人民，為中國的民族分斷加薪添火，從而支持了在台灣厲行「國家」恐怖主義的國府，也許就會更覺得這本書和自己的不能躲避的關聯性。

而近十多年來，當台灣以「世界上唯一最為親日的『國家』」，經由李登輝、司馬遼太郎、金美齡、小林善紀和一些日本的台灣文學研究界「次文化」框架上的論說重新吸引日本人民的目光，另一方面，日本又以戰後未曾有過的、不加隱諱的敵意，在靖國神社參拜，東海島嶼的主權和升高美日軍事戰略同盟，向日本再武裝疾走等問題，引起真正關懷中日兩國人民的和平、友好，誓不再戰的雙方有識之士的憂思。

在這樣的時刻，藍博洲的台灣民眾史的報告文學集在日本公刊，就更具有重要的現實意義了。為此，我們衷心感謝橫地剛先生等日本有識者的辛勞，並深致敬意。

二〇〇五年十一月

初刊二〇〇六年七月人間出版社《人間思想與創作叢刊11・日讀書界看藍博洲》（人間出版社編委會編）

二〇〇五年十一月

中華文化和台灣文學[1]

一、前言

一個民族的文學，是那個民族的文化的一個璀璨的組成部分；一個民族的文學，以那個民族的語文之審美的形式，表現其民族文化的靈魂[2]；而一個民族的獨特文化，釀造了那個民族的文學獨特的風格與特色。這些都是毋庸贅言的共識。

而像中國這樣一個幅員遼闊、人口眾多的民族，中華文化和與之相應的中華文學多彩多樣，豐富繁榮。其中既有鮮明的民族共性和同一性，同時也有突出的地方的、歷史的獨特性。

時間的限制，不允許我們在此論及台灣原住各民族的文化和他們的口傳文學。

中華民族最早在台灣留下勞動與生活的蹤跡，可上溯到第三世紀的三國時代。然而中華民族的典章制度和文明教化在台灣島上實踐，要等到明鄭入台時的十七世紀六〇年代以後，設立府、縣，任命府尹、知縣。同時，隨著鄭成功入台的大陸著名文人學士，藉著明鄭當局廣設官學，積極建設以科舉為經緯的文化教育體系，大大提高了中華文化在台灣的影響。由較早的沈光文及後來的沈佺期、辜朝薦等人的創作，留下了台灣第一批台灣地方文學作品，動情地表現東渡流亡之人對故園鄉關的懷思和立志恢復明室的情懷。

一六八三年，與清王朝對峙的明鄭敗亡。台灣收復後，大量的大陸閩粵移民湧入。在清朝治下，官學更加普及，而科舉制度更加正規化，中華文化和文學更加昌盛。此時大陸來台的遊宦作家，例如郁永河，留下傑出的遊記、詩歌、散文和地理學筆記。而鴉片戰爭失敗後，中國國勢遭到沉重打擊。這期間的各家作品，或關懷民生疾苦，或歌詠亞熱帶寶島鄉土風光。更有姚瑩、沈葆楨、丘逢甲等文武雙全的知識分子，寫下了保國憂時、抗擊帝國主義，視野空前開闊的作品，表現了現代意義的愛國主義和民族主義的思想感情，壯懷激越，動人心弦。[3]

中華文學，早有五、六千年的歷史，與中華文化同其悠久。但就作為中華文學不可分的組成部分的台灣文學，作為中華之地方文學而論，則始於三百多年前的十七世紀的明鄭時代，但台灣地方文學隨明鄭移民而來，本身就帶著中華文學積澱了數千年的基因，東渡來台，既為中華文化的移植，又是中華文化在台灣獨特土壤與歷史中培養與在地化的新品種。這樣，和中國各地方的中華文學一樣，台灣文學自始就兼備中華文學的共同性、同一性，和台灣地方文學的獨特性和特殊性，而又以中華文學的共同性、同一性為主要。

二、台灣的殖民地化和台灣新文學的發展

一八九五年，台灣依恥辱的《馬關條約》割讓日帝，淪為殖民地。在異族統治下，前清遺民作家如丘逢甲、洪棄生和連雅堂等人，以中華民族主義抵抗日帝的、懷念失土留下了哀國破之慘痛、砥礪漢節的作品[4]，使他們成了殖民地台灣的第一代反帝抗日作家。

一九一五年，長達二十年之久的台灣農民武裝抗日鬥爭全面失敗。一九二〇年初，台灣人民改變抗日策略，展開「非武裝抗日」鬥爭。與之相適應，台灣新文學運動便在這一波現代抗日民族、民主鬥爭中發軔、成長與成熟。直接受到祖國大陸「五四」新文學運動的直接影響，以東京為基地，以漢語白話文為主要語文，由留日台灣知識分子先後編刊的雜誌《台灣青年》、《台灣》和《台灣民報》等為言論陣地，發動了一場台灣的新舊語文革命和相應的新舊文學革命。在理論資源和文學創作上，台灣新文學直接受到陳獨秀、胡適之、魯迅、郭沫若等人的影響。島內主張以漢語白話文和新文學體裁創作的陣營，與主張仍然使用文言文和舊文學體裁的一方展開激烈地爭鋒，結果舊派不敵新派，而以中國五四文學革命既有的理論和創作實踐為銳利資源

的台灣新文學，在日帝統治下的台灣宣告其勝利。[5]

台灣新文學的登場，是作為台灣反日民族、民主運動之一翼而發展的。[6]從一八九五年割台之日，台灣人民以刀棒等原始武器，對抗現代化武裝的日軍，展開武裝游擊鬥爭，屢仆屢起直到一九一五年全面敗北。一九二〇年初台灣反殖民抗日運動改變了策略，改以社會運動、階級運動、民族運動、文化啟蒙進行抵抗，而台灣新文學運動，自其發軔之初，就與台灣反帝抗日文化運動相終始。

而在日帝強權統治下已經二、三十年，強行日語同化教育的環境下，台灣新文學作家賴和、陳虛谷、楊雲萍、楊守愚、朱點人、楊華、張深切、呂赫若、吳濁流等小說家和詩人，絕大多數仍堅持以漢語白話文寫作，在題材上一律宣揚反日帝、反封建的思想意識，表現了他們在日帝統治下堅守中華文化、頑強不屈的抵抗的英姿。

三、殖民地下堅決守衛民族精神和民族語文的鬥爭

台灣居民泰半為大陸閩粵移民，口說閩粵方言，與以中國北方方言為基礎的普通話頗難相通，加以日帝據台，使台灣人民無法共有中國現代共同語形成的經驗，又加上日人處心積慮收

奪台灣的閩客方言，以強制教育灌輸日本語剝奪台灣人民的母語，有識之士痛感到在殖民地下喪失民族語的危機。二十世紀三〇年代初，台灣抗日進步文壇內部，為了文學大眾化和提倡大眾語文，發生了所謂「台灣話文」論爭。

以黃石輝、郭秋生為中心的一派，覺察到白話文對一般台灣勞動人民無異新的文言文，因而主張把閩南方言文字化。這顯然是當時「文藝大眾化」和「大眾語建設」在殖民地台灣條件下特殊的提法。另外則有以廖毓文、林克夫、朱點人等為中心的，堅持自覺地推廣漢語白話，使白話文進一步大眾化，而以「台灣話文」的建設為多餘的一派。這使人想到魯迅和瞿秋白也主張不同策略的大眾語方策。

值得一提的是：漢語方言的表記和表音總會遇見難解的問題。激烈主張建設「台灣話文」的黃石輝、郭秋生皆反對以羅馬化解決，避免母語脫離民族語言表現系統，主張以傳統六書的原理研究方言表記，也主張方言文字化最終形成全民族可以共通的表音和表記。激烈的語文革命，目的在解決殖民地下的大眾語問題，以尋求對廣泛大眾宣傳、教育、啟蒙和煽動手段的答案。而欲達到此目的，又決不犧牲中華文化的語文資產與傳統！

八〇年代「台獨」文學論起，其論者以「台灣話文運動」為「台灣文學抗拮中國白話文」，是「台灣文學主體意識」之表現。但新的資料顯示，黃石輝在面對白話文派究問台灣既不是一個獨立國，何需倡導「台灣鄉土文學」時，黃石輝明確回答，正因台灣非獨立國，才倡導「台灣鄉土文學」而未倡導「台灣文學」。「台獨」文論的曲解揑造，在史實面前成為徒勞！

四、在殘暴的「皇民文學」高壓下堅持中華文化的民族氣節

殖民制度帶給被殖民民族最大的災難是收奪其民族母語，以制度化的民族歧視挫折其民族自尊，迫使被殖民者在社會、政治和精神上奴隸化。

一九四〇年後，日帝擴大對華南及南太平洋的侵略，除了強化對台灣、朝鮮及其在華日占區的劫掠與鎮壓，並在這些地區施展各種精神和心智的控制，強力宣傳日本皇國思想與戰爭意識形態。在文學領域上，則在台灣等地推廣支持和宣傳向日同化和日帝侵略戰爭的「皇民文學」。

但是，「皇民文學」除了周金波和陳火泉等極少數的漢奸文學家，日統下台灣作家都對「皇民文學」採取消極不合作態度，引起日本當局與在台日本官方作家的不滿。一九四三年以西川滿、濱田隼雄為首的戰爭派作家，公開抨擊台灣現實主義文學的「鄙陋」和缺乏為「聖戰」服務的意識，譏刺[7]為「狗屎現實主義」文學。在嚴峻形勢下，以楊逵為首的一些台灣作家公開反擊。楊逵發表〈擁護狗屎現實主義〉，為台灣人現實主義文學辯誣，維護了戰時下台灣文學的尊嚴。

環顧當時日帝支配下的東北亞，在日本法西斯主義威暴下，在日本、朝鮮和偽滿都有大量的作家——包括曾經抵抗過日本侵略政策的左派進步作家，曾大面積向日本法西斯軍部「轉向」投降，寫下不少支援日帝擴張政策的作品，至今成為日本與南韓文學史的恥辱與痛處，無法清理。相形之下，台灣的轉向附日作家只有周金波、陳火泉等極少數，作品粗糙、數量極少，影響不大。應該指出，自鴉片戰爭及日帝據台以來，「帝國主義加諸中國最大的傷害在於台灣，中國文學中反映對帝國主義之抗爭最為動人的作品也在台灣」（陳昭瑛，一九九六）。

五、克服民族內傷，堅持台灣文學的中華民族屬性

一九四五年八月日帝戰敗投降，十月，中國政府代表在台北正式受降，台灣從殖民地枷鎖中解放。台灣人民在歡慶之餘，自動地提出了去殖民化，積極自覺地推動「中國化」和「把我們的母語搶回來」的運動。在語言政策上，主張「恢復閩南話作為中國方言的地位」予以尊重與復權，禁止日語，從而在民族方言基礎上推行「國語」（普通話）。

可惜國民黨當局無心順應當時全國性要求「民主化」、「和平建國」、「反對內戰」的廣泛輿情，加上接收日產官員貪瀆成風，朋比為奸，一九四六年夏，國民黨打響國共內戰，致社會動

盪、政治不安、民生凋敝。一九四七年二月台灣爆發二・二八事變，民眾的要求也是民主化、反內戰、高度自治、和平建設。三月，國府當局以武裝鎮壓，造成流血慘變，兩岸民族團結與和睦受到重大內創。

但就在三月流血鎮壓後八個月，來台進步的省外知識分子歌雷、雷石榆、駱駝英、孫達人、蕭荻等人，與團結在楊逵身邊的本地知識分子歐陽明、賴明弘、周青、張光直、賴亮等人，以當時《台灣新生報・橋》副刊為基地，熱情洋溢地展開「如何重建台灣新文學，使之成為中國新文學無愧的一部分」的議論。經一九四七年十一月到一九四九年四月長期論議，取得了這重要成果：

（一）參與議論的省內外人士，即使在一九四七年三月血洗後，也取得了這重要共識，即「台灣和台灣文學是中國和中國文學不可分的組成部分！」

（二）省外作家和文論家比較系統地介紹了中國三〇年代以迄四〇年代左翼文學和抗戰文學的理論。

（三）對楊逵先生所主張深入台灣社會、深入台灣民眾、寫台灣人民生活與心聲的作品，為當時所急切需要的「台灣文學」這一見解，議論各方都取得了共識。[8]

可惜的是，一九四九年四月，國府在台當局發動「四六事件」，逮捕台北進步學生和《台灣新生報·橋》副刊的重要作家。楊逵被捕入獄，判刑十二年，給予當時校園內和文化界民主力量巨大的打擊，「重建台灣新文學」之議論戛然而止，至今絕響。[9]

六、中華文化與「反共抗俄」文學及「現代主義」文藝

從一九四九年末到一九五三年左右，台灣國府當局在因韓戰而展開的國際東西冷戰中編入美國反共戰略前線，而形成國共內戰與東西冷戰疊合構造，君臨台灣，又附從於美日。而在這疊合構造中，國府當局推動徹底的清共捕殺，嚴禁一切本地和大陸的左派文藝、文學、文論、哲學與社會科學。另一方面，由國民黨中央直接領導下，推動所謂「反共抗俄」文學和六十年代的「中國文化復興運動」。另外，也同時支持美術上的抽象主義和超現實主義，號稱「新美術」。

這「中國文化復興運動」有保守的國粹主義要素。而台灣現代主義美術為了吸引西方的眼光，常常以中國文化的「天人合一」、「禪意」、「中國書法神髓」等所謂「自我東方主義」（self-orientalism）的說詞來自我界定。這其中雖有大量糟粕，但或許不能說與中華文化完全無關。

七、反抗惡質西化，復歸於中國人和中華主體的七〇年代「鄉土文學」論爭[10]

反共文學和現代主義文藝自一九五〇年後支配了台灣文藝界長達二十年之久，而弊端叢生：即極端的形式主義和個人主義，思想的虛化，對西方文論，對西方創作技巧的惡質模仿，表現語言的晦澀、失去文藝創作上的民族風格和形式等。[11]

一九七〇年保衛釣魚台運動在海外激發了左右分裂。保釣左派推動重新認識中國革命和中國三〇年代以降文學和文論的運動。這運動頭一次衝破了內戰與冷戰交疊[12]的統治意識形態。現實主義、大眾文學、民族文學的理論衝擊著一代曾被西方現代主義統治的知識分子。一九七一年，留美回台的知識分子唐文標向台灣現代主義詩提出了嚴厲批判，主張詩歌的大眾性和民族性，引起軒然大波，沉重地打擊了「現代主義」文學的威信。

一九七七年至一九七八年，國府當局以有人主張「工農兵文藝」的紅帽子，扣向主張現實主義、文學的大眾性、民族形式和民族風格，反對外來殖民性文學的一批人，在大報上搞點名批判，並籌開「國軍文藝大會」，準備全面鎮壓。後來經過胡秋原先生、徐復觀先生、鄭學稼先生向當局力諫，才阻止了一場大的文字獄。

這一場論爭中，「鄉土文學」派主張在思想上、在創作方法上反對外來西方文論的統治，使台灣新文學復歸於中國人立場和中華文化，在創作方法上要深化現實主義，表現中華文學的民族特質與風格。

八、反動、反民族的八〇年代及其鬥爭

一九七九年，在台灣戰後資本主義發展過程中與中國民族經濟脫鉤，而以獨自的「國民經濟」在依附外資下成長出的台灣資產階級，有要求其階級政治份額的「黨外」反蔣、親美、反共的「民主化運動」。一九七九年，這運動在高雄點燃了「高雄美麗島事件」，衝毀了國民黨長期的排外獨占的政治。而由於美國護航，加上運動本身反共親美性格，台灣資產階級民主運動很快浸染了同樣具有反共、親美、反華性質的「台獨」傾向。

一九八八年，蔣經國去世，李登輝繼位，出人意外地利用政權資源全面推動「台獨」反民族進程。二〇〇〇年陳水扁取得政權，把反民族「台獨」政治又推上一個臺階。

與之相應，「台獨」思想和意識形態在台灣有顯著發展。「台灣民族論」、「愛台灣論」、「台灣土地與血緣論」、「台灣意識論」、「台灣主體意識論」等，一時沸沸揚揚，一定程度衝擊了台灣政

治和社會生活，取得論述霸權。

而台灣文學界也產生了相應的變化。在文論上「台獨」派提出了「台灣文學獨特性論」、「台灣文學與中國文學無關論」和「台灣文學主體性論」，基本上是「台獨」政治在文學上的反映。在文學教育上，受到「台獨」當局的直接支持，廣設獨立的台灣文學系所，宣傳和教育反民族的台灣文學論，形勢是嚴峻的。

另外，台灣當局「行政院文化建設委員會」也以豐沛的資金與資源，組建「國家台灣文學資料館」，以台灣文學為「國家文學」。此外，並結托外國、特別是日本右派學者為反民族「台獨」文學寫書寫文章、出版書刊，辦「國際研討會」，出錢出力為「支獨」外國學者出書，鼓勵他們為皇民文學史翻案，為「台獨」文學論的建構出謀獻策，形勢也比較嚴重。

然而，十多年來，在反對淨化和美化皇民文學的批判上，在反對以日本東京大學藤井省三為首的日本支獨台灣文學研究上，在反對「台獨」派以「台獨」台灣史觀炮製台灣文學史分期理論的鬥爭上，我們堅持了及時的、切中要害的理論和學術的批判與鬥爭，沒有讓「台獨」派占上便宜。

九、結論

大約在一九三五年，即日帝竊據台灣已四十年，離日帝自台敗退僅十年之時，台灣總督府編纂了《台灣警察沿革誌》。其中的第二大卷，依據殖民地大量公安檔案，歷述自一九二〇年代以降台灣反日抗日思想啟蒙運動、民族運動、政治運動、階級暨社會運動。在其總序中說，台灣改隸日本已四十年，但人民反日抗日運動前仆後繼，殆無間斷。究其主因，乃因台民有強烈（中華）民族意識，以中華五千年文化為榮。其原文如下：

關於本島（台灣）人的民族意識問題，關鍵在其屬於漢民族系統。漢民族向來以五千年的傳統民族文化為榮，民族意識牢不可拔。雖已改隸四十餘年，至今風俗、習慣、語言、信仰等各方面仍沿襲舊貌，可見其不輕易拋除民族意識……本島人又視（福建、廣東）為父祖墳塋所在，深具思念之情，故其以支那為祖國的情感難以拂拭，乃是不爭之事實。故自改隸後，……仍有一些本島人頻頻發出不滿之聲，以至引起許多不祥事件，此實為本島杜會運動勃興之主要原因……

——《台灣社會運動史・卷一》（台北：創造出版社，一九八三）

這說明了日據下台灣新文學為什麼表現出始終如一、堅定不移的中華民族文化與精神之根源所在。

中華文化獨一的特質，在於它以漢字為基礎建構起來的典章、典律、人文、思想體系。這一文化體系，在境內成為強大的文化、思想及感情的凝聚力，藉以將以漢族為中心，邊境各非漢族民族群體為成員，化育凝合起來，創造一個大漢族共同體的想像，而逐漸形成一個古典意義上的中華我族意識。而在境外，一直遲至十九世紀中鴉片戰爭後，中國國勢崩解之前，在東北亞的朝鮮和日本、法國入侵前的越南，都形成以漢字、漢語音及中華文化為主要根幹的漢文化圈，這都是不爭的事實。

前文說過，中華文化澤被台灣始於十七世紀的明鄭。自斯三百餘年以來，歷經中國統一，鴉片戰爭後被迫開港，日帝割台後淪為殖民地，光復後又成為外國勢力干預中國內政的前沿基地，至八〇年代又吹起一股自一九四〇年初日帝「皇民化」運動以來未曾有過的反民族的分裂主義風潮。然而正是在這帝國主義侵華史的磨難中，特別激起了台灣近三百年來歷代遺民和移民，以數千年中華文化的積澱和基因，抗擊外來勢力，堅守民族文化的主體認同，發展為歷代不息的強烈的愛國主義傳統。

而從台灣文學史以觀，台灣是帝國主義侵凌中國最集中、最嚴重的受災區。因此，在國破家亡的現實中成長的台灣文學，不論是以傳統體裁或現代體裁表現，其反映堅守中華民族文化的驕傲，誓不臣夷，而奮力抗擊帝國主義的思想和藝術表現、最大無畏、而且最動人的作品，較諸包括偽滿在內的廣泛日占區，也以台灣最多。

台灣文學有偉大光榮的愛國主義傳統，有強烈的以中華文化為根柢的中華民族精神，是台灣文學的驕傲。雖然在當下台灣文學正遭逢自四〇年代日帝「皇民文學」壓迫以來未曾有過的反動，即反民族「台獨」文學的逆流，但只要我們堅持台灣文學的愛國主義傳統精神不動搖，堅持鬥爭，就一定能克服一時的橫逆，取得勝利！

初刊二〇〇五年十二月《世界華文文學論壇》（南京）第四期、總五十三期

收入二〇〇八年十月人間出版社《真實的追問：吳濁流的文學・思想・人格》（石一寧著）

本文依據手稿校訂

1 本篇初刊二〇〇五年《世界華文文學論壇》，後收入二〇〇八年《真實的追問》（石一寧著）一書作序，篇題為〈序：中華

文化和台灣文學〉。因初刊版多所刪節，故本文以手稿完整版收入。

2 「靈魂」，初刊版為「心靈」。

3 初刊版此下無「中華文學，早有五、六千年的歷史……而又以中華文學的共同性、同一性為主要。」的整段落文字。

4 「，以中華民族主義抵抗日帝的、懷念失土留下了哀國破之慘痛、砥礪漢節的作品」，初刊版為「，留下了哀國破之慘痛、砥礪漢節的作品」。

5 「，而以中國五四文學革命既有的理論和創作實踐為銳利資源的台灣新文學，在日帝統治下的台灣宣告其勝利。」，初刊版為「，台灣新文學在日帝統治下的台灣宣告其勝利。」。

6 初刊版此下無「從一八九五年割台之日，……就與台灣反帝抗日文化運動相終始。」段落文字。

7 初刊版無「譏刺」。

8 初刊版此下另起一段「（四）楊逵高瞻遠矚地提出堅決反對『台獨』，反對國際『託管』台灣，說凡有為『台獨』、『託管派』服務的文學是『奴才的文學』，今日視之，尤有重大意義。」。

9 初刊版此下無標題六的整段文字。

10 「七、反抗惡質西化，復歸於中國人和中華主體的七〇年代『鄉土文學』論爭」，初刊版為「六、反抗文學之惡質西化，主張台灣文學復歸於中國人立場和中華主體」，初刊版此下標號數字依序順排。

11 「即極端的形式主義和個人主義，思想的虛化，對西方文論，對西方創作技巧的惡質模仿，表現語言的晦澀、失去文藝創作上的民族風格和形式等。」，初刊版為「即極端的形式主義、虛無主義和個人主義，對西方文論、西方創作技巧的惡質模仿，表現語言的晦澀，失去文藝創作上的民族風格和形式等，使文學走進了死胡同。」。

12 「交疊」，初刊版為「文藝」。

從台灣看《那兒》

朋友如獲至寶似地拿了從網站上下載的、大陸作家曹征路先生（以下禮稱略）寫的中篇《那兒》來。後來又取得李雲雷先生（以下禮稱略）新寫的論文〈轉變中的中國和中國知識分子——《那兒》討論評析〉。

一九三七年，我生於日帝竊占為殖民地的台灣。一九四五年，日本戰敗，台灣才結束了五十年與中國分斷的歷史，重歸於故國。但一九五〇年韓戰爆發，美國強以它所操控的《舊金山（對日）和約》和《日台和約》，以「台灣地位未定論」再次將台灣與解放後的中國分斷。一九七九年，美國干涉主義又以它的國內法《台灣關係法》，強行干涉台灣與中國本部的民族統合。在外來勢力干預下，雖然不曾完全阻隔兩岸政治上、文化（文學）上、思想上相求互應，但民族長期分裂的構造，畢竟不免於產生彼此的生疏與理解上的差異。讀完《那兒》，心情很激動。讀完雲雷的大論，也讓人思潮起伏。《那兒》在祖國大陸的讀書界討論，已閱兩年許。為了免於狗尾續貂，想從一個半生生活在台灣的老作家的視角，說一說一些不成熟的感想。

一、關於「左翼文學」的表現藝術性問題

讀雲雷的文章，發現大陸對《那兒》的廣泛討論中，對其「藝術性」的質疑之聲很不少。我的少年時代是在嚴苛的反共戒嚴體制下的台灣偷偷蒐讀魯迅、茅盾等「左翼作家」的書成長的。及長，也涉獵了三〇年代「文藝自由」、「第三種人」論爭的不完整的內容，知道反對「左翼文學」的人最常質問的是「左翼文學」的「藝術性」，指責其粗糲、教條主義、刻板描寫。但事實上，左派內部對革命文學的革命加戀愛、刻板形象和教條化是進行過多次自我反省與批判的。然而魯迅、茅盾、高爾基、布來希特、蕭霍洛夫這些世界「左翼文學」家及音樂家蕭斯塔科維奇在文學與音樂藝術上偉大的成就，即便在資產階級的世界，也絕難於抹殺，也不能不承認他們有異於資產階級的獨特審美和思想上的成就。曹征路的《那兒》引起長達兩、三個月、遍及全中國的閱讀、討論、正反評價的爭論本身，絕不是僅僅因為單純的題材——當下國企改革過程中資本對直接生產勞動者的掠奪——雲雷的大論，已經為人們整理出了《那兒》現象的廣闊複雜的政治、社會和思想原因，但如果不是作品本身以它不同於當下趨附市場，只顧孜孜於描寫個人生活和

感情、或苦心揣摩進口的文論所寫的，迴避歷史與生活中逼人而來的矛盾的作品之獨自的藝術和審美，就絕不能成為小說的擁護者和反對者熱烈討論的焦點。我讀《那兒》，深受感動。對於我而言，《那兒》在思想和審美上的成就是顯而易見，完全不必在文論上多所辭費。但雲雷的大論告訴我們，有不少大陸文評界或從否定《那兒》的「藝術性」而低度評價作品，或雖然低度評價作品的「藝術性」，卻有條件地對小說《那兒》的現實意義加以肯定。從台灣看來，大陸文學研究界——包括廣泛的思想界，對於「左翼」、對於和馬克思主義有關的東西，似乎普遍表現出明顯又強烈的、病理意義上的過敏症（allergy）。

一九四三年，在日本法西斯最囂狂的時代，日本皇民文學在台灣的大總管西川滿，發表了題為〈狗屎現實主義〉的文章，百般抨擊自二〇年代發軔，以反帝反封建、民主與科學為言，以現實主義為創作方法的台灣新文學粗鄙不文，題材上在（「決戰」時期）看不見「聖戰」的主題，卻淨寫台灣封建大家族的頹廢與葛藤，而諷刺之為「狗屎現實主義」的文學，不像日本文學之纖巧唯美。這在骨子裡其實也是台灣左翼現實主義文學缺少「藝術性」的詆毀。著名作家楊逵立刻寫了〈擁護狗屎現實主義〉，對西川滿的台灣左翼、現實主義文學沒有藝術性論以靈活的辯證邏輯深刻而從容地提出了針鋒相對的駁論。

一九四七年二月，台灣爆發了民眾的民主抗爭事件，在三月初遭到國府鐵血鎮壓。但同年秋到一九四九年四月間，台灣進步作家（以楊逵為首）和大陸東渡來台進步文化人在《台灣新生報．橋》副刊上熱情共話建設戰後台灣新文學。大陸來台的文評家開始比較全面地介紹了三〇年代以降大陸左翼文論；比較全面地介紹了「新現實主義」、現實主義和浪漫主義的辯證統一等論述，豐富了台灣左翼新文學理論的向度。不料一九四九年四月，楊逵和當時進步學生同時被捕，文學議論突然中挫，接踵而至的是國府在台灣全面性的反共肅清，台灣優秀的小說家呂赫若和朱點人，戲劇運動家簡國賢等人潛入地下，最終犧牲。

一九五〇年到一九七〇年間，在反共肅清後的不毛之地，輸入了極端強調「藝術性」和脫社會、脫政治的美國的現代主義和超現實主義，和反共國策文學孿生並存至一九七〇年。受北美保衛釣魚台運動間接影響，台灣在一九七〇年至七三年間展開批判現代主義和超現實主義詩的運動，強調了文學的人民性和民族風格。一九七七年，國府官方發動大批判，反對主張文學為大眾、寫大眾，反對晦澀、脫離生活和民眾的、舶來的現代主義和超現實主義，強調文學復歸民族特色的台灣鄉土文學。而當時以彭歌、余光中為代表的官方論客，即以鄉土文學寫社會低層，別有用心，「沒有人性，何來文學」，而況又包藏著工農兵文學的左翼之禍心！他們咬定鄉土文學是「左翼文學」，有「危險的政治目的」，背叛了藝術對純粹審美的要求。這樣的邏輯，其實也是另外一種左翼現實主義文學在藝術性上過不了關論。在台灣讀《那兒》和相關聯的討論，不免想起台灣文學思潮史上的種種。而揆諸大陸從二〇年代發韌，勃然繁榮於三〇和四〇年代的中國左翼文學思潮和創作實踐的偉大遺產，今日大陸對《那兒》的「文學性」議論，說明了不少難於思議的思想意識形態上的巨大變化。

而事實上左翼文論自始就特別注重文學藝術的藝術性，強調文藝有其相對的自主性，要求更多表現上的民主和自由，反對左翼文學的刻板教條化，又力言革命的文藝要有「更多的莎士比亞」（藝術性），少一些席勒（教條和刻板化的意識形態）。既然大家似乎忘了這些左翼文論先行者的反思與叮嚀，則藉著細讀《那兒》後的議論中重新溫故以知新，也不是無益吧。

二、工人階級意識

討論《那兒》時，有人指出小說「表現了一種無產階級意識」。在台灣讀《那兒》這一點更覺鮮明。台灣的工人運動最初勃發於日據時的三〇年代，在「台灣共產黨」和「民眾黨」領導下形成。由於殖民地台灣的現代產業勞動者數量和力量單薄，也由於台共和民眾黨有分派矛盾，加上日帝於一九三一年發動「九一八」侵華戰爭而全面鎮壓島內社會和政治運動，台灣第一波工人階級運動潰滅。一九四六年後，中共在台地下黨在林場、「國營企業」（如郵電、鐵路）布置黨組，但都在一九五〇年代的反共大肅清中潰折。及至迎來全面反共戒嚴體制，台灣的工人運動遂寢。一九八九年戒嚴體制解除後，曾爆發過遠東化學纖維公司的規模較大的罷工事件，但由於歷史傳統的單薄、組織的弱質而失敗。六〇年代後中小企業成為台灣經濟發展的尖兵，但由於工廠規模小，工人流動性大，很難於培養階級自覺。台灣產業工人對自己社會地位和命運多半持有消極態度，也有不少人在大眾消費體制中自己欺罔地與中產階級認同。另外，八〇年代的統、獨矛盾中，台灣工人被台獨反民族的政治所分化，對階級意識的形成，雪上加霜。

五〇年代後，台灣文壇被舶來的「現代主義」和「超現實主義」所統治，工人階級與文學的距離遙遠。只有在七〇年代出現了一個「國企」廠出身的作家楊青矗，可惜受到自己思想知識的限制，作品中表現以改良主義——老闆多體恤工人，不要過分剋扣工人。而工人多體諒工廠主，雙方妥協合作——來解決勞資矛盾，這當然對於使工人階級從自在的階級向積極自為的階級進行意識化沒有幫助。

《那兒》的成功，顯然和作者曹征路在工廠生產勞動的實際經驗有關，但更重要的是，大陸工人階級在歷史上參加過革命鬥爭，取得勝利，經驗了自己解放與翻身，曾經「作為……一個強大的歷史主體」（陳曉明），也曾經作為中國工農聯盟的一員成為黨和國家的基礎。這一集體的記憶，儘管在近二十年中不斷的風化，卻無可置疑的成為一代人難以忘懷的生命信念與回憶。

曹征路寫的小舅，是一個極平凡的工人，但潛在於他心頭的信念——堅不相信工人階級集體的連署鬥爭喚不回正義與公平——使朱衛國從一個平常工人變成倫理上「高於常人」的人物。而正是他「高於常人」的執念，像希臘古典悲劇中之英雄，一步步在殘酷的現實與宿命中走向毀滅，從而震動了無數犬儒化了的讀者的心。

我自己寫過一篇受到外國人跨國企業主的改良主義所欺騙的女工組織獨立工會失敗的小說〈雲〉，但材料只是從事後的採訪來，自己完全沒有下廠直接勞動的經驗。作家和工人階級的生活方式與勞動的巨大距離，和台灣工人集體記憶中缺少鬥爭與勝利的記憶，使台灣產生不了像《那兒》的作品，也產生不了像曹征路的作家。而眾所周知，無產階級文學離不開無產階級自求解放的運動。在可預期的一段時間內，不要說台灣，連有過六〇年代工運的日本，有過七、八〇年代的軍事獨裁下崛起的韓國工運，如今都已沉寂。大陸的情況我很不熟悉，不能說。但把工人階級的歷史主體地位公開、顯著地寫進黨綱和國家憲法的中國，無論如何總令人寄予一線希望吧！

另外，曹征路在小說開頭就寫杜月梅因下崗生活困窘下淪為私娼，但在工人社區中卻不見有人因而對她訕笑、譏諷、歧視。偌大的工人社區只有對她寄予理解與同情，仍然平等待之。這在台灣看來是很不能思議的。這是不是中國工人集體對階級姊妹的、源於階級意識的支持和同情呢？我很受感動，但不能充分認識與理解。

三、事有必至

讀《那兒》後的激動中，也有「這樣的作品終究出現了」的感覺，覺得事有必至，理所當然。一九九〇年代初，中國的改革深刻地改變了四九年以後推動的生產方式，自然也改變了社會的下層建築，而社會上層建築也不可避免地發生相應的巨大變化。隔著遙遠的海峽，我雖然關心這些變化，卻無力掌握具體的資料，僅僅朦朧地知道有影響深遠的新自由主義和「新左派」的爭論，「告別革命」論和承認革命的合理性論的爭論；反對重返五、六〇年代極「左」文學和對於中國左翼文學和現實主義創作方法進行再認識，重新評論文學與社會、與政治的關聯的爭論……《那兒》的出現和相關的討論，在少數的文脈中，《那兒》激動人心地、藝術地表現了當下中國生活中最搶眼的矛盾，促使人們沉思問題的解答。究其原因，曹征路恐怕是最後一代懷抱過模糊的理想主義下廠下鄉勞動過的一代。這一代人要打倒資本主義，卻在資本主義太少而不是太多的社會中從來未真正見識過資本的貪婪和殘酷。而九〇年代初以後的巨大社會變化，既催促一批作家隨商品化、市場化的大潮寫作，也促使像曹征路這樣的作家反思資本邏輯與人的軋轢。而在台灣，七七年鄉土文學派呼喚作家寫農村、漁村、寫勞動人民，關懷社會低層人物，但八〇年代中期掀起的「台獨」反民族思潮捲走了不少作家和文學研究者，鼓吹沒有階級的「台灣意識」，製造同民族間的憎惡。台灣社會的階級矛盾被地方主義激情掩蓋，「次文化」層次的「台獨」取代科學性的社會分析和研究。而在創作實踐和學術理論發展上，「台獨」派文壇卻久久乏善可陳。

四、外來文論的失效

從雲雷的大論看出，兩年多來圍繞著《那兒》的討論和爭論顯示了，上世紀九〇年代以來支配兩岸文論界的諸主義——現代主義、後現代主義、結構主義和解構主義等都失去了理論分析的效力。這似乎暴露了這些外來論述基本上不具備解決和評說當下中國最突出、最具體、最急需解答的諸問題的能力。早在上世紀五〇年代開始，台灣的文論就受到主要來自美國保守學園輸入的諸「理論」所統治，至今依然。然而我期待不久的將來，大陸思想界能在熟知外來諸「理論」的基礎上，宣告外來流行理論在中國的失效，激發中國思想理論界的「自力更生」，建設獨立自主的文學和發展社會學體系，解釋和解決自己的問題，並提供給和我們一樣受到列強為自己打造的世界秩序服務的思想文化理論體系統治的諸民族作為參考。

五、光明與希望之必要

對國企改革過程中所發生的陰暗面，以尖銳的筆觸和火熱的心加以表現的《那兒》，非但能公開發表，而且還能在全國範圍內開展犀利深刻的討論，從台灣望去，是十分激勵人心的。台灣一貫宣傳大陸「沒有言論自由」，但從准許刊出小說、准許自由討論圍繞《那兒》的諸問題（類似的事在一九八七年解除戒嚴以前的台灣是絕無可能的），也從一九八〇年代以來大陸極少因干犯政治而禁止作品或文章的公開發表和討論看來，思想言論的民主主義有相對的寬鬆。對於《那兒》的評說，有人直截地說是新的無產階級文學的出現，有人不無憎惡地說反對把文藝「倒退」到五、六〇年代的極「左」道路（對詩劇《切．蓋瓦拉》的公演，也有人感到類似的惶恐）；當然有人以「以深化改革解決改革過程中產生的問題」為言；有人以否定《那兒》的「藝術性」和「文學性」而全面否定了作品。而有人從更根本（radical）的角度批評小舅朱衛國的抗爭「沒有上升為一個階級的自覺」。從右到左，准許自由發言。這對於可能繼之而發表的新的「無產階級文學」的產生和發展，是一個有力的鼓舞，值得珍惜和讚揚。

據台灣一位著名的評論家南方朔指出，在「全球化」行程中，隨著媒體「扒糞」功夫的增進，銀行保密制度的鬆解，司法獨立辦案力度增加，揭發了先進「民主」國家權力高層驚人的腐敗。

其手法也是將國家資本主義大企業依新自由主義的理論民營私有化過程中，權錢交易、化公為私、掠占厚利據為己有，或挪用為一黨所有。一九八〇年代歐洲的國家資本主義企業私有民營化過程產生的貪腐掠占事件，多到了不可勝計。一九九〇年初，俄國葉利欽主持下變賣前蘇聯國有企業風潮中，製造了葉利欽身邊親信十幾二十個新興大款。此外國家巨額採購的委外承包過程中巨額回扣的疏通，不是落入私囊就是成為政黨的庫銀。比起西方媒體經常渲染的「貧困」、「落後」、「共產主義」政權的貪瀆，現代經濟發達，號稱民主公正的西方國家的貪腐更為黑暗與貪婪。一九九二年，義大利爆發集體貪瀆醜聞，涉案大小官員商人多達三千人，位階擴及總理二人，三個黨的黨主席，三分之一的國會議員。有十個官商畏罪自殺。然而其中就沒有產生過一個從工人階級出身，以工人階級立場揭發和批判這些「先進」「民主」「自由」國家權力和資本高層的黑暗與腐敗的文學作品。

《那兒》的結局以朱衛國悲壯的自戕結束。以這沉重的代價，換來盤據在礦機廠無法無天掠占剝削的團伙因東窗事發而潰滅。我們不以為曹征路的安排是妥協性的「光明的尾巴」。手邊有今年元月八日出刊的《亞洲週刊》，就刊出河南省上蔡縣文樓村——中國農村愛滋病重災區——縣委書記楊松泉放肆大膽私吞中央撥給醫治愛滋病的各種公款而被罷官候審的記事。貪官不絕是現實，人民糾舉貪官而促成罷官也是現實。

但曹征路在故事結尾處丟下了上面來查案辦案的人兩句「沒想到」的話。他們一「沒想到」「停廠九年的工廠保養得那麼好」；二「沒想到」「礦機廠的隊伍還這麼的整齊」。這兩句令人震動的話，簡潔生動地表現了被私有化行程拋棄了幾年的中國勞動階級在集體所有制下的崇高品質和工作紀律，也反駁了工人階級沒有能力治廠辦廠的謊言。在我讀來，這兩句話更是苦鬥中的中國工人的自覺與自尊的宣言，又豈能以簡單化的、犬儒主義的「光明尾巴」盡之？

二〇〇六年一月二十七日

初刊二〇〇六年二月人間出版社《人間思想與創作叢刊10・二・二八：文學和歷史》（人間出版社編委會編）

文明和野蠻的辯證

龍應台女士〈請用文明來說服我〉的商榷[1]

〈《聯副》〉編輯室說明：

二〇〇六年開年不久（一月二十六日），《野火》作者龍應台在台灣、北美、香港、馬來西亞同時發表致中共國家領導人胡錦濤的公開信〈請用文明來說服我〉，批判中宣部封殺《冰點》週刊的專制。龍應台文章以國民黨主席馬英九的一個「笑話」起始，略見走鋼絲的筆法，隨後展開的「價值認同」論述，則是知識分子對統治階級的博弈，強勢創造了一個聲援「民意」的焦點。

春節過後，著名小說家陳映真撰文〈文明和野蠻的辯證〉，從經濟發展、民主自由、新聞自由、歷史教育等多方面，質疑龍文思維論述的陷阱。

龍應台與陳映真都是勇於提問、長於辯論的作家，兩位交鋒的差異何在？是概念取向不同，還是數據資料不同？是權力的眼光不同，還是受權力影響的話語不同？《聯副》敬邀讀者檢驗，進行深入思考。

由於病體，春節期間只與妻幽居家中。和朋友電話拜年問候時，有人問起我是否讀了龍應台女士在一月二十六日同時刊在台灣、香港、馬來西亞和北美華文報紙的一篇文章：〈請用文明來說服我〉。我回答說我長年只讀某報，錯過了。朋友熱心地說他將找到剪報寄來。由於春節休假，收到剪報已是過年之後。拜讀之餘，龍女士的文章照例文采光華，但也頗多歷久未經商榷的一般論述和刻板的思維，如果有機會引起深一層的討論，不但應該有益，也不辜負龍女士的文章所形成的廣泛的公共領域。

關於中國大陸之經濟發展

龍女士批評了中國大陸的經濟發展，造成「貧富不均」，「多少人物欲橫流，多少人輾轉溝壑」。從資本主義發展的世界史看，從前資本主義生產方式向資本制生產方式移行時，必有一段「原始積累」的過程。這個過程摧毀農村社會共同體，驅逐農民離開賴以維生的土地，淪為血汗工廠的產業勞動者，或任農村商業高利貸資本的殘酷盤剝而徹底貧困化，以肥大現代工業資本。尤有甚者，從十八至十九世紀商業資本主義和工業資本主義的發展過程中，西方以帝國主義的戰爭和對殖民地的征服與剝奪，來完成這原始資本積累的過程，殺人遍野，十室九空！

從一九九〇年代初開展的大陸「改革開放」，由於超階級的國家政權的強大，在一九四九年大革命後，中國資產階級至今無法形成一個強大的社會階級，土地基本上屬於國有，而在中國工業資本形成過程中既存在如「三農問題」的嚴峻形勢，又在現實上因國家的政策干涉，很大程度上減輕和避免了西方國家的資本主義發展過程中殘酷、痛苦的原始積累(如英國的圈地運動、殖民地剝奪造成的殖民地貧困化、破產和痛苦)，而完遂了沒有殖民主義擴張和侵略的積累。

此外，作為一個欠發達的大國，中國的大面積扶貧、脫貧計畫的成就對中國自身和世界的巨大貢獻，即使聯合國、世銀等資產階級機構也不能不刮目相看。十二億中國人民靠自己的努力養活了自己，沒有使自己成為世界其他民族、人民的負擔。而談到中國的大面積和大體積經濟崛起，中國已經成為世界經濟生長點的一部分。它的經濟發展，早已發展成世界和平・多極・平等・互惠發展模式與秩序的推動者，努力團結愛好和平與可持續發展的中小民族與國家，制衡力主自己單極獨霸的大國，而卓有成效。

凡此，都只是近十年來世界不分東西、不分南北、不分左右的關於中國的世界輿論中三復斯言的。龍應台女士不是對此太不熟悉，就是被對中國的刻板成見所蒙蔽。

關於民主和自由

龍應台女士照例要談到大陸的「民主」。但歷來「民主」、「自由」的論說往往被美麗的詞語抽象化和絕對化。十七世紀英國資產階級的思想家約翰．洛克倡言「自由權」、「自由同意權」和推翻封建貴族王政的權力。但他以自己的資產階級地位和觀點，同時否定勞動階級有執政的能力。他公言以暴力對付貧民，以法律拘束貧窮的「流浪者」、「乞丐」，強迫窮人在殘酷的「習藝所」勞動三年。在洛克看來，有資格參與「社會契約」的「自由人」，只限於貴族、銀行家、富商人、士紳和開明地主。

日本著名的自由主義思想家福澤諭吉，也以美麗的詞藻宣說人的自由與不可侵奪的平等。但這同一個福澤公開說不服教化的殖民地台灣「土著」（指的是龍應台意義上的「台灣人民」，而不是原住民），日本又可得而趕盡殺絕之。而也是同一個福澤至今有肖像印在日本紙鈔上，表達日本對這個偽善的帝國主義者的崇敬。

如此，抽象、絕對的「民主」與「自由」是向來沒有的。考慮「民主」與「自由」不能不參照不同歷史、社會、階級諸因素。在中國大陸，我就遇見過幾位對當下大陸社會政治有「異議」的知識分子說，「可是沒有共產黨，也沒有今天的我。」他說「解放」之前，他是舊社會中毫無機會上進的階級。他因此特別同情大陸媒體上報導因家貧無力就學的青年。在大陸有成千上萬的個人和家族有過「翻身」、「解放」的體驗。對這些人，「自由」、「民主」就不是絕對化、抽象化的烏托邦。

最後我試著把「自由」、「民主」和社會經濟條件參照起來看一看。據統計，人均國民所得在美金一千元時，社會貧富不均擴大，失業嚴重，社會動亂因子變大，從而政治上社會壓制（所謂「不民主」）增加。

台灣人均國民所得一千美元左右的時候是在一九七五年（略不足一千）、一九七六年（略超過一千）和一九七七年（明顯超過一千）。考察這三年的台灣政治「自由」、「民主」的具體狀態：一九七五年十月，白雅燦因批評國民黨政治被捕下獄。十一月台灣資產階級民主化運動的機關誌《台灣政論》被勒令停刊，「割斷」「喉嚨」。一九七五年陳映真從政治監獄釋放，繫獄七年。一九七六年六月，因「台獨」案楊金海被捕，判處無期徒刑，同案顏明聖判十二年徒刑。十月黃華因台獨案判十年徒刑。同月，「台獨」派民主雜誌《台灣政論》被勒令撤銷出版登記而非法化。一九七七年元月，王幸男「台獨」案發，判處無期徒刑。十一月，中壢發生「中壢民眾抗爭事件」後被弭平。三個月後，一九七八年元月，左翼青年的「人民解放戰線」案偵破，戴華光判無期徒刑，賴明烈判十五年，劉國基判十二年徒刑。當然，不應該忘記，一九七七年國民黨也發動了一場大規模鎮壓台灣鄉土文學的運動，嚴重傷害台灣文學表現的自由。

大陸人均國民所得到達一千美元時大約在一九九二年後。一直到今天，相形之下，大陸在這一段時期中的政治性「不民主」的逮捕鎮壓事件，和人均國民所得也在一千美元上下的台灣相比對，應該使習慣性地經常不假思索就咒罵中國大陸「在追求民主大浪潮中，它（中國大陸）專制集權」的人，不老是那麼自以為義吧。

關於言論新聞的自由

中共「共青團」系統的，據說曾刊載過龍應台女士的大作〈你所不知道的台灣〉的刊物《冰點》被當局停刊。龍女士還舉出近來因言論相對較為「獨立、自由」的《南方周末》報、《南方都市報》和《新京報》飽受言論檢查干預的困擾。因偶然的機會，我認得《南方周末》的一位老編輯和一位認真好學的年輕記者，留給我好的印象。只看過《南方周末》一、兩份，但覺內容自不同於大多數大陸主流媒體的刻板，但經歷過台灣的七〇年代鬥爭的偏左的人看來，就覺得經歷過一場很大的思想上、政治上、文化上大革命的大陸上相對獨立化、自由化的報紙，其言論傾向一般不脫資產階級自由主義的傾向。我總覺得，十七、十八世紀當時，西歐資產階級的思想家，面對反動的歐洲貴族、僧侶、王權呼喊自由、民主時，有解放的思想，火焰的語言。但歷經了艱苦偉大的新民主主義革命後的中國，讀《南方周末》的言語，在敬重他們的執著和努力之餘，難掩不足之感。

然而我也同時理解到，在一九九〇年後，在中國的生產方式發生巨大改變後，中國大陸上相應地產生新興的資產階級和他們在政治、文化、思想感情上的代言人，是理所當然，事有必至的。但是，一九九〇年代後中國生產方式巨大的變化，也使更多的現代工資勞動者登上了社會的舞台，卻至今看不到工人、農民階級的《南方周末》、《南方都市報》、《新京》和《冰點》。而這樣的問題，自然不在自由派的龍女士批判的射程之中。據說《冰點》是因為刊登一位「廣州大學袁偉時先生」批評義和團的文章遭到禁刊。如果大陸進步的歷史科學家也有自己的《冰點》，大家寫文章交鋒，就可以把義和團論說清楚，何至於必須禁刊一個雜誌，為國內外反共自由派所乘？

《冰點》事件涉及幾個問題：（一）言論新聞出版自由問題；（二）對於義和團運動的歷史評價問題。這裡，我也說幾句看法。

西方「先進、民主」國家的議論家，和出身後進、「不民主」國家而受到西方宣傳教育影響的知識分子，總喜歡說經濟落後，政治上不民主，尤其是「共產主義」國家如何沒有「自由」、「民主」——自然包括言論和新聞出版的自由民主這些「普世的價值」和「價值認同」，而西歐的、經濟進步的「民主」國家又如何在政治上、新聞和出版上完全自由和進步，而像《冰點》事件這種事是絕對不會在類如美國這樣的社會中發生。

但是，美國有一些沒錢、缺人的民間監督新聞自由不受侵犯的非政府組織，例如「被檢查的議題」(Project Censored)就自己調查和公布美國新聞自由如何遭受危害的報告。據這一組織的報告，威脅美國新聞自由的勢力有幾個方面：一個是美國五角大廈和白宮的權力精英，一個是巨大資本的企業精英。報告指出，政治、軍事和大跨國性資本在「新聞意識形態上的一致」，影響客觀公正的報導。他們盲信「親美——自由市場資本主義」永不犯錯。主流媒體的只顧念利潤最大化的貪欲，使他們手中的媒體成為富有的、白種人的上層階級精英尋求不斷擴大其在全球的利益、權力和影響力的工具(M. Parenti)。因此，媒體評論家鮑・馬切斯尼(B. Machesney)慨歎：「肥了媒體，瘦了民主」(rich media, poor democracy)。

美國發覺美國國外的新聞不利於其新聞控制，經常發布不利於美國政策和外交利益的消息，乃調集軍部、外交部、情報部的高層，組成「國際公共信息」(International Public Information, IPI)小組，調動美國各種資源，影響外國政府、組織與個人的感情、動機、客觀判斷，並限制外國媒體刊出不利於美國政策和行動的消息(一九九九年七月二十八日，《華盛頓時報》)，造成對媒體的「事實上的檢查」(de facto censorship)，禁止了相關資訊自由地傳布於美國公眾。

批評者指出，美國的媒體已不再是互相公平競爭的產業，而成為一個思想意識形態互相保持一致的白人精英階級的寡頭集體。

此外，眾所周知，美國媒體在長期化的以阿戰爭和海灣戰爭，侵伊拉克戰爭，侵科索沃戰爭中完全自動地交出了自己獨立的新聞自由權，成為「美國價值和文化至高無上」、宗教（白人上層階級的基督教基本教義）偏見、種族歧視的俘虜，接受五角大廈要求不進入戰爭現場，只接受美國當局在戰事結束後大事湮滅傷及平民之現場後的片面採訪。美國媒體對於就穆斯林而言，是比死還要殘酷與痛苦的幾起冰山一角的虐俘事件——強迫回教戰俘進行肛交和口交——的嚴重人權凌辱，遠遠沒有做窮追猛打的揭發。而最近的一例，是西方媒體蓄意嚴重褻瀆回教先知穆罕默德，引起回教世界的震怒，而媒體卻一逕堅持「新聞自由」，拒絕道歉，十足表現西方媒體對伊斯蘭各民族人民的蔑視、歧視與仇恨。

美國和西方媒體之商品市場主義，為了巨步擴大訂閱率以提高單位版面的廣告價格，採取新聞報導娛樂化、八卦化的編輯採訪方針，這一方面降低、縮小真實、重要消息見報，一方面使廣泛讀者在思想感情上白痴化、幼兒化，總地損害了讀者接受真實資訊的利益。而資本「全球化」後巨大資本的合併、重組，使產業、金融投機資本與媒體產業資本合而為一，資本的全球利潤動機和資本固有的意識形態，對主流大媒體產生嚴重的扭曲報導和對新聞自由抑壓作用，而真實的信息報導受到了空前的威脅。

但是人家美國對憲法明文規定的(新聞)言論自由,絕對保障例如大陸《冰點》的刊物和言論!

誠然美國不以行政命令關掉一個逆耳的刊物,但它以上述新聞報導的管制,例如侵伊拉克戰爭、波斯灣戰爭中,美國媒體自動成為五角大廈的偽造信息傳播工具,新聞採訪和編輯的娛樂化、八卦化、白痴化,資本產業精英和媒體產業精英的寡占合一,以自己的意識形態選擇「新聞」進行這種間接的、報導不足(under coverage)的、「事實上的」(de facto)新聞檢查。由於平素主流媒體不報導資本全球集聚和流動造成對世界貧困國家農民、工人、環境、就業、少數民族、移住勞工、女性各方面的傷害,以致當新聞讀者突然讀到西雅圖爆發來自全球弱小者群集十數萬人奮不顧身的抗議鬥爭時,茫然不知所以。直接、硬性查禁《冰點》和間接、軟性的「事實上的新聞查禁」,又告訴我們絕對的、抽象化的「新聞自由」從來就不存在。而美國以間接的「事實上的查禁」所扼殺的新聞,據Project Censored估計,二〇〇〇年就有這幾條新聞:

・跨國大藥廠只為巨大利潤研發和生產(如「威而剛」、生髮劑),卻放棄第三世界最需要的熱帶病(如瘧疾)治療劑的開發。

- 「美國癌症協會」捐款來源雖多，卻將基金挪用自肥，以致資助癌症研究及醫療撥款不足。
- 美國軍部利用血汗工廠縫製美國軍服。
- 土耳其以美國供應的武器屠殺庫德族的村莊。
- 美國媒體如何蓄意減少外國媒體披露的不利於美國新聞報導。
- 美國路易斯西安那州南部一個地區，因在石化工廠（七座）和一百多座汙染工業而形成一個下層階級、非白人居民的高癌症罹病地帶，形成嚴重的有毒的種族主義（toxic racism）地帶。
- 美國一次大型核武試爆，造成數千名核爆受害者。
- 美國主流媒體對北韓飢荒表現報導上的疏略與人道上的冷漠。等等，等等。

義和團運動論

好吧，就算美國和西方也干預新聞自由，也不能據之以正當化《冰點》事件！

我們說的是沒有絕對化、抽象化的新聞自由。「新聞自由」的內涵離不開歷史、社會和階級等條件去界定。對於「富有–白人–精英階級」而言，美國有宣傳對伊拉克侵略之戰為為伊拉克打倒獨夫，建設民主憲政之戰的「自由」——即使始終找不到伊拉克私擁大規模毀滅性武器的證據。美國也享有宣傳因自己之口是心非、言行不一而日漸破產的「民主」、「自由」、「人權」的「核心價值」的自由；美國也享有隨時以反恐之名褻瀆別人奉為神聖的宗教，掩蓋對穆斯林戰俘進行令人髮指的虐囚事實的新聞自由。因此，問題在於擁有的新聞自由，是為了誰的新聞自由？為了什麼議題（project）的新聞自由？屬於誰的新聞自由？

這三個提問，在這次丹麥報紙褻瀆回教教主而引爆的暴動中突顯出來。西方－白種人－基督教的媒體，在「新聞言論自由」的大義名分下履行了自己的「新聞自由」，而東方－非白人－回教各民族人民，向丹麥的暴言媒體求一聲道歉而不可得，在不甘於只能有被褻瀆羞辱的「自由」情況下，群起而以暴抗議。事件似乎還在擴大，值得認真思索「自由」的人們注目和思索。

而正如今日評說兩百多年前的義和團運動，如果百年而後，也有穆斯林精英評說今日伊斯蘭教世界以暴動回應丹麥對「真主阿拉」的褻瀆而曰：「丹麥事變有嚴重的非理性意識形態……把伊斯蘭教世界反褻瀆暴動者描寫成回教英雄，美化他們對非伊斯蘭教白種人的攻擊，並將之描繪為穆斯林英雄，對於事變的殘酷，愚昧、反理性、反現代文明以及給伊斯蘭教世界帶來的傷害和恥辱卻隻字不提。綜合起來，後人對丹麥事變的記載教導下一代人的是：一、穆斯林文化至高無上。二、西方外來文明邪惡，侵蝕現伊斯蘭教文化的聖潔……」，即使百年後的伊斯蘭教知識分子的反應，怕也只會使龍應台女士皺眉頭而已。

而事實上，類如袁偉時的義和團論，在「改革開放」後的大陸知識界也絕不陌生。據說北京某網路技術公司董事長向松祚就批評義和團民變是「滿清守舊貴族強烈排外」，「連基本國際關係準則都不顧」，「要把洋人全都趕出去……」為導火線的「重大變故」。他也批評義和團有「迷信成分」、「愚昧」，是「封建落後、反動的會道門式的組織形式的運動」。「它的口號、思想和理念都與當時的時代完全不合」，在科技發達的時代，搞「神鬼附身，龍頭大哥，像黑社會一樣」。

像向松祚這樣的老闆和中青年自由知識分子，有翻義和團的案，有質疑魯迅的地位與成就，卻也未見因而封雜誌，更沒聽說抓人坐大牢。

在台灣，像向松祚的「自由派」的義和團論就自然更其多了。一九九六年，當大陸上出版了《中國可以說不》而熱賣，震動華語世界時，台灣就有人寫〈無知與孤傲〉，痛烈醜詆義和團運動之「無知愚昧、野蠻落後」，是「殺人放火的土匪」，疾言批評大陸不「文明」（說今日大陸在「知識、教育、科技與文化水平」上，「離開最先進的水平還很遠」），我當時也寫了文章反論。而看來，大陸和台灣的「自由主義」知識分子的義和團論，真是不約而同，卻何其相似乃爾！

在檢點自由派知識分子的義和團論之前，回顧一下義和團運動的歷史背景，即十九世紀中期之後基督教東來中國的歷史，很有參照的意義。

基督新教來華，積極的一面有引進出版、印刷、報刊的編印發行等方面，也有興辦現代學校和介紹西方醫藥科學的方面。至於其消極的一面，基督教向東方布教的過程，和帝國主義擴張運動有密切關係。這是世界資本主義發展史上昭著的史實。教士往往成為西方帝國主義侵華的別動隊。他們呼喊：「只有戰爭能夠把中國開放給基督。」在不平等條約的強制下，基督教以不平等條約賦予的特權（例如治外法權）的優勢在華布教，良莠不齊的入教華人也享有治外法權，不受中國法律檢查權的管轄。一時豪紳遊手藉入教橫行鄉里，引起公忿。教會教民仗勢強買惡索，強迫捐獻，強占墾地的事件，隨著中國國勢日頹，而愈演愈烈，致人民銜恨怒目，因此教民教會與社會的矛盾、爭執和鬥爭、毆鬥甚至兇殺事件頻仍，史上稱為「教案」。

正是在這個背景下，在一八九七年十一月，在當時屬德國勢力範圍的山東發生「曹州教案」，而兩名德國籍傳教士被中國「暴民」殺害。德國卻藉機派兵占據膠州灣和青島。眼看老大中國在一八九五年《馬關條約》中屈辱喪權，歐洲列強也紛紛向中國要求割占勢力範圍、開放港市和要求（鐵）路權和開礦權。在眼看著民族的命運日益危殆的封建中國的農民心中，日漸積蓄著對於外國侵略者深刻的仇恨，終於成為一九〇〇年大規模中國農民反對洋教和一切西方事物的軒然大波。而農民的反西方暴動又給與西方八個列強以聯手侵華的藉口，燒殺搶掠。據歷史記載，天津城內被八國聯軍屠殺者，屍骸狼藉，餓犬爭食，城內房舍十室九空，北京城內也人屍橫陳，不可勝計。京華皇城歷代歷朝積蓄的典章文物、國寶珍奇，被搶掠淨盡。即使後來擔任八國聯軍統帥的德國將領瓦德西，對於西方「文明」的軍隊對中國人民的無甄別的集體性屠殺，和對歷代中國文物瑰寶的恣意搶掠，驚駭不已，在他的日記上有這記載：「所有此次中國所受破壞及搶劫的損失，其詳細數字明細也許永遠難為人所知，但其為數必定極大無疑……」

那麼說起「殘酷、愚昧、反理性、反現代文明、給中國帶來傷害和恥辱」的，是義和團呢？還是歐西日本等八國聯軍？再者，是人家老遠組成聯軍跑到中國大屠殺、大劫掠，還是我們貧困農民到西歐日本去「殺人放火」了呢？

義和團愚昧，跟不上西方科技、文明現代化的世界，搞封建迷信，搞黑社會組織……

歷史認識和歷史教育

經濟發展，即社會生產方式的推移自有滯後和先進的階段，也自有客觀的評準。然而「現代化」……即進入資本主義生產階段的西方，卻習慣於理所當然地以經濟先進社會在文化上亦必超前於經濟落後的社會。隨西方重商主義對外擴張登上北美洲大陸的傳教士，看到土著印第安人文化中崇尚和平，崇尚人與自然的和諧，對行旅之人的慷慨與協助等西方喪失的美德，驚為「上帝最初造人的形象」。然而這些印第安土著卻被終竟殘暴貪欲的白人船隊施加種族滅絕性的屠殺。

印第安人與西方的遇合，是部族共同體社會與商業資本主義對外擴張時期的社會的遇合。中國人與西方的遇合，是創造過璀璨的封建文化的封建社會，與進入帝國主義時代的西方獨占資本主義社會的遇合，其間的文野高低，是社會生產方式和生產工具的落差，而不是種族優劣、文野、賢愚的落差。

而當生產方式「先進」的社會壓迫和掠奪生產方式滯後的社會，印第安人和中國人只能以刀箭和槍矛抵抗白人的現代化槍炮，在精神上印第安人只能求助於深信不疑的傳統「祖靈」、「巫術」和各種薩滿教的神靈巫師和儀式，而中國農民只能寄託於民間符咒，相信能刀槍不入、魂鬼附身的方術。義和團運動被「現代文明」和「理性」的「八國聯軍」殘酷鎮壓後十五年的一九一五年，台灣農民的噍吧哖抗日起義，就宣傳「玉皇大帝九天玄女」可以「隱身」、「避子彈」、「避刀槍的符法」以抗擊據台日軍。而今日的「台灣人民」能不能據而嘲笑其「愚昧」、「反理性」、噍吧哖的農民起義「藏有仇視東洋人的情緒」？問題是明白的：在帝國主義無情侵侮的時代，當封建王朝無計可施，當台灣已成棄地，不甘屈膝的中國農民起而抗擊外侮的思想和行動只能是自由派百般嘲笑的形式：落後的武器、封建迷信和一顆不屈的民族驕傲。而歷史上一切被征服民族抵抗強權時，不依仗強烈的民族自豪感和「仇」恨「外」侮的思想與行動，難道依靠民族自蔑主義和投降媚外主義？一八九五年吳湯興招募義軍抗日告示中，有「……天朝赤子，須知義之所在，誓不向夷」；胡阿錦起義告示以「倭奴」稱日本占領者。柯鐵虎征倭檄文中以「倭」、「賊」稱據台日軍……難道只能換來後人鄙夷其主張「中華文化至高無上」、主張侵略者「邪惡」，在反對日帝占領台灣的鬥爭中「暗藏仇外情緒」的評價？

文明和野蠻的辯證法

自從十九世紀帝國主義列強無情蹧踐和掠奪包括中國在內的、薩依德意義上的「東方」，非西方、非白人、非基督教各民族人民就受到「西方文明開化」、「東方野蠻落後」這樣一種思想和信念的統治，不可自拔，難於翻身。龍應台女士的文章最後點睛之筆，是在說中共因不許新聞「媒體獨立」、「不尊重知識分子」、以「不文明」的態度和手段對待中國歷史和中國人民，所以是個「不文明」的、「野蠻」的國家。

我絕不贊成「中華文化至高無上」論，我也沒有聽說當下的大陸領導人這樣說過，反倒聽過自周恩來以來他們主張不同文化、不同社會政治制度互相接納、互相理解、互相尊重，反對把自己的制度、文化和思想意識形態強加於人的話。中國在文化上、學術上當然應該更加努力，對世界做貢獻，但如果說今日中國就「野蠻」了，只有石原慎太郎之流的人說得出口。現在引述陳毓鈞教授引用尼克森在其所著《超越和平》中忠告美國人的話，說明一些事實。尼克森指出，美國文化中存在著「高犯罪率、暴力文化、種族主義、槍枝氾濫、色情文化、毒品氾濫、家庭崩解、人心腐化」。這不是西方文明「邪惡」論是什麼？尼克森接著說，這樣的美國怎麼有資格向別的國家指指點點？「而今中國的經濟實力使美國關於人權的言說顯得輕率無知，十年後中國將使其顯得荒謬可笑……。」

誠然，中國的文化還要提高。但是近十年來中國文化文明的遺跡和既有成就受到聯合國評比為人類共有的光榮者不知有多少件。是的，中國在教育、科技發展上還有待更上層樓。但今天中國每年教育出五、六十萬個工程師的事實，使美國大驚失色。是的，中國的經濟發展存在著複雜的問題，但今天，最鄙夷中國的人都不能否認，沒有中國經濟的快速發展，就沒有世界經濟的持續性增長。

就因為中國共青團的機關報自己查禁了屬於自己的《冰點》；就因為從來不曾存在的絕對化、抽象化的「新聞自由」；就僅僅因為共青團不贊成醜化義和團運動的買辦史觀，龍應台女士就要咒罵今日中國的「野蠻」，就要以有別於中國人的「台灣人民」的地位，威脅要以她的價值認同「離棄」、「抵抗」自己的中國認同！

然而尋求外力干預下分斷祖國的統一，不是在市場上論斤計兩的生意，錙銖必較，更不是大教授挑選哪個大學提供的條件去決定到哪個大學任教。分裂民族的統一，至少對我而言，是一個知識分子為了堅持其出生的尊嚴、知識的尊嚴和人格的尊嚴的原點，不能議價，不可買賣、不許交換的。

而不必再等十年，龍應台女士的這一番言說，在當下就已顯得輕率了。

初刊二〇〇六年二月十九—二十日《聯合報・副刊》E7版
另載二〇〇六年三月《海峽評論》第一八三期，二〇一六年十二月《海峽評論》第三一二期

1 本篇初刊《聯合報・副刊》的「挑戰與交鋒」欄目，後以〈文明與野蠻的辯證〉為題另載《海峽評論》，篇末註明寫作時間為「二〇〇六年二月八日」。《海峽評論》於二〇一六年重刊此文，篇題改回〈文明和野蠻的辯證〉。

「二·二八：文學和歷史」題解

今年二月二十八日是一九四七年台灣人民爭自由、爭民主和自治而蜂起的第五十九個週年。台灣人民二月民主蜂起事件的歷史，自一九八〇年代中後，就橫遭台灣反民族的「台獨」分離運動恣意強暴，把她蹂躪成同民族分地域相仇；台灣從中國分離而「獨立」的象徵，殘暴地役使她以發洩和滿足「台獨」團伙的邪惡慾望。

作為近年來力圖將被顛倒的歷史再顛倒過來的努力的一部分，我們組織了一個小專題：「二·二八：文學和歷史」，收入近幾年間廣泛蒐集資料、研究甫告光復（一九四五—一九四九）的台灣文化而有成的曾健民先生的〈打破魔咒化的「二·二八論述」〉，縱論二·二八事變如何被反民族台獨政治「魔咒化」恣意挑激民族反目。曾健民繼而引用龍瑛宗、王白淵、楊逵、謝雪紅等人當時對歷史的遠見，論證二·二八事變反獨裁、要民主自治，民族和平與團結的共識。

我們也選刊曾經在事變中在台親歷事件的大陸籍新聞工作者夢周的相關小說〈創傷〉和散文〈難

忘的日子〉，從在事變中「被加害」的省外人的角度披瀝的痛苦、悲哀和驚悚的體驗。我們也刊出本省著名作家思想家楊逵的時評〈二・二七慘案真因〉，在表達對祖國與台灣的無限熱愛與忠誠的基礎上，痛切批判陳儀武裝劫收集團的威暴和腐敗。已故二・二八直接參與者台灣人吳克泰，則實證地梳理南京中國第二歷史檔案館的史料，證明陳儀當局和蔣介石如何虛與台北「二・二八處理委員會」敷衍委蛇，達到派遣武裝力量殘酷鐵血鎮壓的史實。

特別要一提的是，我們將台灣重要的戲劇運動家、台灣大眾文學家宋非我的「故事詩」——長篇大眾語敘事詩〈蓬萊仙島〉，配合施淑教授在理論和思想上都極深刻的難得讀到的導讀一次刊出。在三〇年代，台灣進步文壇曾經圍繞台灣大眾語——即「台灣話文」諸問題，進行冗長深入的討論，但隨著日本侵華戰爭的深化而停止，當然在台灣大眾語文學創作實踐上來不及有具體收穫。而在四〇年代介入台灣大眾劇場和廣播文學的宋非我，在五〇和六〇年代的大陸，取得了創作機會，留下了類如〈蓬萊仙島〉這種光輝的台灣大眾文學作品。

嚴重威脅亞洲和平的日本軍國主義在少數右翼政客的鼓吹下，復辟之勢，日益猖獗。汪立峽〈根深蒂固的軍國主義國家〉從追索日本史而偵尋日本「神國」信念和「人神」「天皇」的皇國國體論的形成，從而探究日本史觀、思想和政治的右翼之來源，是台灣知識界長期疏於探討的課題。

林深靖〈維多利亞的秘密〉是二〇〇五年十二月WTO香港部長級會議場外的側記，從帝國主義的世界史去沉思香港和亞洲。連繫ＷＴＯ和農民的苦惱，我們刊出楊儒門兩封獄中書信和吳音寧對媒體粗暴消費楊儒門事件的批判。楊儒門的真誠、內省、豁達和大氣令人驚為璞玉。然而我們也以關切的眼光注視著他在農民大眾和艱難的鬥爭中的再進步與成長。

曾健民發現了日據下戰爭末期呂赫若一篇從未出土的重要短篇〈一年級生〉。呂赫若寫日據下沒有文脈的異族語的強加，對收奪被統治民族的母語，發出笑聲中的抗議，表現了呂赫若過人的才華和堅強的抵抗。這是台灣日據下抵抗文學的值得祝賀的新發現！

在文藝欄中，除了詩人詹澈、鍾喬和施善繼的作品，還刊出陳喜儒所譯的尾崎秀樹的散文〈我的青少年時代〉，思想深刻、文筆優美，娓娓說出少年尾崎在日本戰敗前後因其兄秀實成為法西斯日本的「叛徒」問吊後，在台灣的苦惱的青少年歲月。曾慶瑞教授以托爾斯泰對比，寫巴金為自己一時的軟弱，堅持認真嚴厲清算自己，流淚痛悔的巨人的心靈，來悼念巴金。藍博洲寫二〇〇五年十一月到香港任浸會大學駐校作家，得便參與同大學的「瞭解伊斯蘭世界及其作家」文學工作坊，生動又深刻地寫出他第一次和穆斯林世界充滿苦難與抵抗的心靈和文學相遇的體驗，是讀者不能錯過的訪問報告。

感謝大陸文壇朋友的協助，我們介紹近年來在大陸全境引起熱烈討論和爭論的焦點中篇小說：曹征路寫的《那兒》。我們感謝李雲雷先生特地為我們寫的文章，生動深入地介紹了在大陸文壇引發的深刻波紋。

最後，我們對龍應台女士的文章〈請用文明來說服我〉，提出了回應，和某些刻板的思維交鋒。

初刊二〇〇六年二月人間出版社《人間思想與創作叢刊10・二・二八：文學和歷史》（人間出版社編委會編），署名編輯部

驅逐「反共國安」魔咒

《雲水謠》危及台灣「國境安全及國家利益」？[1]

第一次拜識今天大陸全國政協副主席張克輝先生，是早在一九九〇年二月。當時他還在福建省工作，卻專程到京會見台灣第一個民間主張民族統一的社團「中國統一聯盟」參訪團時，我們得以初初面識。

後來幾次見面中的一次，承蒙他惠贈題贈給我的日文俳句作品，我才第一回驚訝地發現張先生的即使是他同年輩的台灣人中也不很多見的日本語水平。而他在俳句作品中表現的文學感性與才華，更使我對他有一份不同於禮節性地會見大陸一般領導人的、某種「文學同人」的、個人的親近感。後來，我讀到他在大陸出版的兩本散文、雜文和新詩合成的集子，深受他的樸質、深情、懇切的文風所打動。

台灣省內外進步知識分子在一九四七年到四九年間的《台灣新生報．橋》副刊展開了一場具有重要歷史意義的、關於「如何重建台灣新文學」的論議，相關資料約八、九年前出土，我們才發現這次文藝思想的爭鳴背後，有楊逵先生巨大有力的身影，而我們也從而發現正是在楊逵先生的關懷下，當時的台灣還有一群追求進步與創作的小青年。其中，以油印同人刊物《潮流》為中心的文學青年中，就有少年張克輝。而當年的台灣文學青年圈裡，還有蜚聲台灣前行代詩人和文學家詹冰、吳瀛濤、張彥勳、林亨泰和蕭翔文等。今日讀來，特別是少年張克輝西渡廈門大學後寄回台灣的作品，不論在語言、審美和思想上，皆有鶴立同儕的姿影。

但歷史的巨浪把四〇年代包括少年張克輝在內的一些中國文學青年捲進了為新中國的誕生而掀起的海嘯地動之中，而多少才華橫溢的熱血青年也揮別了文藝創作的初心，各自走上了遼闊祖國的不同征途。而張克輝先生恐怕是極少的、在經過革命、軍旅和政治工作之後，少年時代所懷抱的文學綺夢從來沒有停止對他殷殷呼喚，終至使他重新拿起創作之筆的第一人。在私下，我曾幾次放肆無度地對張先生說，作家的張克輝先生遠遠比政要的張先生讓我感到親切，而張先生似乎並不以為忤。二〇〇一年，張克輝先生將他兩本文集《故鄉的雲雀崗》和《深情的海峽》，交由台灣「人間出版社」出版。

及近四、五年來，張克輝先生突然寫起電影劇本，而且拍成電影，受到相當的評價，這也很讓我吃驚。最近一次拜見張先生，知道他又在寫新劇本，近於完成。但昨天讀報，才知道他的新電影《雲水謠》團隊申請來台交流取外景被陳水扁當局峻拒，理由是深恐危及台灣的「國境安全及國家利益」。

一九五〇年後，台灣和韓國都成為美國東亞冷戰戰略的最前線。民族被硬生生地分斷，親人被迫離散，而其所以，便是以反共、反對祖國、製造同胞相仇相憎的「國家安全體制」，並以這體制為藉口，斷行軍事獨裁統治和「國家」恐怖主義。張克輝先生《雲水謠》攝製團隊來台被拒，暴露了陳水扁當局完全繼承戒嚴時代國民黨的「國安」體系的反動、反華、反共、反民族的真實面貌，悍然撕卻「民主化」、「自由化」的面具也在所不惜！

為了驅逐「反共國安」體制的魔咒，為了民族的團結、和平與統一，讓我們拋卻幻想，努力奮鬥！

初刊二〇〇六年三月十五日《聯合報・民意論壇》A15版
另載二〇〇六年七月《夏潮通訊》第五期

1　本篇以〈驅逐魔咒〉為題另載於《夏潮通訊》。

是奴才就不能主張「尊嚴」

評「奧揚之旅」悲慘的挫折

這一個多禮拜來，陳水扁計畫途經美國本土紐約和舊金山，以巴拉圭和哥斯達黎加為目的地做「奧揚之旅」，遭到美國峻拒在美國本土停留。陳衝冠一怒，也改變行程，拒絕途經美方安排之美國的附地阿拉斯加，而改在中東停留加油過宿，也被相關國家峻拒，最後以「貨機臨時下降加油」的名義，在荷蘭停留，過了一宿，在第二天曲折飛抵巴拉圭。

台灣當局和美國在「外交」上公開齟齬，使台灣在國際社會中蒙受這麼重大的羞辱和挫折，莫此為甚。而台灣外交當局嚴辭表示，拒絕接受美方預定的安排，改西飛取道中東，意在捍衛台灣作為一個「主權獨立國家」的「尊嚴」，並且不忘惡語遷怒於「中共」對台灣「國際空間」的打壓。可惜的是美國國務院旋即發表談話，謂美國不會因受哪一個外來壓力而出此，且自有美國自己的考量。

那麼，台灣真是一個國際公認的「主權獨立」國家嗎？

一八九五年，日清戰敗，台灣慘痛地淪為日帝的殖民地，被迫與中國本部分離了五十年。

二次大戰結束的前夕，於一九四三年，中、美、英、蘇四個反法西斯戰爭的盟國發布了旨在說明法西斯軸心德、義、日潰敗後戰後處理的方針《開羅宣言》。宣言中明白宣告在日帝戰敗後，一切日帝竊占自中國之土地包括台、澎、「滿洲」（即今中國東北地區），應皆歸還中國。一九四五年日帝戰敗，中國政府在接受日本投降的文書中，明確宣示日帝前此竊據自中國之失土東北、台灣、澎湖列島悉皆光復而回歸中國，並即在東北、台澎等日占地恢復中國的行政管轄，而列國皆無異議。

迨一九五〇年六月，美國侵略朝鮮半島的戰爭爆發，世界東西兩個陣營間的冷戰達於高潮。美帝國主義突然食言改變其迭次公開主張「台灣屬於中國」的對台灣政策，一方面以大艦隊分裂台灣與大陸中國，一方面以其強權炮製「台灣地位未定論」強言台灣最終歸屬應依戰後國際對日和約決定，從而否定了中國對台灣的主權。而後在美國一手操盤的《舊金山和約》，確立了「台灣地位未定」的強盜結論。

美國的強盜邏輯，無非要將台灣自新中國剝離，配合其拒絕承認中國新政權的政策，以便使其軍事上占領、政治上支配台灣島，使台灣島成為其在遠東冷戰戰略的前線基地的陰謀「合法化」。如果美國依《開羅宣言》承認台灣是新中國的領土，美國就無權以重兵和大艦隊進駐台灣，包圍並且封鎖甫告成立的新中國。

而欲達到此目的，美帝國主義必須在台灣炮製一個反共、親美、拒絕與大陸中國統一的「合法」政權，才得以在這個傀儡政權的「要求」下，訂立《美台協防條約》，對台灣的政治、外交、經濟、軍事和文化全面掌控，使台灣島徹頭徹尾地成為扈從於美國的政權，並使其成為美國在遠東地區反共軍事基地之一。

不能否認，當時窮途末路、在中國大內戰中退守台灣的國民黨，為了一家、一黨的利益，甘為強權鷹犬，犧牲全民族的利益，使台灣成為繼一九四〇年代上半在日帝支配下「皇民化」運動以來新的反民族基地。從一九四六年到一九八〇年代上半，國民黨雖然一直主張台灣屬於「中華民國」，但三十年後的統治，一直採取庸屬美國、極端反共，將大陸中國妖魔化的宣傳教育。一九八七年以後，國民黨先是在李登輝手中台獨化、反民族化。而二〇〇〇年民進黨台獨勢力取得台灣政權至今，基本上沒有改變扈從美國、和反共、反華的基本方針，也基本上沒有改變，甚至變本加厲地向著附庸美國、反共、反華的方向狂奔。

韓戰爆發，美國採取支蔣反中的政策，在美國強力操作下，當時瀕臨沒頂的台灣，不但受到多國外交承認，並且直到一九七九年還能在美國庇護下坐在聯合國安理會五個常任理事國之一的席位上，取得國際外交上的「合法性」。而國民黨在台灣的排他性統治的「合法性」，正是源於美國恩庇下的國際「合法性」。戰後冷戰構造中國民黨集團和美國的「恩庇—扈從」、「主子—奴才」的關係於焉形成，並且延續到二〇〇〇年台灣政權「更迭」之後的今天，不但沒有改變，甚且變本加厲。而君不見陳水扁每一篇重要談話，一定要把講稿事先送請美國同意後才在台灣發表？而在一九七九年後，連這樣的主子，也撤銷對台灣的外交承認，公開說台灣不是一個「主權國家」，美國因而無法支持台灣進入「只有主權國家」才能成為會員的國際組織。然而不論國民黨或民進黨，都寧願緊緊依靠美國的《台灣關係法》，以人家之國內法界定自己被「恩庇」的扈從者的地位，樂不自勝。奴才根性表露無遺。

在一九五〇年，我們民族被強權干預而分裂以來，兩岸間「冷戰／內戰」的雙重結構，在我們的民族歷史上留下苦難的傷痕：

——民族的撕裂，家族的離散。而家族離散之苦，絕不止於在台省外人士。一九四六年到四八年間，成百上千的省內青年被騙、被強押到大陸打內戰，離鄉背井亦凡四十餘年。

——同民族的對峙，同民族間宣傳近親憎惡的政治和意識形態，甚至互相弒殺。五〇年代「白色恐怖」中，台灣當局所殺害、囚禁的省內、省外，甚至原住民人士，人數計有兩萬人之譜。

——外國勢力利用兩岸民族對峙獲利。他們將戰爭的前沿基地擺在台灣島上，以便一但反華戰爭爆發時，以島上的人民和基地為犧牲，製造民族自殘的悲劇。

——在民族分裂的對峙的構造上，美國對我進行獨占的，昂貴的軍火出售，恣意訛詐，用以激發同民族互相殘殺的悲劇來賺取巨額利潤。

目前美帝國主義的對台政策，可以用「不統、不獨，不戰不和」來概括。不統，是要利用台灣為其扈從，牽制新中國。不獨，是忌憚引發全中國人民的反美民族主義敵愾心。不戰，是忌憚中國自六〇年代為防衛自保而建設的，不可蔑視的國防力量。不和，是企圖要使兩岸的對峙分裂固定化和永久化。

破解美帝國主義的這些陰謀，有很多政治、軍隊、外交的手段。

但是，我們以為，我們最缺少的，是以當下民族分裂而在外力撥弄下不得統一的長期來的現實為我們的羞恥與痛苦。沒有這種以分斷為恥為痛的民族意識作為深厚的基礎，僅僅用營利、利潤為誘導的手段，容易養成民族機會主義。而只有當兩岸人民都有以民族分裂為羞惡、為痛苦，力爭克服民族在外力干預下的分裂，以民族最終的統一為誓約時，台灣才能走向懷抱「一個中國」(China is one)的，自主於外國干預的、和平統一的大路，才能擺脫三、四十年來台灣自甘為美日鷹犬的可恥奴才地位，而成為崛起中的我們民族的無愧的一員。

陳水扁這一趟「奧揚之旅」，應該讓人民深切地體悟到一個真理：「是奴才，就不能主張『尊嚴』！」

二〇〇六年五月十日

署名王君煇

本文依據手稿校訂

台灣戰後民主主義的清理

為什麼一個承接黨外反蔣民主鬥爭的政黨會快速、徹底地墮落和腐化？[1]

一個反民族宣傳的破產

在二·二八事件後不久，台灣民眾之間就流傳著這歷久不衰的、煽動省內外人民間的矛盾的說法，說是台灣人「因為受過日本統治，從而為人受過日本教育，有了『日本精神』，所以台灣人老實、正直、不貪不取……」，而來到台灣的外省人，則「巧言令色，貪汙腐敗，恣意強占、掠奪日本人留下來的廠礦事業……不知廉恥為何物！」因此，「誠實正直的台灣人」不但永遠無法和「貪婪腐敗的外省人」相處，而且註定了要受狡詐的外省人統治和欺負。

然而，自從趙建銘醫師，僅僅以「總統」女婿的關係，竟然鬧出了牽連廣泛的大貪瀆斂財案，而案情廣泛，包羅了幾個大財團、金融商品（如股票）的大玩家，買賣上層職位和官位。如今檢調正在調查前總統府「副秘書長」陳哲男和另兩位八〇年代「學生運動」出身的總統貼身親信。直到最近，這把火終於要延燒到「總統夫人」吳淑珍……。

二〇〇〇年民進黨從國民黨手中奪取了政權，為時僅僅六年，整個「總統府」竟而成了貪婪無度，枉法斂財，貪汙舞弊到肆無忌憚的核心總部！

這一宗以「總統府」為掩體形成的大貪腐罪行，徹底打破了台灣人因為日本統治而變得正直、老實，不貪不取……外省人則「天生巧言令色、貪汙腐敗……不知廉恥」這樣一種挑唆民族分化，同族而相憎惡的反民族宣傳。人們終於知道，一個地方上的台灣人小學校長（趙建銘父），竟也如此墮落貪腐，不知廉恥！台灣人中也有巧言令色、貪腐無度的人，正如外省人中也不少「正直老實，不貪不取」的人。貪廉邪正，原無省籍的差別！

凡權力莫不貪婪和腐敗

資本除了通過工農階級的勞動過程中殘酷掠奪剩餘價值以自肥，資本也與權力進行形形色色的勾結、聯合，使利潤最大化。通過收取賄賂、股票的「內線交易」、從權力非法取得金融氣候，投資金融市場，取得暴利，而後又將收賄、投機所得投資而「資本化」。資本與權力的同盟和勾結，取得非法的超額利潤，逐漸形成一個權力與資本所獨占的統治階級的核心構造——一個充滿密室交易、肆無忌憚的「權錢統治」體制。軍火工業市場激烈的競爭，使幾乎每一筆國際軍火交易中的軍火商、掮客、政府官僚都沉浸在甜美的、巨額的買賣「回扣」中，而國家和媒體即使心知肚明，卻密而不能宣。據研究，二十世紀中，在「民主自由」的西方世界，已有十幾位國家領導人、總理和政黨領導人和議員因收取不當利益或金錢而遭罷黜、判刑。而議員、高層員警、部長的收賄醜聞，幾乎無日無之。

而二十世紀六〇年代後，因世界冷戰大局下，美國在亞洲、中近東、中南美洲和東南亞洲，以巨額金錢和武裝，支持無數惡名昭著的反共、親美、以「反共．國家安全」為大義名分的「次法西斯政權」。除了默許甚至鼓勵這些政權對其人民中力主民族獨立和解放的民眾、教師、工會、政治運動家、社會運動家施加最殘暴的人權蹂躪，施加酷刑拷打、非法刑死之外，更縱容這些扈從於美國的反共軍事獨裁政權領袖恣意貪腐，掠奪人民的財富。菲律賓歷屆「總統」如馬可仕之流；中南美洲的反共、親美獨裁將軍和總統（如蘇慕薩等），和中近東的反共親美頭頭（如法魯克）；印尼的反共獨裁者蘇哈托，南越解放前的歷屆軍人政府領袖，以及南韓的盧泰愚，在下任後，被清算在職期間的貪汙瀆職，凡此，莫不在反共、親美、對內施加法西斯鐵腕統治中，以美式武裝支持下的反共法西斯統治，恣意貪瀆掠奪而累致巨富。

資產階級「民主國家」反貪腐？

不少人說西方「民主」國家富可養廉，且有獨立的司法和新聞媒體和民主政治制度，完全可以杜絕錢權的同盟和掠奪。這是為更大規模的金錢交易和資本與政治同盟遮天下人耳目的謬說，只需要一般常識水平的批駁，就可揭發謊言真相。

一，資產階級一人一票制的選舉遊戲，是價錢極度昂貴的遊戲。如同企業為產品宣傳周知，以利擴大認同與選購某產品一樣，資產階級「民主選舉」也要花千百萬，甚至上億美元宣傳候選人，換取候選人的認同（商品、品牌認同），並歸結為購買消費（投給候選人一票）。如果你不相信世上有人竟願意花上億美元爭取「為人民服務」的機會，就很容易明白各大財團、企業集團和利益集團以巨資「投資」某候選人，為他背後的目的——即階級利益、企業獨占體的利益。它們在其所投注資金（「政治獻金」？），一旦勝選，就可以通過參政、制定有大利於資本集團的利益的法案、措施，從而獲取暴利。因此，許多資產階級「民主」國家的大政方針，取決於政權交易和資本寡頭在密室中的討論和決定。陳哲男、趙建銘和台灣大公司、大金融資本高層在「三井」日本飯店的密室操作，只是這種資本集團與政客之同盟以掠取利益的高比率縮小版罷了。美國的民主、共和兩黨，皆各有其大獨占資本集團、媒體的支持，毫不隱晦。日本執政黨內也各有日本大財閥、資本集團的支持，也是眾所周知的日本政治實相。此外，個別閣員、參議員因官商勾結，貪汙腐敗，東窗事發而下台的事，報紙上絕不少見。

其次，資產階級喜歡世界不平靜，喜歡軍火交易。理由是軍火的買主往往是一個國家的政府，手中有人民稅收而來的大量金錢。軍火買賣數量龐大（飛機、飛彈、艦艇、坦克的買賣都是以「國家預算」的巨大金額進行）。而軍火買賣競爭十分激烈，國際上便有許多軍火交易的「掮客」（個人或公司）穿梭於國際軍火市場。這些掮客為了搶奪生意，不得不以高「回扣」賄賂，來買通買賣雙方的軍事系統和政治系統高層。軍火預算多涉「國防機密」，很多國家的軍火交易自然地免受議會、檢調機關的調查與監督。國際龐大的軍火獨占工業資本便如此腐敗了自己的政府，腐敗了自己的高層文職與軍職官僚體系，當然也腐敗了買方國家的政軍體系。台灣「拉法葉」艦案就為其中一例。

再次，有些國家，為了擴張自己的利益，不惜動用武力來保護它的跨國性企業，使用諸如戰爭、顛覆、蹂躪人權等手段，來保護其跨國企業在國外的龐大利益。美國為石油打響侵略伊拉克的戰爭。在中南美洲，美國以顛覆和破壞民選政府的方法，來拒絕被害國家為抵抗外國大企業獨占自已民族的資源。為了自己的冷戰戰略利益，美國分裂別人的民族，使別人的民族同族相殘，來獨占美國在親美一方的各種利益……其國家權力和其國際性壟斷資本的同盟，為了自己的利益，對於對其不言聽計從的民族和國家施加經濟制裁、政治孤立、維護各當地腐敗的親美獨裁政權，其罪行早已超過個別政商貪瀆腐敗的層次了。

西方「民主」國家有個別政商集團的貪腐。而被西方媒體批評為「不民主」的、設立了廉政公署後的香港地區，及新加坡，卻能以政風廉潔著稱。

台灣蔣氏政權的政風

國民黨因制度性遍及全社會的貪腐，為人民所唾棄，在一九四九年被中共所領導的新民主主義革命推翻，失去了其在大陸的政權。

一九四五年後，流亡到台灣島上的國民黨政權，也在台灣搞貪汙腐敗和掠奪人民的故技，使廣泛台灣人民由光復的喜悅跌入絕望和憤怒的深淵。官逼民反，逼出了一九四七年二月的「二月事變」，而以蔣政權對台灣人民的鐵血鎮壓告終。一九四九年十月新中國成立，同年，蔣氏政權流亡到台灣。一九五〇年韓戰後，美國悍然干預中國事務，壓抑新中國，支援國府，在台灣維持了三十年左右的政權。

這在歷史上貪腐成疾、病入膏肓的國民黨政權，從一九五〇年到一九八〇年代末，相對而言，政治上固然獨裁專制，外交上反共親美，但整體政風，有「相對性的廉能」。官僚收賄雖時有所聞，巨型貪腐，也有「黃豆案」和毛邦初挾台灣當局購買飛機的巨款叛逃美國去當寓公的事件。但相形之下，特別是和一九七八年李登輝執政、繼而自二〇〇〇年陳水扁繼任迄今的黑金結合，官商結盟的貪腐政治之肆無忌憚相比，蔣氏在台政權不能不說有其「相對性廉能」。而且在付出三十年對外經濟、軍事和政治外交的扈從的代價上，取得了依附性的經濟發展。其中的原因之一，是國民黨汲取了在大陸貪汙腐敗而失去「江山」的慘重教訓。

弱小而沒有人文積澱的台灣的資產階級政權

今天，人們都驚訝，為什麼崛起於七〇年代（更準確地說，從五〇年代的「自由中國運動」起算）的台灣資產階級反蔣、民主化運動，只經過後蔣時代短短六年，就急速墮落為一個貪贓枉法，無所不至的政權？究其原因，至少有下述幾點：

一，二十世紀中葉發足的亞洲資本主義——即所謂「亞洲四龍」的資本主義化，都沒有自己經歷過資產階級自力奮鬥崛起，在政治、經濟、哲學、文化、宗教諸領域上發展了「（資產階級）個人的自由」、自由競爭，獨夫王權可得而誅伐取代，個人主義，新教神學，浪漫主義的文學和藝術運動，進一步挾其新思潮威力，以當時已成不可侮的社會階級（資產階級）為核心，在英國首先推動了真刀真槍的資產階級市民革命，推倒了封建君王和教會的統治，建立了新興資產階級自己的國家政權。

然而早在俄國彼得大帝和日本明治天皇的資產階級「維新運動」，俄日兩國資產階級人數少，力量虛弱。兩國的資本主義工業化的推動者，都是王室上層的維新勢力，以及「有志於經濟發展的高層官僚」，推動了各自的產業化，成為一種自上而下，資產階級依附於半封建王室而積累其資本的共同發展模式，而不是由新興的、強有力的、懷抱著遠大文化積澱和理想的資產階級發動市民革命，為自己的階級締造了新國家。

與此相較，在一九五〇年後，在世界冷戰結構下，為包圍中國、遏阻中國，美國趁著國際分工的重組，有計畫地幫助了台灣、香港、韓國和新加坡等地區和國家，發展了依附性資本主義。

在這個過程中，台灣大資產階級依靠國民黨權力獨占島內市場而肥大。在低廉工資基礎上的台灣中小企業資本，則以「加工出口」追求積累。

一九七〇年代開始，台灣中小企業資產階級及其市民階級結成同盟，開始推動反蔣獨裁和民主化並不強大的運動。大資產階級因其與國民黨間的扈從與蔭庇關係，沒有加入反蔣民主化運動。廣大農村，可以說依然是國民黨的「票倉」。因此七〇年代民主化運動的主要力量來自先天體質薄弱的城市民和小資產階級，無力領導這全面性資產階級叛變的歷史任務。

一九七八年，李登輝意外繼位。「波拿巴式個人專政」的過渡時代結束，開始了戰後第一個代表台灣資產階級的政權。台灣的大資產階級一改向來迴避政治，附從權力以求利的態度，如今蜂湧進入國民黨、立法院等權力核心，於是權力和資本的結托沸沸揚揚，自此以政治謀求「獻金」，以各種請託報酬，勾結土木建設資本分刮建設預算。金融資本與權力勾結，獲取金融投機市場的暴利，到了毫無忌憚的程度。此次陳水扁身邊的近臣、佞幸和姻親，甚至內宮夫人所暴露的陳水扁政權的貪汙腐敗案件，便是後蔣時代台灣戰後新資產階級政權如何迅速墮落和腐化的活生生的例子。一個靠權力蔭庇而成長，本身沒有自己新的階級的文化、理想和眼界，只能因循蔣政權以來反共、親美和台灣分離主義(所謂「台獨」與「獨台」路線)的政權，不論政權如何「輪替」，其爆發戶、貪婪擅權和粗俗不文的本質，是怎麼也改變不了的。

媒體的「民主化革命」？

這次陳水扁政府的貪瀆醜聞被逐步揭發，很大一部分鬥爭是有線電視台TVBS一個政論談話節目，和《聯合報》、《中國時報》的報導、社論、短評把揭發此一醜聞的浪頭，一波波推到高潮。二〇〇〇年民進黨當政前幾年，廢止了《戒嚴令》，台灣的言論自由有了長足的推展。經歷過蔣氏政權威權統治的人，很難以相信眼前每天揭發和批判最高權力腐敗無能的媒體竟能不抓人、不禁報、不關電視台。媒體無日無之的對貪腐權力的「抓糞」和抨擊，影響很大，使陳水扁和民進黨——從而連台獨運動的威信掃地，其民間支持度大幅度下滑，讓人感覺到「媒體發動的資產階級革命」似乎正在迅猛發展。

然而，我們對此不敢懷抱過度樂觀態度。一個偉大的思想家說過，「政治是政權的捍衛和政權奪取的鬥爭」，言簡而意賅。他說，政治是被統治的階級推翻統治階、建立自己的政權，和統治階級全力捍衛自己手中的政權的鬥爭。這種鬥爭，也反映在同一階級的不同派系、集團之間。因此，掌權六年的民進黨統治集團，絕不可能輕易在媒體的抨擊下放棄政權，因為放棄政權，就是放棄這些階級、集團和階層因民進黨的權力而來的豐厚利益。一場你死我活的鬥爭已直如欲來的山雨。在二〇〇〇年的總統大選中毫不猶豫地唾棄了國民黨政權的廣大城市中產階級，今天固然對民進黨幻滅了，但要把希望再寄望於國民黨，恐怕也是一個複雜而矛盾的過程。

台灣為什麼沒有一個受人民廣泛信賴的、進步清廉的第三政黨可供選擇？這是歷史對台灣進步、愛國的政治集團與個人提出的嚴肅的提問，等待著回答……

二〇〇六年六月十五日

初刊二〇〇六年六月三十日「人間網」，署名李興華
收入二〇〇六年十月人間出版社《人間思想與創作叢刊12・貪腐破解了台獨政權的神話》（人間出版社編委會編）
本文依據手稿校訂

1

本篇為《貪腐破解了台獨政權的神話》的「反貪倒扁・解剖台獨」特輯文章。

「二〇〇六年陳映真到達北京後完成此稿，並將打字稿傳回人間出版社。此稿不久即刊登在『人間網』上，後來人間出版社據此收入『人間思想與創作叢刊』二〇〇六年秋季號《貪腐破解了台獨政權的神話》。最近陳映真夫人陳麗娜女士找到了此文手稿，以其與《貪腐破解了台獨政權的神話》所收版本核對，發現出入甚多。我追索到『人間網』上的初刊文字，發現在『人間網』上也是如此，經與陳麗娜女士討論，除了標題遵從陳映真的修訂，將台灣戰後民主主義的『極限』——改為『清理』外，文字一律按手稿錄入。」（呂正惠案語）

給《文藝報》1

沒有一種學科學問比文學更能為我們描述一個特定社會和歷史情境中的人——他們的命運、苦難、鬥爭和探索。

台灣新文學發軔和成長於日帝統治下的二、三〇年代。大部分作品都在日帝下堅持以漢語白話創作，並受五四運動影響，在反映殖民地台灣的生活與鬥爭中，高舉了反帝、反封建、民主與科學的旗幟。

一九四五年台灣自日帝統治下解放，一九四七年—一九四九年間，為了使台灣新文學重新在戰後台灣邁開步伐，有長達十數個月的關於如何建設台灣文學為中國新文學無愧的一部分的熱情、漫長的論議。

一九五〇年後，台灣在冷戰和內戰的雙重結構下重新發足，取得了值得評價的結果。這次大陸作家出版社出版的《台灣作家研究叢刊》十一本，以評傳、作家論、作品論的形式，對台灣十一位新文學作家做了研究、賞析和評論，又進一步總結了台灣文學發展在某一歷史時期、某一突出的側面成績，是研究和探索台灣新文學的工作，在當前的又一新的收穫，可喜可賀。

未署名

本文依據手稿校訂

1 據手稿稿面，本篇應為二〇〇六年八月二十八日接受《文藝報》的電訪紀錄。本文篇題為編輯所加。

發展社會學中的「現代」與「傳統」[1]

一、「現代化」的意義

「現代化」的概念可說「眾說紛紜」，有時甚至莫衷一是。但如果從「發展社會學」的觀點來處理，也許會更有科學性吧。所謂發展社會學，研究的是社會生產方式的推移，以及這推移運動之歷史的、政治的與經濟的要因。發展經濟學中有「現代化理論」與「依賴理論」和「世界體系理論」等。世界體系理論處理的，正是一個社會經濟臻於「現代化」階段必由的過程，研究其極限性，和世界經濟體系的結構及動態，即邊陲經濟（前現代化經濟或欠發達經濟）、半邊陲經濟（由邊陲經濟向中心經濟，即高度工業化經濟移動的階段）和中心經濟（充分資本主義現代化經濟）相互的關係和相互流轉等立場不同、互相對立、卻又互相連繫的理論。

現代化理論說，在一定條件下，各民族和國家的經濟，假以時日，就會自然地達到「經濟起飛」階段，逐漸臻於現代工業化而達到發達國家的境地，過富裕的現代化生活。依賴理論指出，西方對廣泛的前殖民地長達五、六百年的殖民掠奪和榨取，使世界成為不發達國家（大多是前殖民地國家）對高度發達國家（即前殖民地宗主國）在經濟、政治、軍事、文化上深度依附關係。而這個世界經濟的支配與扈屬和依賴體系，使發達國家的發展，成為欠發達國家窮困化的原因，從而主張欠發達的前殖民地社會毅然切斷（delink）與發達國家的關係，走自己的路，自力更生，才有望使自己的社會達於現代化。華勒斯坦的「世界體系論」，將世界經濟發展的地圖分為三個部分，即高度資本主義發達國家的「中心資本主義社會」，和經濟不發達、貧困落後的「邊陲」性資本主義社會，以及介於這兩個社會之間，可能由邊陲向中心移行的「半邊陲資本主義」社會。這三個社會關係不是固定不變，邊陲資本主義有可能發展為半邊陲資本主義社會，一度發達的中心資本主義社會有可能向半邊陲資本主義社會推移，也可能向邊陲資本主義社會沉淪。二戰後菲律賓的淪落，十五、六世紀盛極一時的重商主義殖民宗主國如荷蘭、西班牙、葡萄牙的下沉，英國的衰退，和二十世紀中葉從殖民地解放後在亞洲興起的「四小龍」國家（或地區）都是例子。

因此，依照發展社會學不同派別主張，他們對所謂現代化，有一個共同的理念：其實就是社會生產方式向資本主義化移行的階段與結果。

二、「現代化」的不同歷程

西歐的資本主義現代化，先從十六世紀的重商主義的殖民擴張中，殘酷掠奪其他民族的黃金和其他貴重金屬，並進行野蠻的甚至進行慘無人道的奴隸買賣，開始了原始積累。隨著對外貿易和殖民擴張，逐漸形成了富裕的新興的商人、銀行家階級。因應對外貿易而發展的手工作坊，這時也隨著新動力——水蒸氣的廣泛應用，發展了更快捷的交通，發展了大規模機械化工廠的較大量生產體制。而逐漸地，一個新興工業資產階級登上了舞台，以全新的思潮和文化，即政法上的「民主」、「自由」、「個人主義」；宗教上的改革（各種清教主義）；文學、藝術上的浪漫主義，主張財產私有的神聖性、市場上的自由競爭……等，全新的資產階級政治經濟學，終至於激起了資產階級市民革命，推翻了西歐（尤其英國）的封建君王、貴族與教會體制，建立了新的資產階級國家，並且在十九世紀後半進一步展開帝國主義，在全世界瓜分殖民地。

法國和美國的資本主義化和帝國主義化過程基本上與英國相似。只是北美洲的英國殖民資產階級，除了殘酷壓迫印地安土著，在南方以奴隸制度（從非洲黑種人的奴隸貿易剝奪大量的無償勞動）開展南方的資本主義農場體制，而在美國的北方，則進行資本主義工業化，並且在十九世紀末對外推動帝國主義的殖民擴張。

俄羅斯和日本直到在十九世紀初，還沒有真正有經濟和政治實力的現代工業資產階級。在封建農奴制的主佃經濟上，彼德大帝領導有志於仿效西歐的開明貴族與官僚，由上而下地，以政權的力量推動俄國的工業化。明治時的日本也一樣，其工業的現代化，也不是日本資產階級的存在和推動的，而也是自上而下，以明治天皇周邊的傾慕西方的文明開化、「富國強兵」的官僚所推動。

到了二十世紀中葉日本戰敗之後，當時普遍認為世界的現代工業化只到日本的崛起為止的世界，不料因國際冷戰構造和西方資本主義分工重組等條件下，在韓國、台灣地區、香港地區和新加坡興起一波在小城邦（地區）展開資本主義現代化的波浪。這些國家和地區，都有過外來統治下一段殖民地半封建社會結構，因而都沒強有力的本地資產階級，卻因美國冷戰戰略，在反共軍事獨裁體制下，以強權推動以加工出口為發展方針的現代工業產業現代化。

一九四九年，新中國成立，打倒了「三座大山」，消滅了大地主資本、買辦資本和帝國主義資本，完成了民族資本的社會主義改造、並順利推展了農業的合作化。在資本帝國主義環伺下，以中國工農聯盟為核心的新社會，初步完成了以自己的大型重化工業為中心的現代工業化。在二次戰後，世界上不少前殖民地採取和中國同樣的國家資本主義道路，自力更生，走自己的路。但這種「另類」（alternative）現代化，因複雜的內外原因和世界資本主義陣營蓄意破壞，不少遭到了挫折。

二十世紀末，新中國以「開放改革」的混合型經濟；以內包著一定成分的社會主義因素的「類資本主義」式的發展，取得舉世驚訝的、快速的、大面積和大體積的現代工業化。新中國的快步巨大發展，在全球經濟、外交、政治上發揮著令人刮目的影響，但也不能不警惕到這個發展途程上所隱含的複雜而深刻的危機，例如貧富不均、新的階級及分化其所導致的階級不平等，以及其所伴隨的社會矛盾、嚴重的生態環境危機，而土地和飲水的絕不可忽視的汙染，以及從外國輸入的虛無主義、官能享樂主義、極端個人主義、色情暴力的文化，在文化和意識形態以精緻商品的形式湧川而來的時代，我們要不要科學地，嚴肅地思考對策？

三、「傳統文化」與「現代化」的相剋與相成

一定的文化體系——思想、意識形態、法律、宗教、哲學和各種審美體系，是以一定的社會物質生產關係為基礎的、相應的上部構造。作為其基礎的、社會的物質生產方式，在人的歷史和生活行程中，不斷發展和變化。其結果便逐漸迫使一般地帶有相對穩定性和慣性的上部構造，與變動不居的下部構造產生不同程度的矛盾鬥爭，一直到達成新的社會基礎和上層建築間的新的統一為止。社會的經濟基礎，在原則上起能動的、終極的決定作用。但在一定條件下，

上部結構也施加反作用於下層建築，對社會生產方式起主導作用。

這是大陸知識界耳熟能詳的知識。據此，相應舊的、向來的生產方式基礎上的文化的總和，就是所說的「傳統文化」，和新近的生產方式基本上可能表現為相互不統一。生產方式具體改變了，新生的生產方式就會強力地迫使「傳統文化」發生解體、蛻變，更進一步創造出一套與新的生產方式相適應的新的上部構造。

十六世紀英國的資產階級曾在文藝思潮上以浪漫主義代替了英國封建階級的「擬古典主義」，以火熱的語言主張個人的個性與自由，倡言政法體系上的資產階級的民主與自由，經過工業革命而益為強大的英國資產階級竟最終推翻了封建貴族、地主、傳統教會，建立了英國資產階級國家。英國的資本主義生產方式拋棄了作為舊有的「傳統」社會上層建築的英國封建法律、制度、政治和宗教，從而使英國工業資本主義得以更加鞏固和發展。在法國和美國、俄國和明治日本，也都發生過類似的重大物質和精神、思維的變革。

然而，「傳統文化」在資本主義的世界史中並沒有徹底、完全地消失，或被明顯削弱。而作為前資本主義文化的化石和記憶流傳下來。英國的君主立憲制保存了虛位的傳統王室，日本的天皇體制主宰了日本十五年對外侵略的殘暴戰爭，在戰後卻以「象徵天皇」之名，留存至今……。

在今天，我們中國似乎有越來越多的才智慎思之士，談論中國「傳統文明」在全球化和現代化潮流中的命運，應該有不少傑出的大論。可惜我人在台灣，拜讀的機會很少。

但總地說，我們似乎應該自覺地追求更具科學性和實證性的思維，去理解「傳統文化」和「現代化」或「全球化」的本質與歷史歸趨。約十年之前，有不少學者受到韋伯著名的關於新教精神對資本主義的促進與發展的作用之說的影響，也談起中國儒教與亞洲資本主義的關係。如今，繼「四小龍」和中國的工業化，不禁令人更加回想到中國儒教文化圈在日本，韓國及法國殖民前的越南所形成之長久深入的文化影響。也許「儒教促進亞洲工業化」之論，又會有新的論述。這種討論並非無益，但願在討論中一次又一次地提高科學性，以避免討論陷入某種主觀唯心主義玄學的陷阱。

四、「拿來主義」

事實上，在我們飽嘗帝國主義凌辱而國勢危殆的時代，就長期進行過全面西化（現代化）和捍衛自己傳統的爭論。改革開放之後，隨著我國社會主義現代化的風潮，有關現代化與傳統問題的研究受到更廣泛重視，應該也取得了豐富的成果。

一九九七年四月，蒙中國社科院授予「名譽高級研究員」的禮節性稱號。在接受稱號的演講中，我就極力主張新中國既有過經由一場偉大的社會革命，主張「自力更生、走自己的路」的發展理論與實踐，也正在推展以我為主，同時融入（資本主義）世界體系的思想與實踐，理應致力發展更具有科學實證性的中國自己的發展社會學，對亞洲的工業化和其他第三世界的現代化，做出應有的、重要的貢獻。

而魯迅先生和毛澤東主席很早就提出剔去西方（並中國）文明中的糟粕部分，留取西方和中國傳統文明之精華部分，而後「拿來」蔚為我今日之用，從而以批判的、辯證法的眼界分析和看待「傳統」與現代的關係。這樣的拿來主義，看來至今依然是正確的回答。在二十餘年開放改革中的勝利與失敗經驗，不，還包括抗日戰爭取得勝利前後的，在全中國不同地方展開的革命根據地的實踐，加上近十多年來的工作經驗，中國的社會科學家，沒有理由不對現當代社會變化，摸索變化發展的規律，總結經驗，上升為中國特色的發展經濟學體系，為廣泛渴求發展、力求解放的各民族人民的鬥爭，做出貢獻！

二〇〇六年九月十六日

本文依據打字稿校訂

1　本篇是為「第四屆海峽兩岸中華傳統文化與現代化研討會」所準備的講稿。陳映真於九月十六日寫完此稿，二十六日第一次中風（十月十六日第二次中風），因此未能出席研討會。研討會時間：二〇〇六年十月五—八日；地點：甘肅天水市；主辦：中華葉聖陶研究會、中華民族文化促進會、中國伏羲文化研究會。

二〇〇六年九月

陳映真全集（卷二十二）

THE COMPLETE WRITINGS OF CHEN YINGZHEN (VOLUME 22)

作者　陳映真
全集策畫　亞際書院・亞太／文化研究室
策畫主持人　陳光興、林麗雲

執行主編　宋玉雯
執行編輯　楊雅婷、陳筱茵
版型設計　黃瑪琍
內頁排版　顏麟驊
印刷　中原造像股份有限公司

出版者　人間出版社
發行人　呂正惠
社長　陳麗娜
總編輯　林一明
地址　108台北市萬華區長泰街五十九巷七號
電話　886-2-2337-0566
傳真　886-2-2337-7447
郵政劃撥　11746473・人間出版社
電郵　renjianpublic@gmail.com

國家圖書館出版品預行編目（CIP）資料

陳映真全集／陳映真作. -- 初版. -- 臺北市：人間, 2017.11
23冊；14.8 ×21 公分
ISBN 978-986-95141-3-2（全套：精裝）
848.6　　106017100

初版一刷　二〇一七年十一月
定價　一萬二千元（全套不分售）
ISBN　978-986-95141-3-2